红楼梦魇

张爱玲

北京出版集团公司
北京十月文艺出版社

青马（天津）文化有限公司
出　品

目录

自 序

这是八九年前的事了。我寄了些考据《红楼梦》的大纲给宋淇看，有些内容看上去很奇特。宋淇戏称为 Nightmare in the Red Chamber（红楼梦魇），有时候隔些时就在信上问起“你的红楼梦魇做得怎样了？”我觉得这题目非常好，而且也确是这情形——一种疯狂。

那几年我刚巧有机会在哈佛燕京图书馆与柏克莱的加大图书馆借书，看到脂本《红楼梦》。近人的考据都是站着看——来不及坐下。至于自己做，我唯一的资格是实在熟读《红楼梦》，不同的本子不用留神看，稍微眼生点的字自会蹦出来。但是没写过理论文字，当然笑话一五一十。我大概是中了古文的毒，培肯的散文最记得这一句：“简短是隽语的灵魂”，不过认为不限隽语，所以一个字看得有巴斗大，能省一个也是好的。因为怕唠叨，说理已经不够清楚，又把全抄本——即所谓“红楼梦稿”——简称抄本。其实这些本子都是抄本。难怪《初详红楼梦》刊出后，有个朋友告诉我看不懂——当然说得较婉转。

连带想起来，仿佛有书评说不懂“张看”这题目，乘机在这里解释一下。“张看”不过是套用常见的“我看□□”，填入题材或人名。“张看”就是张的见解或管窥——往里面张望——最浅薄的双关语。以前“流言”是引一句英文——诗？Written on water（水上写的字），是说它不持久，而又希望它像谣言传得一样快。我自己常疑心不知道人懂不懂，也从来没问过人。

《红楼梦》的一个特点是改写时间之长——何止十年间“增删五次”？直到去世为止，大概占作者成年时代的全部。曹雪芹的天才不是像女神雅典娜一样，从她父王天神修斯的眉宇间跳出来的，一下地就是全副武装。从改写的过程上可以看出他的成长，有时候我觉得是天才的横剖面。

改写二十多年之久，为了省抄工，不见得每次大改几处就从头重抄一份。当然是尽量利用手头现有的抄本。而不同时期的早本已经传了出去，书主跟着改，也不见得每次又都从头重抄一份。所以各本内容新旧不一，不能因某回某处年代早晚判断各本的早晚。这不过是常识，但是我认为是我这本书的一个要点。此外也有些地方看似荒唐，令人难以置信，例如改写常在回首或回末，因为一回本的线装书，一头一尾换一页较便。写作态度这样轻率？但是缝钉稿本该是麝月名下的工作——袭人麝月都实有其人，后来作者身边只剩下一个麝月——也可见他体恤人。

在现在这大众传播的时代，很难想像从前那闭塞的社会。第二十三回有宝玉四首即事诗，“当时有一等势利人，见荣府十二三岁的公子作的，录出来各处称颂。”看了使人不由得想到反面，著书人贫居西郊，满人明义说作者出示《红楼梦》，“惜其书未传，世鲜知者”，可见传抄只限戚友圈内。而且从前小说在文艺上没有地位，不过是好玩，不像现代苏俄传抄地下小说与诗，作者可以得到心灵上的安慰。曹雪芹在这苦闷的环境里就靠自己家里的二三知己给他打气，他似乎是个温暖的情感丰富的人，歌星芭芭拉史翠珊唱红了的那支歌中所谓“人——需要人的人”，在心理上倚赖脂砚畸笏，也情有可原。近人竟有认为此书是集体创作的。集体创作只写得出中共的剧本。

他完全孤立。即使当时与海外有接触，也没有书可供参考。旧俄的小说还没写出来。中国长篇小说这样“起了个大早，赶了个晚集”，是刚巧发展到顶巅的时候一受挫，就给拦了回去。潮流趋势往往如此。清末民初的骂世小说还是继承《红楼梦》之前的《儒林外史》。《红楼梦》未完还不要紧，坏在狗尾续貂成了附骨之疽——请原谅我这混杂的比喻。

《红楼梦》被庸俗化了，而家喻户晓，与《圣经》在西方一样普及，因此影响了小说的主流与阅读趣味。一百年后的《海上花列传》有三分神似，就两次都见弃于读者，包括本世纪三〇年间的亚东版，一方面读者已经在变，但那是受外来的影响，对于旧小说已经有了成见，而旧小说也多数就是这样。

在国外，对人说“中国古典小说跟中国画——应当说‘诗、画’，但是能懂中国诗的人太少——与磁器一样好，”这话实在说不出口。如果知道你本人也是写小说的，更有“老王卖瓜，自卖自夸”之嫌。我在美国中西部一个大学城里待过些时，知道《红楼梦》的学生倒不少，都以为跟巴金的《家》相仿，都是旧家庭里表兄妹的恋爱悲剧。男生就只关心宝玉这样女性化，是否同性恋者。他们虽然程度不齐，也不是没有鉴别力。有个女生长得不错，个子不高，深褐色的头发做得很高，像个富农或是商家的浓妆少妇，告诉我说她看了《秧歌》，照例赞了两句，然后迟疑了一下，有点困惑的说：“怎么这些人都跟我们一样？”我听了一怔。《秧歌》里的人物的确跟美国人或任何人都没什么不同，不是王龙阿兰洗衣作老板或是哲学家。我觉得被她一语道破了我用英文写作的症结，很有知己之感。

程本《红楼梦》一出，就有许多人说是拙劣的续书，但是到本世纪胡适等才开始找证据，洗出《红楼梦》的本来面目。五六十年了，近来杂志上介绍一本《红楼梦研究集》："本书是一群青年人的精心力作，一反前人着重考据的研究方式，……"拙作《红楼梦未完》赫然在内，看了叫声惭愧。也可见一般都厌闻考据。里面大部份的文章仍旧视程本为原著，我在报纸副刊上也看到这一类的论文，可能是中文系大学生或研究生的课卷，那也反映教授的态度。——也许也是因为研究一个未完的著作，教学上有困难。——有一篇骂袭人诱惑宝玉，显然还是看了程本窜改的第六回，原文宝玉"强袭人同领警幻所授云雨之事"，程甲本改"强"为"与"，程乙本又改"与"为"强拉"，另加袭人"扭捏了半日"等两句。我们自己这样，就也不能怪人家——首次译出全文的霍克斯英译本也还是用程本。但是才出了第一册，二十六回，后四十回的狐狸尾巴还没露出来。弥罗岛出土的断臂维纳斯装了义肢，在国际艺坛上还有地位？

我本来一直想着，至少《金瓶梅》是完整的。也是八九年前才听见专研究中国小说的汉学家派屈克·韩南（Hanan）说第五十三至五十七回是两个不相干的人写的。我非常震动。回想起来，也立刻记起当时看书的时候有那么一块灰色的一截，枯燥乏味而不大清楚——其实那就是驴头不对马嘴的地方使人迷惑。游东京，送歌僮，送十五岁的歌女楚云，结果都没有戏，使人毫无印象，心里想"怎么回事？这书怎么了？"正纳闷，另一回开始了，忽然眼前一亮，像钻出了隧道。

我看见我捧着厚厚一大册的小字石印本坐在那熟悉的房间里。

“喂，是假的。”我伸手去碰碰那十来岁的人的肩膀。

这两部书在我是一切的泉源，尤其《红楼梦》。《红楼梦》遗稿有“五六稿”被借阅者遗失，我一直恨不得坐时间机器飞了去，到那家人家去找出来抢回来。现在心平了些，因为多少满足了一部份的好奇心。

收在这集子里的，除了《三详》通篇改写过，此外一路写下去，有些今是昨非的地方也没去改正前文，因为视作长途探险，读者有兴致的话可以从头起同走一遭。我不过是用最基本的逻辑，但是一层套一层，有时候也会把人绕糊涂了。我自己是头昏为度，可以一搁一两年之久。像迷宫，像拼图游戏，又像推理侦探小说。早本各各不同的结局又有《罗生门》的情趣。偶遇拂逆，事无大小，只要“详”一会《红楼梦》就好了。

我这人乏善足述，着重在“乏”字上，但是只要是真喜欢什么，确实什么都不管——也幸而我的兴趣范围不广。在已经“去日苦多”的时候，十年的工夫就这样掼了下去，不能不说是豪举。正是：

十年一觉迷考据，
赢得红楼梦魇名。

红楼梦未完

有人说过“三大恨事”是“一恨鲥鱼多刺，二恨海棠无香”，第三件不记得了,也许因为我下意识的觉得应当是“三恨《红楼梦》未完”。

小时候看《红楼梦》看到八十回后，一个个人物都语言无味，面目可憎起来，我只抱怨“怎么后来不好看了？”仍旧每隔几年又从头看一遍，每次印象稍有点不同，跟着生命的历程在变。但是反应都是所谓“揿钮反应”，一揿电钮马上有，而且永远相同。很久以后才听见说后四十回是有一个高鹗续的。怪不得！也没深究。

直到一九五四年左右，才在香港看见根据脂批研究八十回后事的书，在我实在是个感情上的经验，石破天惊，惊喜交集，这些熟人多年不知下落，早已死了心，又有了消息。迄今看见有关的近著，总是等不及的看。

《红楼梦》的研究日新月异，是否高鹗续书，已经有两派不同的见解。也有主张后四十回是曹雪芹自己的作品，写到后来撇开脂批中的线索，放手写去。也有人认为后四十回包括曹雪芹的残稿在内。自五四时代研究起，四十年来整整转了个圈子。单凭作风与优劣，判断后四十回不可能是原著或含有原著成份，难免主观之讥。文艺批评在这里本来用不上。事实是除了考据，都是空口说白话。我把宝玉的应制诗“绿蜡春犹卷”斗胆对上一句“红楼梦未完”，其实“未完”二字也已经成了疑问。

书中用古代官名、地名，当然不能提满汉之别。作者并不隐讳是写满人，第二十五回有跳神。丧礼有些细节稍异，也不说明是满俗。凤姐在灵前坐在一张大圈椅上哭秦氏，贾敬死后，儿孙回家奔丧，一路跪着爬进来——想是喇嘛教影响。清室信奉喇嘛教，西藏进香人在寺院中绕殿爬行叩首。

续书第九十二回“宝玉也问了一声妞妞好”，称巧姐为妞妞，明指是满人。换了曹雪芹，决不肯这样。要是被当时的人晓得十二钗是大脚，不知道作何感想？难怪这样健步，那么大的园子，姊妹们每顿饭出园来吃。

作者是非常技巧的避免这问题的。书中这么许多女性，只有一个尤三姐，脂本写她多出一句“一对金莲或敲或并”。第七十回晴雯一早起来，与麝月按住芳官膈肢，“那晴雯只穿葱绿苑䌷小袄，红小衣，红睡鞋。”脂本多出末三字。裹脚才穿睡鞋。

祭晴雯的《芙蓉诔》终于明写：“捉迷屏后，莲瓣无声。”小脚捉迷藏，竟声息毫无，可见体态轻盈。

此外只有尤二姐，第六十九回见贾母，贾母细看皮肤与手，“鸳鸯又揭起裙子来，贾母瞧毕，摘下眼镜来笑说道：‘是个齐全孩子。……’”脂本多出“鸳鸯又揭起裙子来”一句。揭起裙子来当然是看脚，是否裹得小，脚样如何，是当时买妾惯例。不但尤二姐是小脚，贾家似也讲究此道。曹雪芹先世本是汉人，从龙入关后又久居江南，究竟汉化到什么程度？

第五十九回春燕母女都会飞跑，且是长途竞走，想未缠足。当然她们是做粗活的。第五十四回一个婆子向小丫头说：“那里就走大了脚了？”粗做的显然也有裹脚的。婢媪自都是汉女。是否多数缠足？

凤姐宝钗袭人鸳鸯的服装都有详细描写：裙袄、比甲、对襟罩褂，凤姐头戴“金丝八宝攒珠髻，”还是《金瓶梅》里的打扮。清初女装本来跟明朝差不多，所谓“男降女不降”。穿汉装而不裹脚？

差不多时期的《儿女英雄传》明写安家是旗人，安太太、佟舅太太也穿裙袄，与当时汉装无异。清初不禁通婚，想已趋同化，唯一的区别是缠足与否。（外人拍摄的晚清满人妇女照片，不仅宫中，北京街头结伴同行的“贵女们”也都是一律旗袍。）

宝钗是上京待选秀女的，家中又是世代皇商，应是“三旗小妞妞”。但是应选似是信手拈来，此后没有交代。黛玉原籍苏州，想也与贾家薛家是金陵人一样，同是寄籍。实际上曹家的亲戚除了同宗与上代远亲，大约都是满人或包衣。书中的尤二姐尤三姐其实不能算亲戚，第六十四回写尤老娘是再醮妇，二尤是拖油瓶，根本不是尤氏的妹妹——所以只有她们姊妹俩是小脚。

同回写尤氏无法阻止贾琏娶尤二姐，“况他与二姐本非一母，未便深管，”又似是同父，那就还是异母妹。

第六十四、六十七两回，一般认为不一定可靠，但是第六十四回上半回有两条作者自批，证明确是作者手笔。矛盾很多，不止这一处。追叙鲍二媳妇吊死的事，“贾琏给了二百银子，叫他另娶一个。”二百两本来是给他发送的，许他“另日再挑个好媳妇给你”，指丫头择配时指派。又此回说张华遭官司破家，给了二十两银子退亲。第六十八回说张华好赌，倾家荡产，被父亲逐出，给了十两退亲。

周汝昌排出年表，证明书中年月准确异常。但是第六十四回七月黛玉祭父母，“七月因为是瓜果之节，家家都上秋季的坟”，是七月十五，再不然就是七月七。接着贾琏议娶尤二姐，初三过门，当是八月初三。下一回，婚后“已是两个月的光景”是十月初。贾珍与尤三姐发生关系，被她闹得受不了。然后贾琏赴平安州，上路三日遇柳湘莲，代三姐定亲。“谁知八月内湘莲方进京来”。那么定亲至迟是七月。怎么三个月前已经是七月？

周汝昌根据第六十九回，腊月尤二姐说嫁过来半年，推出婚期似是六月初三，认为第六十四回先写七月，又退到六月，是“逆叙”。书中一直是按时序的。

第六十七回最成问题，一条脂批也没有。但是写柳湘莲出家，“不知何往，暂且不表。”可见还有下文，伏落草。甄士隐《好了歌》“后日作强梁”句下批“柳湘莲一干人”。又写薛姨妈向薛蟠说：“你如今也该张罗张罗买卖，二则把你自己娶媳妇应办的事情，倒早些料理料理。”到第七十九回才由香菱补叙，上次薛蟠出门顺路探亲，看中夏金桂，一回家就催母亲央媒，一说就成。这样前后照应，看来这两回大体还是原著，可能残缺经另人补写。是较早的稿子，白话还欠流利，屡经改写，自相矛盾，文笔也差。这部书自称写了十年，其实还不止，我们眼看着他进步。但看第二回脂批：“语言太烦，令人不耐。古人云‘惜墨如金’，看此视墨如土矣，虽演至千万回亦可也。”也评得极是。

乾隆百廿回抄本，前八十回是脂本，有些对白与他本稍有出入，有几处更生动，较散漫突兀，说话本来是那样的。是时人评约翰·俄哈拉(John O’Hara)的“录音机耳朵”。百廿回抄本是拼凑的百衲本，先后不一，笔迹相同都不一定是一个本子，所以这几段对白与他本孰先孰后还待考。如果是后改的，那是加工。如果是较早的稿子，后来改得比较平顺，那就太可惜了，但是我们要记得曹雪芹在他那时代多么孤立，除了他自己本能的判断外，实在毫无标准。走的路子是他渐渐暗中摸索出来的。

书中缠足天足之别，故意模糊。外来的妙玉香菱，与贾赦贾珍有些姬妾大概是小脚。“家生女儿”如鸳鸯与赵姨娘——赵氏之弟赵国基是荣府仆人——该是天足。晴袭都是小家碧玉出身，晴雯十岁入府，想已缠足未放。袭人没提。

写二尤小脚，因为她们在亲戚间是例外，一半也是借她们造成大家都是三寸金莲的幻觉。同时也像舞台上只有花旦是时装踩跻——姊妹俩一个是“大红小袄”，一个是“红袄绿裤”，纯粹清装——青衣是古装，看不见脚。一般人印象中的钗黛总是天女散花式的古装美人，忘了宝玉有根大辫子。作者也正是要他们这样想。倘是天足，也是宋明以前的天足，不是满洲的。清朝的读者当然以为是小脚，民国以来的读者大概从来没想到这一点，也是作者的成功处。

“琉璃世界白雪红梅”一回，黛玉换上羊皮小靴，湘云也穿鹿皮小靴。两次都是“小靴”，仿佛是小脚。黛玉那年应当只有十二岁，湘云比她还小。这里涉及书中年龄问题，相当复杂。反正不是小孩的靴子就是写女靴的纤小。

黛玉初出场，批：“不写衣裙妆饰，正是宝玉眼中不屑之物，故不曾看见。”宝玉何尝不注意衣服，如第十九回谈袭人姨妹叹息，袭人说：“想是说他那里配穿红的。”可见常批评人不配穿。

作者更注意。百廿回抄本里宝钗出场穿水绿色棉袄，他本都作“蜜合色”，似是后改的。但是通部书不提黛玉衣饰，只有那次赏雪，为了衬托邢岫烟的寒酸，逐个交代每人的外衣。黛玉披着大红羽绉面，白狐里子的鹤氅，束着腰带，穿靴。鹤氅想必有披肩式袖子，如鹤之掩翅，否则斗篷无法系腰带。氅衣、腰带、靴子，都是古装也有的——就连在现代也很普遍。

唯一的另一次，第八回黛玉到薛姨妈家，“宝玉见他外面罩着大红羽缎对襟褂子，便问：‘下雪了么？’”也是下雪，也是一色大红的外衣，没有镶滚，没有时间性，该不是偶然的。“世外仙姝寂寞林”应当有一种飘渺的感觉，不一定属于什么时代。

宝钗虽高雅，在这些人里数她受礼教的薰陶最深，世故也深，所以比较是他们那时代的人。

写湘云的衣服只限男装。

晴雯“天天打扮得像个西施的样子”（王善保家的语），但是只写她的亵衣睡鞋。膈肢芳官那次，刚起身，只穿着内衣。临死与宝玉交换的也是一件“贴身穿的旧红绫袄”。唯一的一次穿上衣服去见王夫人，“并没十分妆饰……钗觯鬓松，衫垂带褪，有春睡捧心之遗风……”依旧含糊笼统。“衫垂带褪”似是古装，也跟黛玉一样，没有一定的时代。

宝玉祭晴雯，要“别开生面，另立排场，风流奇异，与世无涉，方不负我二人之为人。”晴雯是不甘心受环境拘束的，处处托大，不守女奴的本份，而是个典型的女孩子，可以是任何时代的。宝玉这样自矜“我二人之为人”，在续书中竟说：“晴雯到底是个丫头，也没有什么大好处。”（第一〇四回）

黛玉抽签抽着芙蓉花，而晴雯封芙蓉花神，《芙蓉诔》又兼挽黛玉。怡红院的海棠死了，宝玉认为是晴雯死的预兆。海棠“红晕若施脂，轻弱似扶病”。缠足正是为了造成“扶病”的姿势。写晴雯缠足，已经隐隐约约，黛玉更娇弱，但是她不可能缠足，也不会写她缠足。缠足究竟还是有时间性。写黛玉，就连面貌也几乎纯是神情，唯一具体的是“薄面含嗔”的“薄面”二字。通身没有一点细节，只是一种姿态，一个声音。

俞平伯根据百廿回抄本校正别的脂本，第七十九回有一句抄错为“好影妙事”，原文是“如影纱事”，纱窗后朦胧的人影与情事。作者这种地方深得浪漫主义文艺的窍诀。

所以我第一次读到后四十回黛玉穿着“水红绣花袄”，头上插着“赤金扁簪”（第八十九回），非常刺目。那是一种石印的程甲本，他本甲乙都作“月白绣花小毛皮袄，加上银鼠坎肩”，金簪同，“腰下系着杨妃色绣花棉裙，真如亭亭玉树临风立，冉冉香莲带露开。”

百廿回抄本本来没有这一段描写，是夹行添补的。俞平伯分析这抄本，所改与程乙本相同，后四十回的原底大概比程高本早。哈佛大学的图书馆有影印本，我看了，后四十回中有十四回未加涂改，不是誊清就是照抄。如果是由乙本抄配，旧本只有三分之二，但是所有的重要场面与对白都在这里。

旧本虽简，并不是完全不写服装，只不提黛玉的，过生日也只说她“略换了几件新鲜衣服，打扮得如同嫦娥下界”，倒符合原著精神。宝玉出家后的大红猩猩毡斗篷很受批评，还这样阔气。将旧本与甲乙本一对，“猩猩毡”三字原来是甲本加的。旧本“船头微微雪影里面一个人光着头赤着脚，身上披着一领大红斗篷，向贾政倒身下拜”，确是神来之笔，意境很美。袈裟本来都是鲜艳的橙黄或红色。气候寒冷的地方，也披简陋的斗篷。都怪甲本熟读《红楼梦》，记得“琉璃世界白雪红梅”一回中都是大红猩猩毡斗篷，忍不住手痒，加上这三个字。

后四十回旧本的特点之一是强调书中所写是满人。第一百六回抄家后，贾政查账，“再查东省地租，近年交不及祖上一半。”第一百七回贾母问贾政：“咱们西府里的银库和东省地土，你知道还剩了多少？”

曹寅《楝亭文钞·东皋草堂记》提及河北“予家受田”地点。周汝昌在《红楼梦新证》里说：“八旗圈地，多在京东一带……《红楼梦》所写乌进孝行一月零两日……步行或推车进京……动辄旬月，二则厚雪暖化，道路泥泞，三则……曹寅‘荣府’……（与）宁府黑山村相去又‘八百多里地’，当更在东……”贾蓉向乌进孝说：“你们山坳海沿子的人”，曹寅的地也“去海不百里”。

曹頫初上任时，奏明曹寅遗产，有田在通州、江南含山县、芜湖。参看后来抄家的报告，恐还不实不尽。

旧本抄家后，同回又有：“贾琏又将地亩暂卖千金，作为监中使费。贾琏如此一行，那些家奴见主势败，也趁此弄鬼，指名借用。……”

甲本这里加上一大段，内有“贾琏……只得暗暗差人下屯，将地亩暂卖了数千金，作为监中使费。贾琏如此一行，那些家奴见主家势败，也便趁此弄鬼，并将东庄租税，也就指名借用些。……”

“东庄”显指京东，不会远在东三省，却合第五十三回所写，距黑山村八百多里的荣府田庄，交粮可步行上京。宁府有八九个庄子，荣府八个，是两府主要收入。

原续书者既不理会第五十三回，曹家各地的产业他大概也不清楚，只说荣府的田地在东三省，想必是为了点明他们是满人，同时也是以意度之。皇室与八旗的田庄叫庄屯，东北的屯最多。

第三十九回贾母说刘姥姥是“乡屯里的人”，周汝昌发现戚本改“屯”为“邨”，俗本也都作“村里人”，显然都不懂这名词。曹雪芹也只用了这一次，底下刘姥姥一直说“我们庄子”、“我们村庄上”。百廿回抄本与其他脂本不同，连唯一的一个“乡屯”都没有，作“乡里的人”，力求通俗。续书却屡用“屯”字。刘姥姥三进荣国府，口口声声“我们屯里”。第一百十九回贾琏见门前停着“几辆屯车”，是乡下来的。

第一百十二回贾母出殡后，贾政回家，“到书房席地坐下。”不知是否满俗，一般似只限在灵前席地坐卧。

宝玉称巧姐为妞妞，又说：“我瞧大妞妞这个小模样儿……”“大妞妞”是否因为根据一个较早的脂本续书，巧姐是凤姐长女？说见赵冈《〈红楼梦考证〉拾遗》第一三六页。巧姐、大姐儿姊妹俩后并为一人，故高鹗将后四十回大姐儿悉改巧姐，以致巧姐忽大忽小。

第八十回巧姐患惊风症，旧本也作巧姐，而且有无数“巧姐”，绝非笔误。第一〇一回夜啼，被李妈拧了一把，各本均作“大姐儿”，是屡经校改的唯一漏网之鱼。抄本第一〇一回不是旧本，但是旧本想必总也是“大姐儿”，否则程本的“大姐儿”从何而来？被拧大哭，凤姐先发脾气，然后慨叹：“明儿我要是死了，撂下这小孽障，还不知怎么样呢！……你们知好歹，只疼我那孩子就是了。”只有一个孩子，而前文作大姐儿，是另有一个长女巧姐。一页之中自相矛盾。

第八十回假定原是大姐儿患惊风，早期脂本流行不广，抄手过录时根据后期脂本代改为巧姐。第一〇一回不是旧本，当然不是同一抄手；只有一个“大姐儿”字样，全抄本未代改，程甲、程乙本两次校阅，也没注意，仍作大姐儿。下文“撂下这小孽障”，仅提次女，因为太小，更不放心，但是“你们知好歹，只疼我那孩子就是了”，一定是“只疼我那两个孩子”，被程本或原抄手删去“两个”二字。在同一段内忽而疏忽，忽而警觉，却很少可能性。一定是本来没有“两个”二字。

第一百十三回是旧本，凤姐叫巧姐儿见过刘姥姥，说：“你的名字还是他起的呢。”大姐儿由刘姥姥改名巧姐——续书并不是根据早期脂本，写凤姐有两个女儿。“大妞妞”不过是较客气的称呼，如“史大妹妹”，并没有“史二妹妹”。

续书写巧姐暴长暴缩，无可推诿。不过原著将凤姐两个女儿并为一个，巧姐的年龄本有矛盾，长得太慢，续书人也就因循下去，将她仍旧当作婴儿，有时候也仍旧沿用大姐儿名字。后来需要应预言被卖，一算她的年纪也有十岁上下了，（我这是照周汝昌的年表，八十回后照大某山民回末批语。）第一百十八回相亲，也还加上句解释：“那巧姐到底是个小孩子。”

外藩买妾，两个宫人相看巧姐，“浑身上下一看，更又起身来，拉着巧姐的手又瞧了一遍，略坐了坐就走了。”只看手，不看脚，因为巧姐没裹脚。前八十回贾母看尤二姐的脚，是因为她是小脚。

写二尤小脚的两节，至程甲本已删，当是后四十回旧本作者删的，因为原续书者注重满人这一点，认为他们来往的圈子里不会有小脚。第七十回晴雯的红睡鞋也删了。百廿回抄本前部是脂本，所以无法断定后四十回初出现时，有关小脚的三句已删。

为什么不能是程甲本删的呢？因为甲本不主张强调书中人是

满人。“妞妞”甲本改“姐姐”，疑是“姐儿”误。本来书中明言金陵人氏，一般读者的印象中也并不是写满人。自然是汉人的故事较有普及性，甲本改得很合理，也合原书意旨。下文“大妞妞”改“大姐姐”，应作“大姐儿”。甲本道学气特浓，巧姐是闺名，堂叔也不能乱叫。第一百十八回贾政信上称探春为探姐，也就是探姐儿。那是自己父亲，没给改掉。宝玉仍称巧姐为大姐儿，因为家中小辈女孩子通称大姐，如西门庆称女儿为大姐，或“我家大姐”，以别于人家的大姐。

当然，妞妞改姐姐，可能仅是字形相像，手民排错了，不能引为甲本汉化的证据。第一〇一回凤姐也说“妞妞”，甲本也没有改。但是参看宝玉结婚，第九十六回已经说“照南边规矩，拜了堂一样坐床撒帐……”第九十七回凤姐又说：“虽然有服，外头不用鼓乐，咱们南边规矩要拜堂的，冷清清的使不得。我传了家内学过音乐管过戏子的那些女人来吹打，热闹些。”以上三个本子相同。旧本写“送入洞房，还有坐帐等事，但是按本府旧例，不必细说。”这是因为避免重复。甲本却改为“还有坐床撒帐等事，俱是按金陵旧例”，又点一句原籍南京，表示不是满人。

乾隆壬子木活字本——乙本的原刻本——这两句也相同。现在通行的乙本却又改回来，作“坐帐等事，俱是按本府旧例……”前面凤姐的话，也改为“咱们家的规矩，要拜堂的”，可发一笑，谁家不拜堂呢？

这里需要加解释，壬子木活字本是胡天猎藏书，民国三十七年携来台湾，由胡适先生鉴定为程乙本，影印百部。胡适先生序上说：“民国十六年，上海亚东图书馆用我的一部‘程乙本’做底本，出了一部《红楼梦》的重排印本……可是……‘“程乙本”的原排本，现在差不多已成了世间的孤本，事实上我们已不可能见到。’……胡天猎先生……居然有这一部原用木活字排印的‘程乙本《红楼梦》’！”

壬子木活字本我看了影印本，与今乙本——即胡适先生藏本——不尽相同。即如今乙本汪原放序中举出的，甲乙本不同的十个单句，第十句木活字本未改，同甲本；大段改的，前八十回七个例子，第二项未改，同甲本，其余都改了，同今乙本；后四十回的三个例子则都未改，同甲本。

余如第九十五回“金玉的旧话”，第九十八回“金玉姻缘”，木活字本都作“金石”；今乙本作“金玉”；光绪年间的甲本（《金玉缘》）则改了一半，第九十五回作“金玉”，第九十八回作“金石”。——“金玉姻缘”、“木石姻缘”是“梦兆绛芸轩”一回宝玉梦中喊骂的。此处用“金石”二字原不妥，所以后来的本子改去。

此外尚有异文，详下。我也是完全无意中发现的。胡适先生晚年当然不会又去把《红楼梦》从头至尾看一遍，只去找乙本的特征，如序中所说。

萃文书屋印的这部壬子木活字本不仅是原刻本，在内容上也是高鹗重订的唯一真乙本。现在流行的乙本简称今乙本，其实年份也早，大概距乙本不远，说见下。

这几个本子对满汉问题的态度，在史湘云结婚的时候表现得最清楚。旧本贾母仅云：“你们姑娘出阁，我原想过来吃杯喜酒。”甲本在这两句之间加上一大段对白，问知姑爷家境才貌性情，“贾母听了喜欢道：‘咱们都是南边人，虽则这里住久了，那些大规矩，还是从南边礼儿，所以新姑爷我们都没见过。……’”乙本同。

今乙本作："贾母听了喜欢道：'这么着才好，这是你们姑娘的造化。只是咱们家的规矩还是南方礼儿，所以新姑爷我们都没见过。……'"

旧本根本没提南方。甲本提醒读者，贾史两家都是原籍南方，仍照南方礼节。乙本因之。今乙本删去原籍南方，只说贾家仍照南方礼节，冲淡南人气息。

甲乙本态度一致，强调汉化，但是"妞妞"改"姐儿"，到了乙本，高鹗又给改回来，仍作"妞妞"。如果甲乙本不是一个人修改的，那就是因为"姐儿"讹作"姐姐"，宝玉决没有称巧姐为"姐姐"之理。"大姐姐"更成了元春了。但也许仅因"妞妞"新妍可喜。乙本不大管前后一致，例如王珮璋举出的第十九回与茗烟谈卍儿，乙本添出一句"等我明儿说了给你做媳妇好不好？"违反个性，只图轻松一下。宝玉最怕女孩子出嫁，就连说笑话也决不会做媒。

到了今乙本，南边人、原籍金陵都不提了，显然是又要满化了。为什么？

杨继振在道光年间收藏乾隆百廿回抄本，在第七十二回题字："第七十二回末页墨痕沁漫，向明覆看，有满文某字影迹，用水擦洗，痕渍宛在。以是知此抄本出自色目人手，非南人所能伪托。"《红楼梦》盛行后，传说很多，都认为是满族豪门秘辛。满人气息越浓，越显得真实、艳异。所以又有满化的趋向。

如果相信高鹗续书说，后四十回旧本是他多年前写的，甲乙本由他整理修订，三个本子代表一个人的三个时期，观点兴趣可能不同。

高鹗是汉军旗人。他有一首《菩萨蛮》，"梅花刻底鞾"句是写小脚的鞋底，可见他的美感绝对汉化。即使初续书的时候主张强调满人角度，似乎不会那样彻底，把书中小脚痕迹一并删去。其实满人家庭里也可以有缠足的婢妾。原续书者大概有种族的优越感，希望保持血液的纯洁。

第二十四回写鸳鸯服装，“脖子上带着扎花领子”。甲本未改，同脂本。满人男装另戴上个硬领圈。晚清还有汉人在马褂上戴个领圈，略如牧师衣领。清初想必女装也有。甲本主汉化，而未改去，想未注意。

乙本改为“脖子上围着紫绸绢子”，又添上两句：“下面露着玉色绸袜，大红绣鞋。”既然改掉旗装衣领，当然是小脚无疑。只提袄儿背心，但是下面一定穿裙。站在那里不动，小脚至多露着鞋尖，决看不见袜子。所以原著写袜子，只限宝玉的。其实不止他一个人大脚，不过不写女子天足。高鹗当然不会顾到这许多。

问题是：如果高氏即续书者，为什么删去二尤与晴雯的小脚，却又添写鸳鸯的小脚？唯一的答案似是：高鹗没有看见二尤与晴雯的小脚，在他接收前已删。他是有金莲癖的人，看通部书写女子都没提这一项，未免寂寞，略微点缀一下。

后四十回贾母身边又出了个丫头叫珍珠——袭人原名。旧本已有珍珠。贾母故后，鹦哥——紫鹃原名——守灵，旧本缺那一回，所以无法知道旧本有没有鹦哥。甲本仍作珍珠、鹦哥。乙本将袭人原名改为蕊珠。

甲本既未发现珍珠有两个，自然不会效尤，也去再添个鹦哥。乙本既将第一个珍珠改名蕊珠，当然不会又添出个鹦哥。鹦哥未改，是因为重订乙本时没注意。所以第二个鹦哥也是原续书已有。

近人推测续书者知道实生活中的贾母确有珍珠鹦哥两个丫头，情不自禁的写了进去。那他为什么不给前八十回的珍珠鹦哥换个名字？显然是没看仔细，只仿佛记得鸳鸯琥珀外还有这么两个丫头。他马虎的例子多了，如凤姐不称王夫人为太太，薛姨妈为姨妈——跟着贾琏叫——而两位都称姑妈，又不分大姑妈二姑妈；贾兰称李婶娘——李纨之婶——为“我老娘”——外婆；“史大妹妹”、“史大姑娘”、“云丫头”作“史妹妹”、“史姑娘”、“史丫头”——程高本未代改，但是第八十二回添补的部份有“云丫头”；第九十六回贾政愁宝玉死了，自己“年老无嗣，虽说有孙子，到底隔了一层”，忘了有贾环；第九十二回宝玉说十一月初一，“年年老太太那里必是个老规矩，要办消寒会……”何尝有过？根本没这名词。

续书者《红楼梦》不熟，却似乎熟悉曹雪芹家里的历史。吴世昌与赵冈的著作里分别指出，写元妃用“王家制度”字样，显指王妃而非皇妃，元妃卒年又似纪实，又知道秦氏自缢，元宵节前抄家。

赵冈推出书中抄家在元宵节前。第一回和尚向英莲念的诗：“好防佳节元宵后，便是烟消火灭时。”当然不仅指英莲被拐。甄士隐是真事隐去，暗指曹家的遭遇。“元宵后”句下，甲戌本有批：“前后一样，不直云前而云后，是讳知者。”“烟消火灭”句下批：“伏后文。”

曹雪芹父曹頫十二月罢官，第二年接着就抄家，必在元宵前。续书者不见得看到甲戌本脂批，而

在第一百零六回，贾府抄家的第二天，史侯家派了两个

女人问候道：

“我们家的老爷太太姑娘打发我来说……我们姑娘本要自己来的，因不多几日就要出阁，所以不能来了。”……

贾母……说：“……月里头出阁，我原想过来吃杯喜酒……”

“……等回了九少不得同着姑爷过来请老太太的安……”

到了第一〇八回写湘云出嫁回门，来贾母这边……

“宝姐姐不是后日的生日吗？我多住一天给他拜个寿……”

……宝钗的生日是正月廿一日。由此向上推，抄家的时间不正是在元宵节前几天吗。

——赵冈著《〈红楼梦考证〉拾遗》第七十二页

旧本没有“月里头出阁”，只作“你们姑娘出阁”。假定抄家在元宵节前，“月里头出阁”是正月底，婚后九天回门，已经是二月，正月二十一早已过了。既然不是“月里头出阁”，就还有可能。

抄家那天，贾母惊吓气逆，病危。随写“贾母因近日身子好些，”拿出些体己财物给凤姐，又接尤氏婆媳过来，分派照料邢夫人尤氏等。“一日傍晚”，在院内焚香祷告。距抄家总已经有好几天了。至少三四天。算它三天。

焚香后，同日史侯家遣人来，说湘云“不多几日就要出阁”。最低限度，算它还有三天。

三天后结婚，婚后九天回门，再加两天是宝钗生日，正月廿一。合计抄家距正月廿一至少十七天，是年初四，算元宵节前似太早。如果中间隔的日子稍微多算两天，抄家就是上年年底的事。

宝钗过生日那天，宝玉逃席，由袭人陪着到大观园去凭吊。看园子的婆子说：“预备老太太要用园里的果子，才开着门等着。”

正月里不会有果子。

写园内：“只见满目凄凉，那些花木枯萎，更有几处亭馆，彩色久经剥落，远远望见一丛翠竹，倒还茂盛。宝玉一想，说：‘我自病时出园，住在后边，一连几个月，不准我到这里，瞬息荒凉，你看独有那几杆翠竹菁葱……’”荒凉显是因为无人照管，不是隆冬风景。续书者不见得知道宝钗生日在正月。那就不是暗示抄家在元宵节前。

元妃亡年四十三岁，我记得最初读到的时候非常感到突兀。一般读者看元妃省亲，总以为是个年轻的美人，因为刚册立为妃。元春宝玉姊弟相差的年龄，第二回与第十八回矛盾。光看第十八回，元春进宫时宝玉三四岁。康熙雍正选秀女都是十三岁以上，假定十三岁入宫，比宝玉大九岁。省亲那年他十三岁，她二十二岁，册立为妃正差不多。

写她四十三岁死，已经有人指出她三十八岁才立为妃。册立后“圣眷隆重，身体发福”，中风而死，是续书一贯的“杀风景”，却是任何续《红楼梦》的人再也编造不出来的，确是像知道曹家这位福晋的岁数。他是否太熟悉曹家的事，写到这里就像冲口而出，照实写下四十三岁？

第一百十四回写甄宝玉“比这里的哥儿略小一岁”。前八十回内，甄家四个女仆说甄宝玉“今年十三岁”（第五十五回）。那时候刚过年，上年叔嫂逢五鬼，和尚持玉在手，曾说：“青埂峰下别来十三载矣。”不难推出贾宝玉今年十四岁，所以比甄宝玉大一岁。但是晚清以来诸评家大都把宝玉的年龄估计得太大，这位潦草的续书者倒居然算得这样清楚。

自“青埂峰下”一语后，不再提宝玉的岁数，而第四十五回黛玉已经十五岁，反而比他大，分明矛盾，所以续作者也始终不提岁数，是他的聪明处。只在第九十回贾母说：“林丫头年纪到底比宝玉小两岁。”那是他没细看原著，漏掉了第三回黛玉的一句话：“这位哥哥比我大一岁”，所以根据第二回黛玉六岁，宝玉“七八岁”，多算了一岁。

宝玉出家后遥拜贾政，旋即失踪，甲本添出贾政向家人们发了段议论，大意是衔玉而生本来不是凡人，“哄了老太太十九年”。这句名句，旧本没有，没提几岁出家。

在年龄方面，原续书相当留神。元妃的岁数大概是他存心要露一手，也就跟他处处强调满人气氛一样，表示他熟悉书中背景。

鸳鸯自缢一场，补出秦氏当初也是上吊死的。直到发现甲戌本脂批，云删去“秦可卿淫丧天香楼”一节，大家只晓得死得蹊跷，独有续作者知道是自缢。当然，他如果知道曹家出过王妃，王妃享年若干，就可以知道他们的家丑。但是我们先把每件事单独看，免得下结论过早。

十二钗册子上画着高楼上一美人悬梁自缢，题诗指宁府罪恶。曲文《好事终》说得更明，首句“画梁春尽落香尘”又点悬梁。再三重复“情”字，而我们知道秦钟是“情种”，书中“情”“秦”谐音。

护花主人评：“词是秦氏，画是鸳鸯，此幅不解其命意之所在。”这许多年来，直到顾颉刚俞平伯才研究出来秦氏是自缢死的。续作者除非知道当时事实，怎么猜得出来？但是他看《红楼梦》的时候，还没有鸳鸯自缢一事。一看“词是秦氏，”画是自缢，不难推出秦氏自缢。

他写秦氏向鸳鸯解释，她是警幻之妹，主管痴情司，降世是为了“引这些痴情怨女早早归入情司，所以我该悬梁自尽的”。下凡只为上吊，做了吊死鬼，好引诱别人上吊，实在是奇谈。这样牵强，似乎续作者确是曹氏亲族，既要炫示他知道内幕，又要代为遮盖。

秦氏又对鸳鸯说：“你我这个情，正是未发之情……若待发泄出来，这个情就不为真情了。”太平闲人批：“说得鸳鸯心头事隐隐跃跃，将鸳鸯一生透底揭明，殊耐人咀味，不然可卿之性情行事大反于鸳鸯，何竟冒昧以你我二字联络之耶？”是说鸳鸯私恋宝玉，也是假道学。续作者却不是这样的佛洛依德派心理分析家。

光绪年间的《金玉缘》写秦氏在警幻宫中“原是个钟情的首座，管的是风清月白”。甲本原刻本想必也是这样。后四十回旧本缺鸳鸯殉主一回，同乙本，作“管的是风情月债”。看来旧本一定也是“风情月债”，甲本特别道学，觉得不妥，改写“风清月白”，表示她管的风月是清白的。“风清月白”四字用在这里不大通，所以乙本又照着旧本改回来，这种例子很多。

秦氏骂别人误解“情”字，“做出伤风败化之事”，也就是间接的否认扒灰的事。卫道的甲本仍嫌不够清楚，要她自己声明只管清白的风月。

第九十二回冯紫英与贾赦贾政谈，说贾珍告诉他说续娶的媳妇远不及秦氏。秦氏死后多年，贾珍还对人夸奖她，可见并不心虚，扒灰并无其事。赵冈赞美这一段补述贾蓉后妻姓氏，“其技巧不逊于雪芹。我们现在不知道雪芹在他原著后三十回是否就是如此写的。如果这不是出于雪芹自己笔下，则这位续书人也算是十分细心了。”

第五十八回回首，老太妃薨，“贾母邢王尤许婆媳祖孙等皆每日入朝随祭”。尤氏底下的许氏想是贾蓉妻。想必因为许氏在书中不够重要，毫无事故，谁也不会记得她是谁，所以他处仍旧称为“贾蓉之妻”。至甲本“邢王尤许”四字已删。是谁删的？

续作者将原书看得很马虎——太虚幻境的预言除外，当然要续书不能不下番工夫研究书中预言——总是一不留神，没看见许字，所以后面补叙是胡氏。既没看见，那就是甲本删的。但是看乙本程高序，对后四十回缺少信心，遇有细微的前后矛盾，决不会改前八十回迁就后四十回。而且没有删去这四个字的必要，只要把许字改胡字，或是后文胡字改许字就是——一共只提过这两次。

如果不是甲本删的，那就还是续书人删的，因为他要写冯紫英与贾政这段对白。冯紫英转述贾珍的话，既然作者不是为了补叙贾蓉续弦妻姓氏，那么是什么目的？无非是表白贾珍以前确是赏识秦氏贤能，所以对这儿媳特别宠爱，并无别情。

旧本第一百十六回重游太虚幻境，宝玉远远看见凤姐，近看原来是秦氏，“宝玉只得立住脚，要问凤姐在那里。”哪像是为秦氏吐过血的？从以上两节看来，旧本的鸳鸯之死，想与程乙本相同，都是一贯的代秦氏辟谣。

百廿回抄本宝蟾送酒一回是旧本，“候芳魂五儿承错爱”一回不是。但是第一百十六回是旧本，回末写柳五儿抱怨宝玉冷淡。“承错爱”一定也是原有的。宝蟾送酒，五儿承错爱，这两段公认为写得较好的文字，都出于原续书者之手。所以前八十回删去柳五儿之死，又加上探晴雯遇五儿母女，也是他的手笔。祭晴雯“我二人”一节，一定也是他删的，照顾后文对晴雯的贬词。

尤三姐改为完人，也是他改的，因为重游太虚幻境遇尤三姐，如照脂本与贾珍有染，怎么有资格入太虚幻境？此外二尤的故事中，还有一句传神之笔被删，想必也是他干的事。珍蓉父子回家奔丧，听见二位姨娘来了，贾蓉“便向贾珍一笑”，改为“喜得笑容满面”。乍看似乎改得没有道理，下一回既然明言父子聚麀，相视一笑又何妨？

第六十四回写贾琏：“每日与二姐三姐相认已熟，不禁动了垂涎之意，况知与贾珍贾蓉等素有聚麀之诮，因而乘机百般撩拨……”曰“贾珍贾蓉等”，还不止父子二人，此外就我们所知，可能包括贾蔷。第九回写贾蔷“从小儿跟着贾珍过活，如今长了十六岁，比贾蓉还风流俊俏，他兄弟二人最相亲厚，常相共处。宁府中人多口杂，那些不得志的奴仆们专能造言诽谤主人，因此不知又有了什么小人诟谇谣诼之词，贾珍向亦风闻得些，口声不大好，自己也要避些嫌疑，如今竟分与房舍，命贾蔷搬出宁府，自去立门户过活去了。”本已谣传父子同与贾蔷同性恋爱。至于二尤，贾珍固然不会愿意分润，但如遇到抵抗，不是不可能让年轻貌美的子侄去做敲门砖。

但是“素有聚麀之诮”，贾琏不过是听见人家这么说。而且二尤并提，续书者既已将尤三姐改为贞女，尤二姐方面也可能是谣言。即在原书中，尤三姐也是尤二姐嫁后才失身贾珍。那么尤二婚前的秽闻只涉尤二，尤三是被姐姐的名声带累的。

同回又云：“贾蓉……素日同他两个姨娘有情，只因贾珍在内，不能畅意，如今若是贾琏娶了，少不得在外居住，趁贾琏不在时，好去鬼混……”又是二尤并提。是否贾蓉与尤二也未上手？

回末又云：“二姐又是水性的人，在先已和姐夫不妥，况是姐夫将他聘嫁，有何不肯？”这是从尤二姐本身的观点叙述，只说与贾珍有关系。作者常从不同的角度写得闪闪烁烁。但是续书人本着通俗小说家的观点，觉得尤二姐至多失身于贾珍，再有别人，以后的遭遇就太不使人同情了。好在尤三姐经他改造后，尤二姐的嫌疑减轻，只消改掉贾蓉向父亲一笑的一句，就不坐实聚麀了。

其实“一笑”也许还是无碍。不是看了下一回“聚麀之诮”,“向贾珍一笑”只是知道父亲的情妇来了。但是揆情度理，以前极写贾蓉之怕贾珍，这回事如果不是他也有一手，恐怕不敢对父亲笑。续书人想必就是这样想。

他处置二尤，不过是一般通俗小说的态度，但是与秦氏合看，显然也是代为掩饰，开脱宁府乱伦聚麀两项最大的罪名。最奇怪的是抄家一回写焦大，跑到荣府嚷闹，贾政查问：

> 焦大见问，便号天跺地的哭道：“我天天劝这些不长进的东西（二字程高本删），爷们倒拿我当作冤家。爷还不知道焦大跟着太爷受的苦吗？今儿弄到这个田地，珍大爷蓉哥儿都叫什么王爷拿了去了，里头女主儿们都被什么府里衙役抢得披头散发，圈在一处空房里，那些不成材料的狗男女都像猪狗是的拦起来了，所有的都抄出来搁着，木器钉的破烂，磁器打得粉碎……”

程高本删去“东西”二字，成为“我天天劝这些不长进的爷们,倒拿我当冤家”。原文“东西”指谁？程高想必以为指“爷们”，认为太失体统，故删。——以前焦大醉骂“畜牲”倒未删，也可见程高较尊重前八十回。——但是下文述珍蓉被捕，女主人们被抢劫，圈禁空屋内，剩下的“那些不成材的狗男女”又是谁？

倘指贾珍姬妾，贾蓉曾说贾琏私通贾赦姬妾，但是贾赦将秋桐赏赐贾琏时，补写“素昔见贾赦姬妾丫鬟最多，贾琏每怀不轨之心，只未敢下手”，证明贾蓉的话不过是传闻。关于贾珍的流言虽多，倒没有说他戴绿帽子的。而且焦大“天天劝这些不长进的东西，”也绝对不能是内眷。

唯一的可能是指前文所引：“那些不得志的奴仆们，专能造言诽谤主人，”诬蔑贾珍私通儿媳，诱奸小姨聚麀，父子同以堂侄为娈童。这些造谣言的“狗男女都像猪狗是的拦起来了。”抄家时奴仆是财产的一部份，像牲口一样圈起来，准备充公发卖，或是皇上家赏人。

这里续书完全歪曲作者原意。焦大醉骂，明言“连贾珍都说出来，乱嚷乱叫，说‘我要到祠堂里哭太爷去，那里承望到如今生下这些畜牲来，……爬灰的爬灰……’”如果说焦大当时是酒后误信人言，他自己也是“不得志的奴仆……诽谤主人”。他是他家老人，被派低三下四的差使，正是郁郁不得志。但是无论谁看了醉骂那一场，也会将焦大视为正面人物。续作者只好强词夺理，扭转这局面，倒过来叫他骂造谣生事的仆人。

续书人这样出力袒护贾珍，简直使人疑心他是贾珍那边的亲戚，或是门客幕友。但是近亲门客幕友应当熟悉他们家的事。

第一百十六回贾政叫贾琏设法挪借几千两，运贾母灵柩回南。“贾琏道：‘借是借不出来，住房是官盖的，不能动，只好拿外头几所的房契去押去。’”——甲本改由贾政插入一句：“住的房子是官盖的，那里动得？”对白较活泼。

荣宁两府未云是赐第。“官盖的”似指官署。倘指曹頫的织造署，抄家前先免官，继任到后主持抄家，曹家自己迁出官署。当时“恩谕少留房屋，以资养赡。今其家属不久回京……应将在京房屋人口酌量拨给。”曹寅的产业，在北京有“住房二所”，外城一所。抄家后发还的北京的房子也不是“官盖的”。续书人大概根本模糊，不过要点明籍家是在曹頫任上。写抄家完全虚构，也许不尽由于顾忌，而是知道得实在有限。即使不是亲戚或门客，仅是远房本家，对他们曹家最发达的一支也不至于这样隔膜。

合计续书中透露的事实有（一）书中所写系满人；（二）元春影射某王妃；（三）王妃寿数；（四）秦氏是自缢死的；（五）任上抄家。

秦氏自缢可能从太虚幻境预言上看出来。满人可从某些仪节上测知。续书人对满化这样执着，大概是满人，这种地方一定注意的。第六十三回“我们家已有了个王妃”句，泄漏元妃是个王妃，但是续书人如果知道第三项，当然知道第一、第二项。

八十回抄本脍炙人口这些年，曹家亲友间一定不短提起，外人很可能间接听到作者自己抄家的事。他家最煊赫的一员是一位姑奶奶，讷尔苏的福晋。续书人是满人，他们皇族金枝玉叶的多罗郡王，他当然不会不知道。问题是：如果他与曹家并不沾亲带故，代为掩饰宁府秽行，可能有些什么动机？

后四十回特点之一是实写教书场面之多，贾代儒给宝玉讲书，贾政教做八股，宝玉又给巧姐讲列女传，黛玉又给宝玉讲解琴理。看来这位续书人也教读为生，与多数落第秀才一样，包括中举前的高鹗。

抄家轻描淡写，除了因为政治关系，还有一个重要原因：写贾家暴落，没有原著可模仿。而写抄家后荣府照样有财有势，他口气学得有三分像。

贾珍的行为如果传闻属实，似乎邪恶得太离谱，这位学究有点像上海话所谓“弄不落”。如果从轻发落，不予追究，成了诲淫。

如予严惩，又与他的抄家计画不合。

原著既然说过“不得志的奴仆们专能造言诽谤主人”的话，续书人是没什么幽默感的，虽然未必相信，也就老实不客气接受了。本来对贾家这批管家也非常反感——如第一百十二回平白添一笔，暗示周瑞家的私通干儿子——他是戏文说书的观点，仆人只分忠仆刁仆。焦大经他纠正后，还不甚满意，又捏造一个忠仆包勇，像包公一样被呼为“黑炭头”，飞檐走壁，是个“憨侠”，有点使人想起《儿女英雄传》，时期也相仿，不过他没有文康那份写作天才。

后四十回只顾得个收拾残局，力求不扩大事件，所以替祸首贾珍设法弥缝。就连这样，这一二百年来还是有许多人说这部书是骂满人的，满人也这么说。续书者既然强调书中人物是满人，怎么能不代为洗刷？——还是出于种族观念。

凤姐求签得“衣锦还乡”诗。宝钗背后说“这衣锦还乡四字里头还有原故”。俞平伯指出凤姐仅是临死胡言乱语，说要到金陵去，宝钗的话没有着落。

“衣锦还乡”四字，就是从十二钗册子上凤姐“哭向金陵事更哀”一句脱化出来的。“哭向金陵”，本来也有人释为归葬。“衣锦”也就是寿衣。续书本来惯杀风景。

但是第一百十六回贾政谈运柩回南，向贾琏说：“我想好几口材都要带回去，我一个人怎么能够照应？想着把蓉哥儿带了去，况且有他媳妇的棺材也在里头，还有你林妹妹的，那是老太太的遗言，说跟着老太太一块儿回去的。”“好几口材”，此外还有赵姨娘，贾政口中当然不提。怎么不提“你媳妇”，第一百十四回刚死了的凤姐？续书人也不至于这样健忘。

也许凤姐之死里面还有文章。第一百十六回是旧本，第一百十四回不是。或者旧本缺凤姐之死，至甲本已予补写，安在第一百十四回。

太虚幻境曲文预言妙玉“风尘肮脏违心愿，好一似无瑕白玉遭泥陷”。落风尘向指为娼。妙玉被强盗抢去，在第一百十二回，不是旧本，但是整个的看来，这件事大概与旧本无甚出入。被劫应卖入妓院，方应预言，但是只说贼众“分头奔南海而去，不知妙玉被劫，或是甘受污辱，还是不屈而死，不知下落，也难妄拟”。于含蓄中微带讽刺，因为刚写妙玉怀春“走火”。

第一百十七回是旧本，写贾环贾蔷邢大舅等聚饮，谈起海疆贼寇被捕新闻。既然预备不了了之，为什么又提？因为写盗贼横行，犯了案投奔海盗，逍遥法外，又犯忌，必须写群盗落网。正说到“‘解到法司衙门审问去了，’邢大舅道：‘咱们别管这些，快吃饭罢，今夜做个大输赢，’”打断。下一回有大段缺文，想必就是在这里重提这案件。劫妙玉的贼应当正法，妙玉本人却应当“不知下落”才对。

至甲本业经另人补写——百廿回抄本上是另纸缮写附黏——改为即席发落。“解到法司衙门”句下加上一段歌功颂德：“如今……朝里那些老爷们都是能文能武，出力报效，所到之处，早就消灭了。”至于妙玉：“恍惚有人说是有个内地里的人，城里犯了事，抢了一个女人下海去了。那女人不依，被那贼寇杀了。”这大概是卫道的甲本的手笔，一定要妙玉不屈而死才放心，宁可不符堕落的预言。

续书人把秦氏与二尤都改了，只剩下一个袭人，成了甲本唯一的攻击目标。脂本第六回宝玉“遂强袭人同领警幻所训云雨之事”，至甲本已改为“遂与袭人同领警幻所训之事”，入袭人于罪。全抄本前八十回是照程本改脂本，所以我们无法知道原续书者是否已经改“强”为“与”。但是因为甲本对袭人始终异常注目，几乎可以断定是甲本改的。

乙本大概觉得“强”比“与”较有刺激性，又改回来，加上个“拉”字，“强拉”比较轻松，也反映对方是半推半就。又怕人不懂，另加上两句“扭捏了半日”等等。一定嫌甲本的“诛心之笔”太晦。

第一百十八回甲本加上一段，写宝钗想管束宝玉，袭人乘机排挤柳五儿麝月秋纹。此后陆续增加袭人对白、思想、回忆，又添了个梦，导向最后琵琶别抱。嫁时更予刻划。

旧本虽也讽刺袭人嫁蒋玉菡，写得简短。他的简略也是藏拙，但是因为过简，甲本添改大都在后四十回。有一两段还好，如黛玉嗓子里甜腥，才疑心是吐血。其余都是叠床架屋，反高潮。第一百十九回喜事重重，都是他添的，薛蟠贾珍获赦，贾珍仍袭职。贾政第一〇七回已袭贾赦职，隔了十二回后下旨，又着仍由贾政袭。旧本虽有“兰桂齐芳”的话，是将来的事，中兴没这么快，形同儿戏。

看百廿回抄本，如果略去涂改与粘签，单看旧四十回原底，耳目一清，悲剧收场的框子较明显。别钗赶考，辞父遥拜，这两场还有点催泪作用，至少比一切其他的续《红楼梦》高明。科第思想，那是那时候的人大都有的。至于特别迷信，笔下妖魔鬼怪层出不穷，占掉许多篇幅，已有人指出。尤其可笑的，宝玉宝钗的八字没有合婚，因为后四十回算命测字卜卦扶乩无一不灵验如神，一合婚势必打散婚事。

写宝黛的场面不像，那倒也不能怪他。无如大多数的时候写什么不像什么，满不是那么回事。如第一百十八回王夫人谈巧姐说给外藩作妾："……别说自己的侄孙女，就是亲戚家的也是要好才好。邢姑娘我们做媒的，配了你二大舅子，如今和和顺顺的过日子不好么？那琴姑娘梅家娶了去，听见说丰衣足食的，很好；就是史姑娘……"梅翰林家并没出事，薛宝琴嫁过去自然衣食无忧。王夫人抄家没抄到她头上，贾政现是工部员外郎荣国公，一切照常，虽然入不敷出，并没过一天苦日子，何至于像穷怕了似的，开口就是衣食问题？

晚清诸评家都捧后四十回，只有大某山民说"卖巧姐一节，似出情理之外……"是因为续书人只顾盲从太虚幻境预言，不顾环境不同，不像原著八十回后惨到那么个地步。

赵冈指出后四十回有两处不接笋，如果是高鹗写的，怎么会看不懂自己的作品，不予改正？旧本也已经是这样，不过较简。第八十八回贾珍代理荣府事，应是第九十五回元妃死后的事，至第一〇六回始加解释：花名册上没有鲍二，众人回贾政："他是珍大爷替理家事，带过来的。"甲本加上两句："自从老爷衙门里有事，老太太们爷们往陵上去，珍大爷替理家事，带过来的。"这里漏掉两个"太"字，应作"老太太太太们爷们"。再不然，就是太熟读《红楼梦》，记得第五十三回除夕有"众老祖母"、"贾母一辈的两三位妯娌"出现，故云"老太太们"。但是不会略去二位太太，还是"老太太太太们"对。甲乙本同。今乙本改正为"老太太太太们和爷们"。抄本改文同今乙本，但缺一"们"字，作"老太太太太和爷们"。

其实元妃丧事不仅是荣府的事，两府有职衔的男女都要到陵上去——参看第五十八回老太妃丧。续书根本错了。

甲本作"老太太们"，错得很明显，谁都知道贾府上朝没有第二个老太太，而乙本没有校正。如果甲乙本都是高鹗的手笔，这一段是高氏整理甲本时添写的，自己的字句不会两次校对都看不出排错了。这一段似是别人补写的，在高鹗前，可能是程伟元。

第一百十八回赖尚荣未借路费给贾政，赖家不安，托贾蔷贾芸求王夫人让赖大赎身，贾蔷知道不行，假说王夫人不肯。接下文“那贾芸听见贾蔷的假话，心里便没想头，连日又输了两场，便和贾环借贷。贾环道：‘你们年纪又大，放着弄银钱的事又不敢办，倒和我没有钱的人商量。’”随即建议卖巧姐。程高本多出一段解释——全抄本未照添——：

> 贾环本是一个钱没有的，虽说赵姨娘积蓄些微，早被他弄光了，那能照应人家？便想起凤姐待他刻薄，要趁贾琏不在家，要摆布巧姐出气。遂把这个当叫贾芸上去，故意的埋怨贾芸道：“你们年纪又大……”

这两个不接笋处既经加工，怎么会没看出不接笋？实在不可思议。唯一的解释是加工者也没看清楚情节，因为后四十回乌烟瘴气，读者看下去不过是想看诸人结局，对这些旁枝情节，既不感兴趣，又毫无印象，甚至于故事未完或颠倒，驴头不对马嘴，都没人注意。这是后四十回又一特征，在我国旧小说或任何小说里都罕见。除上述两处，我也发现了个漏洞，鲍二与何三的纠葛。

来旺本有一个坏蛋儿子，“在外吃酒赌钱，无所不至”（第七十二回）。续书不予利用，另外创造了一个周瑞的干儿子何三，与鲍二打架，“被撵在外头，终日在赌场过日”。也许续书人没注意来旺的儿子，也许因为来旺强娶彩霞为媳，涉及贾环彩霞一段公案，不如不提。其实这都是我过虑，他哪管到这许多？用周瑞的干儿子，是因为周瑞有个儿子，在凤姐生日酗酒谩骂，失手把寿礼的馒头撒了一院子，经赖嬷嬷求情，才没被逐，只打了四十棍（第四十五回）。那么为什么不就用周瑞之子，正好怀恨在心，串通外贼来偷窃，报那四十棍之仇？为什么倒又造出个干儿子？因为续书人一贯的模糊影响，仿佛记得有这么回事，也懒得查。万一周瑞没儿子呢？说是干儿子总没错。

窃案发生之夜，何三当场被包勇打死，窃去贾母财宝，向系鸳鸯经管，贾母死后殉主，只得由琥珀等“胡乱猜想，虚拟了一张失单”（第一百十二回）。回末忽云：

> 衙门拿住了鲍二，身边出了失单上的东西，现在夹讯，要在他身上要这一伙贼呢。

虚拟的失单上的东西，竟找到了，已属奇闻。鲍二与何三不打不成相识，竟成为同党。两次实写众贼，都没有鲍二，想有佚文。

赵冈与王珮璋发现高鹗补过两次漏洞。第九十二回回目“评女传巧姐慕贤良，玩母珠贾政参聚散”，文不对题，只有讲列女传，玩母珠，没有慕贤良，参聚散。乙本补上巧姐的反应，及贾政谈母珠与聚散之理。

第九十三回水月庵闹出风月案，赖大点醒贾芹必是有人和他不对。“贾芹想了一想，忽然想起一个人来，未知是谁，下回分解。”下回不提了，没有交代。乙本改为“贾芹想了一会子，并无不对的人”。

乾隆壬子木活字本，即原刻乙本，这两处都没改。高鹗并没有补漏洞，是今乙本补的。

此外如“五儿承错爱，”以为宝玉调戏她，“因微微的笑着道”，原刻乙本同甲本。今乙本改为“因拿眼一溜，抿着嘴儿笑道”，变成五儿向宝玉挑逗。

第一〇一回凤姐园中遇鬼，回家贾琏“见他脸上颜色更变，不似往常，待要问他，又知他素日性格，不敢相问。”甲乙本同。今乙本始误作“凤姐见他脸上颜色更变，不似往常，待要问他，又知他素日性格，不敢相问”。

乾隆百廿回抄本第七十八回朱批“兰墅阅过”四字。杨继振相信是高鹗的稿本，题为“兰墅太史红楼梦稿”。俞平伯吴世昌都认为不是。自己的稿子上怎么会批“阅过”？俞平伯倾向于乙本出版后，据以抄配校改旧抄本。吴世昌的分析，大意如下：

前八十回—— 底本：早期脂本。
改文：高氏修改过的另一脂本抄本。

后四十回—— 底本：高氏续书旧本。
改文：高氏续书改本之一——先后改过不止一次。

“可以定为乾隆辛亥（一七九一）以前的本子，亦即程伟元在这一年付排的百二十回《红楼梦》全书以前的钞本。”（《红楼梦稿的成分及其时代》）

这就是说，是甲本出版前的一个抄本。既非高氏稿本，当然也不是他叫人代抄的，而是拿来给他鉴定或作参考的。想必他这个较早的后四十回改本也与后四十回旧本一样流传。

我看了这百廿回抄本的影印本，发现第九十二、九十三回的漏洞已经补上——“慕贤良”、“参聚散”、贾芹“并无不对的人”。第一〇九回柳五儿也“拿眼一溜，抿着嘴笑”，第一〇一回凤姐遇鬼，贾琏变色，凤姐不敢相问，俱同今乙本。

第一〇六回补叙贾珍代理荣府事，作“老太太太太（们）和爷们”，也是照今乙本涂改的，前面已经提过，此外不能多引了。据此，这抄本的年代不能早于壬子（一七九二），原刻乙本出版的那年。

但是在“金玉姻缘”、“金石姻缘”的问题上，全抄本又都作“金石”（第九十五、九十八回），同原刻乙本，与今乙本异。

此外当然还有俞平伯举出的“未改从乙（即今乙）之例二条”第一项：第六十二回“老太太和宝姐姐，他们娘儿两个遇的巧。”同甲乙本。今乙本“老太太”作“大太太”。

这种地方是酌采，还是因为是百衲本——像俞平伯说的——须俟进一步研究。这本子本来有许多独立之处，也有些是妄改，俞平伯分析较详，但是声明他没有仔细校勘后四十回。所以他认为改文是乙（即今乙）本。吴世昌则含糊的称为“程本”或“高氏修订后的续书本子”，不言甲乙，一定是在后四十回发现有些地方又像甲本——因为原刻乙本未改甲本。好在他说高氏续书“正如他的前辈曹雪芹一样，也是屡次增删修订而成”，这不过是改本之一。

高氏在乙本出版后还活了二十三年，但是如果又第三次修订《红楼梦》，不会完全没有记载。今乙本一定与他无关。但是根据吴世昌，今乙本是高氏较早的改本，流传在外，怎见得不是别人在乙本出版后渗合擅印的？

倘是高氏早期改本，修改时手边显然已无后四十回旧稿，就着个残缺的过录本改，竟没看出至少有两处被人接错了。佚文未补，补了两个漏洞，出甲乙本的时候又挖去，留着五个漏洞，这都在情理之外。

距今十一年前，王珮璋已经疑心“程乙本（即今乙本）是别人冒充程高修改牟利的，所以改得那么坏。”但又认为可能性不大，因为：

（一）甲本与（今）乙本相隔不足三月，高鹗健在，此后还中进士，做御史，他人未便冒名。

（二）（今）乙本前的引言，确是参考各本的人才写得出。

（三）都是苏州萃文书屋印的。甲、（今）乙本每页的行款、字数、版口等全同。文字尽管不同，到页终总是取齐成一个字，故每页起讫之字绝大多数相同。第一百十九回第五页，两个本子完全相同，简直就是一个版，不可能是别人冒名顶替。

现在我们知道中间另有个乙本，也是萃文书屋印的。三个本子自甲至乙、至今乙，修改程序分明。今乙本袭用乙本引言，距甲本决不止三个月。究竟隔了多久？

今乙本与甲本每页起讫之字几乎全部相同，是就着甲排本或校样改的，根本没有原稿。杨继振藏百廿回抄本当是今乙本出版后，据以校改抄配，酌采他本，预备付抄，注有“另一行写”、“另抬写”等语。不过是物主心目中最好的本子，不见得预备付印传世。

“兰墅阅过”批语在第七十八回回末，或者只看过前八十回脂本原底。第八十回回末残缺，故批在较早的一回末页。还有一个可能，是这抄本落到别人手里，已经不知道是什么本子，请专家鉴定。批“兰墅阅过”，自必在今乙本出版后若干年。

封面秦次游题“佛眉尊兄藏”。影印本范宁作跋，云不闻杨继振有“佛眉”之号，疑杨氏前还有人收藏。道光乙丑年（一八二九），这本子到了杨氏手里，连纸色较新的誊清各回也都有损坏残缺。抄配今乙本各回既已都这样破旧，今乙本应当出版很早，不在乾隆末年，也是嘉庆初年。

“……甲乙两本，从辛亥冬至到壬子花朝，不过两个多月，而改动文字据说全部百二十回有二万一千五百余字之多，即后四十回较少，也有五九六七字，这在《红楼梦》版本上是一个谜。”（俞平伯《谈新刊〈乾隆抄本百廿回红楼梦稿〉》）现在我们至少知道不全是程高二人改的，也不都在两个月内。

汪原放记胡适先生所藏乙本的本子大小，——米突想系“仙提米突”误——分订册数，都与原刻乙本不同。但是初版今乙本一定与甲乙本完全相同，页数也应与乙本相同，比甲本多四页，始能冒充。乙本几乎失传，想必没有销路，初版即绝版，所以书坊中人秘密加工，改成今乙本。目的如为牟利，私自多印多销甲本，不是一样的吗？还省下一笔排工。鉴于当时对此书兴趣之高与普遍，似乎也是一片热心“整理”《红楼梦》。

剩下唯一的一个谜，是萃文书屋怎么敢冒名擅改。前文企图证明今乙本出版距乙本不远，高鹗此后中进士，入内阁，这二十多年内难道没有发觉这件事？

汪原放、赵冈、王珮璋三人举出的甲本与（今）乙本不同处，共有二十七个例子，内中二十一个在前八十回。前八十回大都是乙本改的，后四十回全都是今乙本改的。今乙本改前八十回，只有两个例子。照一般抽查测验法，这比例如果相当正确的话，今乙本改的大都在后四十回。

萃文书屋的护身符，也许就是后四十回特有的障眼法，使人视而不见，没有印象。高鹗重订《红楼梦》后，不见得又去重读一部后出的乙本，更不会细看后四十回。也不会有朋友发现了告诉他。后四十回谁都有点看不进去，不过看个大概。

高鹗续书唯一的证据，是他作主考那年张船山赠诗：“艳情人自说红楼”，句下自注：“传奇红楼梦八十回后俱兰墅所补。”在那时代，以一个热中仕进的人而写艳情小说，虽然不一定有碍，当然是否认为妥。程高序中只说整理修订、“截长补短”，后人不信，当时一定也有好些人以为是高氏自己续成。这部书这样享盛名，也许他后来也并不坚决否认。

山西发现的甲辰（一七八四年）本，未完的第二十二回已补成，同程甲本而较简。吴世昌认为是高鹗修改过的前八十回，作序的梦觉主人也是高氏化名。

高氏一七八五年续娶张船山妹，倘在甲辰前续书，当在续弦前好几年。张妹嫁二年即死，无出，在程高本出版四年前已故，距赠诗已有十四年之久。张认为妹妹被虐待，对高非常不满，这些年来不知道有没有来往，也未必清楚《红楼梦》整理经过。但既然赠诗，岂有不捧句场之理？这也是从前文人积习。

此外还有高鹗《重订小说既竣题》一诗：

老去风情减昔年，万花丛里日高眠。昨宵偶抱嫦娥月，悟得光明自在禅。

吴世昌自首句推知高氏昔年续作后四十回，现在老了，“只能做些重订的工夫”；否则光是修辑《红楼梦》，怎么需要这些年，“昔年”也在做？这样解释，近似穿凿。乙本引言作于“壬子花朝后一日”，诗中次句想指花朝。上两句都是说老了，没有兴致。下两句写昨夜校订完毕的心情，反映书中人最后的解脱。“抱嫦娥月”是蟾宫折桂，由宝玉中举出家，联想到自己三四年前中举后，迄未中进士，年纪已大，自分此生已矣，但是中了举，毕竟内心获得一种平静满足，也是一种解脱。看高氏传记材料，大都会觉得这是他在这一阶段必有的感想。他是“晚发”的。《砚香词》中屡次咏中举事，也用过“嫦娥佳信”一辞。

后四十回旧本一定在流行前就已经残缺了，不然怎么没法子从别的本子补上？我们知道程高与今乙本的编辑手边都有后四十回旧本，因为屡次改了又照旧本改回来。程高序中说：“更无他本可考”，是否实话？会不会另有个甲本抄本，由程高采用？还是甲乙本同是统由高鹗修改补写的？

甲辰本的第二十二回已补，将原定宝钗制谜改派给黛玉，此后贾政看了宝玉的谜，“往下再看道是：‘有眼无珠腹内空，荷花出水喜相逢。梧桐叶落分离别，恩爱夫妻不到冬。’打一物。贾政看到此谜，明知是竹夫人，今值元宵，语句不吉，便佯作不知，不往下看了。”未说是谁做的，是补写者聪明处。除有神秘感外，也还有点可能性，同回贾环的谜也既俗又不通。甲辰本批：“此宝钗金玉成空”。似是原意。宝钗怎么会编出这样粗俗的词句，而且给贾政看？联想到第七十九回香菱说“我们姑娘的学问，连我们姨老爷时常还夸呢！”令人失笑。

到了程甲本，当然已经指明是宝钗的谜。是甲本改的还是续书人改的？还是本来是续书人代补的？后四十回的诗词虽幼稚，写宝钗的口吻始终相当稳重大方，似乎不会把这民间流行的谜语派给她，怎么着也要替她另诌一个。但是如果书中原有，他也决不会代换一个。

一七九〇年左右，百廿回抄本与八十回抄本并行，可见有一部份读者不接受后四十回。如果并行的时期较早，甲辰本或者是酌采续书人改动前文处，第二十二回那就是他补的。但是一七八四年还没有百廿回本之说。

竹夫人谜似乎目光直射后四十回结局，难道除了续书人还有第二个人设想到同一个明净的悲剧收场——宝玉遗弃宝钗——不像所谓“旧时真本”宝钗嫁后早卒，宝玉作更夫，续娶沦为乞丐的湘云；与另一个补本的钗黛落教坊。这是单就书中恋爱故事而言，后四十回的抄家根本敷衍了事，而另外两个本子想都极写抄家之惨，落教坊也是抄没人口发卖，包括家属。

这两种补本似乎也是悲剧。最早的三部续《红楼梦》倒都是悲剧，不像后来续的统统大团圆。这是当时的人对此书比较认真，知道大势无法挽回。所以补第二十二回的人预知宝玉娶宝钗、出家，也许并不是独特的见解。

大概不是续书人补的。那么在他以前已经有一个人插手，在他以后至少也有一人——后四十回有个接错的地方，似是程高前另人加工，添了一段。还添了别处没有？周春《阅红楼梦随笔》记一七九〇年有人在浙买到百廿回抄本，这本子的后四十回是简短的旧本，还是扩充的，如程甲本？前八十回有没有甲本的特征？

周汝昌说“乡屯”戚本改“乡郇”，俗本均作“村”，想必是指后出的坊本。甲本直到光绪年间，乙本与今乙本都简称“屯”。东北的屯最多。高鹗原籍辽宁。如果甲本的编辑是南人——北人也或者是东北、河北最熟悉这名词——一定会把第三十九回这个“屯”字与后四十回的许多“屯”字都改了，高氏重订乙本时已经看不到，不及保留。甲本不但没改，添写部份还也用“屯”字，如前引“差人下屯”。

乙本引言对后四十回显然不满：“至其原文，未敢臆改，俟再得善本，更为厘定，且不欲尽掩其本来面目也。”可见程高并不是完全没有鉴别力。但是高鹗重订乙本，所改的全在前八十回，后四十回似乎分毫未动。为什么他们俩赞扬的反而要改，贬抑的反而不改？理由很明显：甲本前八十回改得极少——大部份是原续书人改的——而后四十回甲本大段添改。是高氏自己刚改完的，当然不再改。因此甲本也是高氏手笔。

至少我们现在比较知道后四十回是怎样形成的。至于有没有曹雪芹的残稿在内，也许已经间接的答覆了这问题。当然这问题不免涉及原著八十回后事的推测，一言难尽，改日再谈。正是：欲知后事如何，且待下回分解。

红楼梦插曲之一
——高鹗、袭人与畹君

上次写《红楼梦未完》，预备改日再谈八十回后事。无如《红楼梦》这题材实在浩如烟海，就连我看到的极有限的这么点，也已经“乡下人进城，说得嘴儿疼”。千头万绪，还在整理中，倒已经发现《红楼梦未完》有许多地方需要补充，就中先提出高鹗与袭人这一点。

高鹗对袭人特别注目，从甲本到乙本，一改再改，锲而不舍，初则春秋笔法一字之贬，进而形容得不堪，是高本违反原书意旨最突出的例子。恨袭人的固然不止他一个，晚清评家统统大骂，唯一例外的王雪香需要取个护花主人的别号，保护花袭人。但是高鹗生平刚巧有件事，也许使他看了袭人格外有点感触。

吴世昌著《从高鹗生平论其作品思想》——载《文史》第四辑——内有：“高鹗在戊申中举前似乎还有一妾（？）和他离异，自去念佛修行。《砚香词》的末一首《惜余春慢》显然即指此事。原词曾有涂改，照录如下：

> 春色阑珊，东风飘泊，忍见名花无主。钗头凤拆，镜里鸾孤，谁画小奁眉妩？曾说前生后生，梵呗清禅，只侬（原作‘共谁’）

挥尘。恰盈盈刚有，半窗灯火，照人凄楚。

那便向粥鼓钟鱼，妙莲台畔，领取蒲团花雨？兰芽忒（原作‘太’）小，萱草都衰，担尽一身甘苦。漫恨天心不平，从古佳人（原作‘红颜’），总归黄土。更饶（原作‘纵凭’）伊槌（原作‘打’）破虚空，也只问天无语。

此妾大概原为乐户或女伶（‘名花’），〔按：名花通指妓女，倘称女伶为名花，恐怕会被打嘴巴子。〕在高家还生下了孩子（‘兰芽忒小’），又要伺候高鹗的衰迈老母（‘萱草都衰’），大概也是受不了痛苦（‘担尽一身甘苦’）才离开他的。据本书末所附的《砚香词校记》，知《惜余春慢》词下原有标题‘畹君话旧，作此唁之，’知此女名畹君，与高鹗结识已久。离异以后，他还常去找她。集中有一首《唐多令》的小题是：‘题畹君话箑，其下片全是调笑之词。另有一首《金缕曲》，原稿上有被重钞此词的纸片所掩盖的题记：

不见畹君三年矣。戊申秋隽，把晤灯前，浑疑梦幻。归来欲作数语，辄怔忡而止。十月旬日，灯下独酌，忍酸制此，不复计工拙也。

词中说畹君是他‘故人’，呼她为‘卿卿’。又说，‘一部相思难说起，尽低鬟默坐空长叹。追往事，寸肠断。’下片似乎说畹君要他‘重践旧盟’，使他十分为难，以致回家以后，还在‘怔忡’。另有一首《南乡子》，题为‘戊申秋隽喜晤故人’，中有：‘今日方教花并蒂，迟迟！’等语，即指《金缕曲》中与畹君相晤之事。又有《临江仙》，题为‘饮故人处’，也是艳情，则此‘故人’亦即畹君。《遗稿》七律《幽兰有赠》：‘九畹仙人竟体芳，托根只合傍沅湘’，似亦赠畹君。（注：‘兰’、‘畹’意义相关，系从《离骚》‘余既滋兰之九畹兮’一语而来。）”

畹君在高家“担尽一身甘苦”，似乎中馈乏人，只有这一个妾操持家务。高鹗一七八一年死了父亲与妻子，一七八五年续娶张船山妹。这该是丧妻后续弦前的四年间的事。出来是否与续弦有关？

在那个时代，婚前决不会先打发了房里人，何况已经有了孩子。想必是她自己要走。“兰芽忒小”。孩子那么小，大概进门不多几年，极可能在前妻死后。高鹗那时候是个不第秀才，教读为生。青楼中人嫁给一个中年塾师，也许是图他没有太太，有一夫一妻之实。也许答应过她不再娶。因此一旦要续弦，她就下堂求去。

“钗头凤拆”句用陆放翁故事，显指与婆婆不合，以致拆散夫妻。这位高老太太想必难伺候，畹君的地位又低，前妻遗下子女成行，家里情形一定复杂，难做人。姨太太当家，倒像拙著《怨女》里面，不过那姨太太本是母婢，这是外来的妓女，局面的爆炸性可想而知。“萱草都衰”显然不止他一个母亲，畹君方面也有父母靠她，想必也要高鹗养活，更是一条导火线。

也甚至于高太夫人也像《怨女》内的婆婆，用娶填房媳妇作武器，对付子妾，老闹着要给儿子提亲。刚巧有这张家愿意给，因为家境太坏，做填房可以省掉一副嫁妆。十八岁的能诗少女，从前的读书人大概谁听了都怦然心动，也难怪高鹗禁不起诱惑。

吴世昌推测畹君是因为带孩子伺候婆婆太辛苦，“（‘担尽一身甘苦’）才离开他的”，仿佛是他死了太太，家务都落在她一个人身上，操劳过甚而求去，适得其反。

高鹗在一七八六年以前北上，到过边疆，大概是作幕。但是一七八六年就又回京乡试，依旧落第。当是一七八五年续弦后不久就北行。有没有带家眷？

张船山庚戌哭妹诗："我正东游汝北征，五年前事尚分明。那知已是千秋别，犹怅难为万里行。……"五年前正是一七八五年，他四妹张筠嫁给高鹗那年。东游、北征是从北京出发，还是从他们家乡四川？北征那就是远嫁到北京。

她葬在北京齐化门外，哭妹诗又有"寄语孤魂休夜哭，登车从我共西征。"参看《船山诗草》题记上他自己的行踪，他们家一直在四川。但是卷二有《乙巳八月出都感事》，也是一七八五年。那次东游北征既是兄妹永别了，一定就是那年八月别妹出都。北征当是跟着丈夫到塞上。

高鹗《金缕曲》前题云："不见畹君三年矣。戊申秋隽，把晤灯前，浑疑梦幻。……"

一七八八年秋天中举，已经与畹君三年不见了。三年前正是动身北上的时候。回京后一直没见过面。

《南乡子》也是记"戊申秋隽喜晤故人"："今日方教花并蒂，迟迟！"言下大有恨晚之意，仿佛等得好苦。想必三年前分手后，北上前见过不止一次，未能旧梦重温。

《惜余春慢》上似言下堂后入尼庵修行，自应笃守清规。三年后怎么又藕断丝连起来？

从前的妇女灰心起来，总是说长斋礼佛，不过是这么句话。"那便向粥鼓钟鱼，妙莲台畔，领取蒲团花雨？"本是个问句，是说：哪里就做尼姑了？同一首词上又云"从古佳人总归黄土"，畹君并没死，想也不过是常对他说死呀活的。"曾说前生后生"，这些都是例有的话。“东风飘泊，忍见名花无主”，显然出来仍操旧业。本来她还有父母要养活。关于她的词还有一首题为“饮故人处”，当然不是尼庵。

张筠家学渊源，有“窈窕云扶月上迟”句为人称道，相貌如何没有记载。短寿，总也是身体不好。如果长得不怎么好，任是十八岁的女诗人也没用。高鹗有许多诗词她也未见得欣赏，年纪又相差太远，心里一定非常委屈。高鹗屡试不售，半世蹭蹬，正有个痛疮可揭。心里又另有个人在。相形之下，婚后也许更迫切的需要畹君。

高氏《月小山房遗稿》有这首无题诗，吴世昌推断作于一七八六年或更早：

> 荀令衣香去尚留，明河长夜阻牵牛。便归碧落天应老，仅隔红墙月亦愁。万里龙城追梦幻，千张凤纸记绸缪。麻姑见惯沧桑景，不省人间有白头。

“万里龙城追梦幻”指北上，到边城追求一个渺茫的目标。次句牛郎被银河所阻，夫妇不能相会。首句荀令是三国时人荀彧。传说《襄阳记》上有“荀令君至人家坐幕，三日香不歇。”喜庆的时候在户外张着帷幕，招待客人，这是比喻畹君到他家没待多久。浑身香，是畹君的特点之一。另一首《幽兰有赠》：“九畹仙人竟体香，托根只合傍沅湘。”离骚兰畹意义相关，畹君想也是他代取的小字，因为她是湖南人，又香。他侧艳的诗词为她写得最多，也正合“千张凤纸记绸缪”。

“仅隔红墙月亦愁”，咫尺天涯，显然不是北上后怀念远人，而是动身前。也许临行也没有去辞别，“相见不相亲，不如不相见”。

“麻姑见惯沧桑景，不省人间有白头”，这两句似不可解，除非参看她后来要求“重践旧盟”这回事。离异的时候一定有这话：将来还是要跟他的。在什么情形下？总不外乎等老太太死了看情形。“待母天年”，而她在妓院等待，似乎太不成话。他也许是含糊答应，也许是实在不忍分离，只好先答应着再说。现在被她捏住这句话，要叙旧情一定要等重圆后，即使等到头发白，一点也不能预支。她年轻——至少看着非常年轻，像仙姑一样超然在时间外，不知道人是会老的。他已经有白头发了。（“无情白发骎骎长”——下年《看放榜归感书》诗）

那时候北京妓女的身价不高，因为满清禁止官员嫖妓，只好叫小旦侑酒，所以相公堂子高贵得多。但看《红楼梦》里的云儿，在席上拧了薛蟠一把，十足是个中下等妓女的作风（第二十八回）。“冯紫英先命唱曲儿的小厮过来让酒，然后命云儿也来敬酒。”同席“唱小旦的蒋玉菡”则是客人身分，不过行酒令也有云儿。

畹君嫁人复出，至多“搭班”，不会再受鸨母拘管。他来也是客，未便歧视，但是越是这样，她越是不能让他看轻了她。也只有他不能拿她当妓女看待，所以门外萧郎连路人都不如了。

张筠才二十岁就死了。时人震钧《天咫偶闻》记此事，说她“抑郁而卒。……兰墅能诗，而船山集中绝少唱和，可知其妹饮恨而终也。”哭妹诗上说：“似闻垂死尚吞声……”、“穷愁嫁女难为礼，宛转从夫亦可伤。……未知绵惙留何语，侍婢扪心暗断肠。”、“死恋家山难瞑目，生逢罗刹早低眉。”

佛经上罗刹可男可女，男丑女美。似乎不会指高老太太。但是一般通指悍妇,虐待也是婆婆的机会多,除非丈夫真是患虐待狂。《红楼梦》里的迎春在孙绍祖手里,“一载赴黄粱”,那是富贵人家,像高鹗这样的寒门,不大容易施展,又不像小户人家,打老婆可以是家常便饭。从畹君的事上可以知道高老太太的手段,张筠这样的女孩子更不比畹君,没有处世的经验,又没有嫁妆,娘家又没有人在这里。

高鹗婚后不久就携眷北上,丢下老母与子女,加上畹君去后留下的幼儿,倒又不需要人照应了。倘是为生活所迫,一般习惯上都把妻子留下。难道是看看风色不对,逃难似的把张筠带走了?那时候他也许还希望在边疆上另立小家庭,有个新的开始。但是“万里龙城追梦幻,”是个梦。为前途着想,还是回京应考。也许与夫妇感情不好也有关。果然回来了一年就送了她的命。至少回来那年他母亲还在,有诗为证:“小人有母谓之何”(《看放榜归感书》)。

当然他对张筠的心理也很复杂。她一共嫁过来两年,倒有一年是跟着他出去,所以也难说,甚至于他也有份,也是给他作践死的。

他太太死了一年,他都没有去看畹君,这一点很可注意。回京两年后,一七八八年他中了举,才去找她。畹君知道他最深,他一生最大的症结终于消除,她也非常兴奋。《南乡子》记他们俩“同到花前携手拜,孜孜。谢了杨枝谢桂枝。”想是先拜室内供的观音,再到户外拜月,因为秋试与嫦娥有关——蟾宫折桂,桂花又称嫦娥花。《金缕曲》续记那次会晤:“一部相思难说起,尽低鬟默坐空长叹。追往事,寸肠断。”

也就是那天,“今日始教花并蒂”。她要他重践旧盟,使他十分为难,词下题记:“归来欲作数语,辄怔忡而止。十月旬日,灯下独酌，忍酸制此，不复计工拙也。”十月旬日，距放榜已经有些日子，一直没再去，自是不预备履约。当然现在情形不同了，他尽管年纪不轻了，中了举将来中进士，还是前程未可限量，不能不为未来着想。下堂妾重堕风尘三年，再覆水重收，被人笑话，太犯不着。但是这一点，他去找她以前不见得没想到，心里不会全无准备，似乎不至于这些天还这样激动。

三年来一直不去，不中举大概不会去了，当然也是负气。下意识内，他一定已经有点知道，连这红粉知己也对他失去了信心，看准了他这辈子考不上了。果然一听见考中，不再作难，马上洞房花烛夜，金榜挂名时，而且久别胜新婚。回来以后回过味来，却有点不是味。

那两首《金缕曲》、《南乡子》当然没有正视现实，只写他能接受的一面。《砚香词》没有年份，以长短分类，早晚分先后，是中举那年季冬修订成集。前引《惜余春慢》是末一首。这是最后一首长调，小令、中调另外排。所以《惜余春慢》不一定是最晚的一首，但是看来是坠欢重拾后的又一次会晤。标题“畹君话旧，诗以唁之”，似乎这次见面她很伤心，老是讲往事，要削发为尼。他也就将他们的历史作一总结，作为吊唁：“兰芽忒小，萱草都衰”、“钗头凤拆”、“名花无主”等等。“春色阑珊”，似乎他如愿以偿后再看看她，已有迟暮之感了。

《临江仙》题为“饮故人处”，吴世昌说“也是艳情”。这里的故人与新人对立，刚离异也可以称故人。但是中举前不会与故人有艳情，所以唯一的可能是重逢后又再一次造访。

还有《唐多令》“题畹君画箑”，“下片全是调笑之词”。《砚香词》借不到，光看吴世昌的记载，无法揣测时期，也可能题扇是他们从前的事。反正他以后还去过不止一次，让他们的感情渐趋灯尽油干，寿终正寝，否则不免留恋。过了中举那年，他不再写词，艳体诗则两三年后仍旧有，但是不是写她了。

一部份人相信《红楼梦》不可能是高鹗续成的，我也提出了些新证据。后四十回的作者将荣宁败落这一点故意冲淡，抄家也没全抄，但是前八十回一再预言，给人的印象深，而后四十回给人印象模糊。所以续书不过是写袭人再醮失节，在读者心目中总仿佛是贾家倒了她才走的。袭人领姨奶奶的月费已经有两年了，给王夫人磕过头，不过瞒着贾政，所以月费从王夫人的月例里面拨给。

在高鹗看来，也许有下列数点稍有点触目惊心：

(一) 势利的下堂妾。

(二) 畹君以妾侍兼任勤劳的主妇，与袭人在宝玉房里的身分相仿。

(三) 都是相从有年，在娶妻前后下堂。表面上似被遗弃——男子出走或远行——实是负恩。

(四) 畹君两次落娼寮，为父母卖身。袭人在第十九回向母兄说：“当日原是你们没饭吃，就剩我还值几两银子，若不叫你们卖，没有个看着老子娘饿死的理。……如今爹虽没了……若果然还艰难，把我赎出来，再多掏澄几个钱，也还罢了……”初卖为婢，赎出再卖大价钱，当是作妾为娼。当然她不过是这么说，表示如果真是穷，再被卖一次也愿意。脂本连批“孝女义女”。

(五) 第七十七回有“这一二年间袭人因王夫人看重了他了，越发自己要尊重，凡背人之处，或夜晚之间，总不与宝玉狎昵。”

自高身价，像《聊斋》的恒娘一样吊人胃口。

（六）男子中举后斩断情缘。

他始终不能承认他的畹君是这样的，对袭人却不必避讳，可以大张挞伐。

中举后第四年的花朝，改完了乙本《红楼梦》，作此诗：

> 老去风情减昔年，万花丛里日高眠。昨宵偶抱嫦娥月，悟得光明自在禅。

“昨宵”校改完工，书中人中举出家，与他自己这件记忆常新的经验打成一片：蟾宫折桂后玉人入抱，参欢喜禅，从此斩破情关，看破世情，获得解脱。只要知道高鹗一生最大的胜利与幻灭，就可以相信这一串联想都是现成的，自然而然会来的。

那时候他三年会试未中，事业又告停顿，不免心下茫然。程小泉见他“闲且惫矣”，邀他帮着修订《红楼梦》，也是百无聊赖中干的事。但是中了举到底心平些，也是一种解脱，就跟书中人中举出家一样。我在《红楼梦未完》里分析这首诗，认为反映他在这一个阶段的心理。当时知道他的人与朋友间应当是这样解释，这篇短文则是企图更进一层加个注脚。

初详红楼梦
——论全抄本

《红楼梦》这样的大梦，详起梦来实在有无从着手之感。我最初兴趣所在原是故事本身，不过我无论讨论什么，都常常要引《乾隆抄本百廿回红楼梦稿本》（以下简称全抄本），认为全抄本比他本早。这话当然有问题，不得不预先稍加解释。

这抄本的前八十回，除抄配的十五回不算，俞平伯说“大体看来都是脂本……却非一种本子，还是拼凑的……相当可靠……因为绝非杨继振（道光年间藏书者）等所能伪造。……是否与《红楼梦》作者原稿有关，尚不能断定。”因为当时传抄中可能经人改写。附批很少，只有没删净的几条。“《红楼梦》最先流传时，附评是很多的。后来渐渐删去了。……从这一点说，大约与甲辰本年代相先后。”

没有评注，可能是后期抄本，根据早期底本过录。但是头十八回是另一个来源，没有照程本涂改。第十七至十八回已分两回，显较庚本晚。第三回妄加三句，似还没有人指出。凤姐问黛玉一连串的话，插入“黛玉答道：‘十三岁了。’又问道……”上一回黛玉“年方五岁”，从扬州进京，路上走了八年！

此外俞平伯举出的许多缺文，如果我们不存成见，就可以看出是本来没有的，后加的补笔。如第三十七回贾政放学差一段。抄本第六十四回贾敬丧事中，贾政在家，屡与贾赦并称，庚本代以贾琏（俞平伯认为此处的“琏”字也不一定靠得住)。全抄本第六十九回已经改了贾政不在家。显然它的第三十七、六十四两回都是早稿，贾政并未出门。第三十七回回首放学差一节是后加的帽子，解释宝玉为什么能一直不上学，在园中游荡。

同样的，第五十五回回首没有老太妃病。吴世昌考据出第五十八回老太妃死原是元妃死，改写中将元妃之死移后，而又需要保留贾母等往祭，离家数月，只得代以老太妃。所以老太妃病是后加的伏笔。全抄本第五十五回没有这顶帽子，第五十八回突然说：“谁知上回所表的那位老太妃已薨。”戚本、程本也都没有第五十五回的帽子。

第七十回回首“王信夫妇”全抄本讹作“王姓夫妇”，同程本。

第七十三回迎春乳母之媳，庚本作“王柱儿媳妇”，全抄本作“玉柱儿媳妇”，程本同。第六十二回宝玉生日，到“李赵张王四个奶妈家让了一回”。除李嬷嬷外，有贾琏乳母赵嬷嬷，张嬷嬷不知道是谁，王嬷嬷想必就是迎春的乳母，王柱儿的母亲。全抄本、程本都误加一点成玉，似是程高采用这抄本的又一证。但是当时流行的抄本也许这几回大都与这本子相仿，程高似乎没看见过第五十五回的帽子。

由于改写过程的悠长，有些早本或者屡次需要抄配。如第三十七、五十五回不过加个帽子，可以仍用旧稿，就疏忽没加。又如第六十三回缺芳官改名改妆一节——庚本在这一大段文字完了以后分段，书中正文向无此例，显见是后加。全抄本无，第七十回却又用她的新名字温都里纳与雄奴，第七十三回又用温都里纳的汉译金星玻璃，又简称玻璃。当是加芳官改名后才有这两回，本来即有也全不能用。这百衲本上的旧补钉大概都是这样来的。

第七十回改写的痕迹非常明显。上半回贾政来信，说六七月回家，于是宝玉忙着温习功课，桃花社停顿。下半回贾政又有信来，视察海啸灾情，改年底回家，宝玉就又松懈下来，于是又开社填词。第七十一回开始，贾政已经回来了，接着八月初三贾母过生日，显然不是年底回来的，仍接第七十回上半回。一定是改写下半回，为了把那几首柳絮词写进去。第一回脂批："余谓雪芹撰此书中，亦为传诗之意。"

第七十一回鸳鸯撞见司棋幽会，伏傻大姐拾香袋，是抄园之始，直到第七十四回抄园，第七十五回中秋，上半回也还是抄园余波，这几回结构异常严密，似是一个时期的作品，至少是同一时期改写的。已卯本到七十回为止，或者在此告一段落。第七十回贾政归期改了，而底下几回早已有了，直到第八十回年底，时序分明。唯一的办法是在第七十一回回首加个帽子，解释贾政为什么仍旧六七月回家，但显然迄未找到简洁合理的藉口。

俞平伯另举出许多过简的地方，大都与"缺文"一样，是早稿较简。例如红麝串一节，没有宝钗的心理描写。元妃的赏赐，独宝钗与宝玉一样，她的反应如何，自然非常重要。全抄本只有宝钗在园中装不看见宝玉，走了过去，后来宝玉索观香串，"少不得褪了下来"，不大愿意，也是她素日的态度。未提这新的因素，到底不够周到。这种地方是只有补加，没有删去之理，正如第二十回李嬷嬷骂袭人"好不好拉出去"，全抄本无下句"配一个小子"。庚本后来又重一句：袭人先还分辩，后来听她说"哄宝玉妆狐媚，又说配小子等，"哭了。全抄本此处作"哄宝玉妆狐媚等语"，可见前文缺"配一个小子"，不是抄漏一句。这种警句也决不会先有了又删了。

第十九回回首，庚本有元妃赐酥酪，宝玉留与袭人，全抄本无。宝玉访袭，说："我还替你留着好东西呢。"直到后文叙丫头阻止李嬷嬷吃酪，说是给袭人留着的，方知是酥酪。这样写较经济自然，但是这酪不是元妃赐物。脂批赐酪："总是新春妙景。"又关照上回省亲，决不会删去这一点。

同回宁府美人画一节，庚本有两行留出空白："因想这里素日有个小书房，名……内曾挂着一轴美人画，极画的得神。今日这般热闹，想那里自然……那美人也自然是寂寞的。"全抄本略同戚本，只作"因想那日来这里，见小书房内曾挂着一轴美人，极画的得神。今日这般热闹，想来那里美人自然是寂寞的。"末句不够清楚，需要解释：因为热闹，所以没人到小书房去。庚本的底本一定是在行旁添改加解释，并加书斋名，尚未拟定。改文太挤或太草，看不清楚，所以抄手留出空白。

全抄本第二十六回没有借贾芸眼中描写袭人。回末黛玉在怡红院吃了闭门羹，在外面哭，没有那段近于沉鱼落雁的描写与诗。

袭人自第三回出场，除了"柔媚娇俏"四字评语（第六回），我们始终不知道她面长面短。这是因为她一直在宝玉身边，太习惯了，直到第二十六回才有机会从贾芸眼中看出她的状貌。全抄本上没有利用这机会，也许是起初没想到，也许是踌躇。事实是我们一方面渴想知道袭人是什么样子，看到"细挑身材，容长脸面。"不知道怎么有点失望，因为书到二十六回，读者与她相处已久，脑子里已经有了个印象，尽管模糊，说不出，别人说了却会觉得有点不对劲。其实“细挑身材，容长脸面”八个字，已经下笔异常谨慎，写得既淡又普通，与小红的“容长脸面，细巧身材”相仿而较简，没有“俏丽干净”、“黑真真的头发”等。

作者原意，大概是将袭人与黛玉晴雯一例看待，没有形相的描写，尽量留着空白，使每一个读者联想到自己生命里的女性。当然无法证明全抄本不是加工删去袭人的描写与赞黛玉绝色的一段，只能参考其他早本较简的例子。

《芙蓉诔》前缺两句插笔，似是全抄本年代晚的一个证据。原文如下：

> ……乃泣涕念曰：——诸君阅至此，只当一笑话看去，便可醒倦。——
>
> 维
>
> 太平不易之元，蓉桂竞芳之月……

这两句夹在“念曰”与诔文之间，上下文不衔接，与前半部的几次插笔不同。如果是批注误抄为正文，脂批也决不会骂这篇诔文为“笑话”。但是宝玉作诔时，作者确曾再三自谦：“宝玉本是个不读书之人，再心中有了这篇歪意，怎得有好诗好文作出来……竟杜撰成一篇长文……”“诸君……只当一笑话看”一定是自批。全抄本删去批注，因此这自批没有误入正文。

所以全抄本也没有第七十四回的“为察奸情，反得贼赃”。这八个字一直不确定是批语还是正文。“谁知竟在入画箱中搜出一大包金银锞子来奇为察奸情反得贼赃……入画只得跪下哭诉真情说这是珍大爷赏我哥哥的”（庚本）回末尤氏向惜春说：“实是你哥哥赏他哥哥的，只不该私自传送，如今官盐竟成了私盐了。”宁府黑幕固多，如果是尤氏代瞒窃案，一定又是内情复杂，最后即使透露，也必用隐曲之笔。而一开始刚发现金银，作者就指明是贼赃，未免太不像此书作风。——倒是点明入画供词是“真情”，又与这八个字冲突。这八个字想是接上文“奇”字，是批者未见回末尤氏语。

俞平伯特别提出第七十七回晴雯去后，宝玉与袭人谈话，“袭人细揣此话好似宝玉有疑他们之意”。庚本、甲辰本作“疑他”，此本多一“们”字，同戚本。“‘疑他们’者兼疑他人，便减轻了袭人陷害晴雯的责任。……关系此书作意，故引录。”

此外《芙蓉诔》缺数句，包括俞平伯曾指为骂袭人的“箝诐奴之口，讨岂从宽？剖悍妇之心，忿犹未释。”同回《姽婳词》也缺两句，显然是抄漏的。也许因为这缘故，他并未下结论，将《芙蓉诔》缺“悍妇”与“疑他们”连在一起。

宝玉与袭人谈，正暗示她与麝月秋纹一党，“疑他们”当然是兼指麝月秋纹。宝玉与袭人关系太深，不能相信她会去告密，企图归罪于麝月秋纹，这是极自然的反应。同时事实是这几个人里只有袭人有虚心事——与宝玉发生了关系——谅她不至于这样大胆，倒去告发惹祸，不比她手下的人，可能轻举妄动。这层心理也没能表达出来，不及“疑他”清晰有力。

“悍妇”也不见得是指袭人。上句“箝诐奴之口”是指王善保家的与其他“与园中不睦的”女仆。宝玉认为女孩子最尊贵，也是代表作者的意见。“贾雨村风尘怀闺秀”回目中的“闺秀”是娇杏丫头。宝玉再恨袭人也不会叫她奴才。“剖悍妇之心，忿犹未释”，如果是骂她，分明直指她害死晴雯，不止有点疑心。

而他当天还在那儿想："还是找黛玉去相伴一日，回来家还是和袭人厮混，只这两三个人，只怕还是同死同归的。"未免太没有气性，作者不会把他的主角写得这样令人不齿。"悍妇"大概还是王善保家的。

全抄本晴雯入梦，"向宝玉哭道"，戚本略同，庚本作"笑向宝玉道"。俞平伯说"笑字好，增加了阴森的气象，又得梦境之神。"同回芳官向王夫人"哭辩道"，庚本也作"笑辩道"，似乎没有人提起过。我觉得这两个"笑"字都是庚本后改的，回味无穷。芳官在被逐的时候"笑辩"，她小小年纪已有的做人的风度如在目前。王夫人就也笑着驳她，较有人情味，不像全抄本中她哭，王夫人笑。

全抄本逐晴后，写宝玉"去了心上第一个人"，这句话妨碍黛玉，所以庚本作"去了第一等的人"。

探晴一场，补叙晴雯原系赖大家买的小丫头，贾母见了喜欢，"故此赖妈妈就孝敬了的，收买进来吃工食。赖大家的见晴雯虽到贾母跟前千伶百俐，在赖大家却还不忘旧德，故又将他姑舅哥哥收买进来……"（全抄本）既然是赖家送给贾母，怎么又"收买进来"？还要付一次身价？——"吃工食"三字并无不妥，贾家的丫头都有月钱可领。——"在赖大家却还不忘旧德"，这句也不清楚，仿佛仍旧回到赖家。当作"对赖大家却还……"

庚本稍异："……故此赖嬷嬷就孝敬了贾母使唤，后来所以到了宝玉房里。这晴雯进来时也不记得家乡父母，只知有个姑舅哥哥专能庖宰，也沦落在外，故此求了赖家的收买进来吃工食。赖家的见晴雯虽在贾母跟前千伶百俐嘴尖，为人却倒还不忘旧，故又将他姑舅哥哥收买进来……"有问题的两句都已改去，"收买进来吃工食"变成说她表哥，不过两次说收买表哥进来，语气嫌累赘。前面添出不记得家乡父母，是照应《芙蓉诔》："其先之乡籍姓氏，湮沦而莫能考者久矣。"其实有表哥怎么会不知道籍贯姓氏？表哥"专能庖宰"，显已成年，不比幼童不知姓名籍贯。虽是"浑虫"，舅舅姓什么，是哪里人，总该知道。庚本显然是牵强的补笔。

全抄本第二十四回第六页有"晴雯又因他母亲的生日接了出去了"。庚本"晴雯"作"檀云"。我认为这是重要的异文，标明有一个时期的早稿写晴雯有母亲，身世大异第七十七回。

"晴雯"、"檀云"字形有点像，会不会是抄错了？或是抄手见檀云名字眼生，妄改晴雯？这里写宝玉要喝茶，叫不到人，袭人麝月秋纹碧痕与"几个做粗活的丫头"都有交代，解释她们为什么不在跟前。这句要是讲檀云，那么晴雯到哪里去了？所以若是笔误或妄改"晴雯"，那就是这时期的早本没有晴雯其人。

如果这句确是说晴雯，那她将来被逐——如果被逐的话——是像金钏儿一样，由母亲领回去。如果正病着，有母亲看护，即使致命，探晴也没有这么凄凉。如果不是病死，是自杀，那就更与金钏儿犯重。不由得使人疑心，早本是否没有逐金钏这回事？这个疑问，我们在研究改写过程的时候会有一些端倪。

檀云二字《夏夜即事诗》(第二十三回)与《芙蓉诔》中出现过："窗明麝月开宫镜，室霭檀云品御香；""镜分鸾别，愁开麝月之奁；梳化龙飞，哀折檀云之齿。"都是麝月对檀云。既有麝月，当然可以有个丫头叫檀云。

第三十四回袭人"悄悄告诉晴雯麝月檀云秋纹等说：'太太叫人，你们好生在房里，我去了就来。'"这里檀云不过充数而已。全抄本作"香云"，当是笔误。

假定早本有此人，第二十四回是檀云探母，晴雯在这时期还不存在，后来檀云因为“没有她的戏”，终归淘汰。此外唯一的可能是本无檀云其人，偶一借用这名字。晴雯探母，庚本代以檀云，是已经决定晴雯没有家属，只有两个不负责的亲戚。

明义《绿烟琐窗集》有廿首咏《红楼梦》诗，题记云曹雪芹示以所著《红楼梦》。看来甲戌前曾有一个时期用“红楼梦”书名，脂砚甲戌再评，才恢复旧名“石头记”。廿首诗中已有一首咏晴雯与《芙蓉诔》，一首玉钏尝羹。有玉钏尝羹，当然是有金钏之死。明义所见《红楼梦》已属此书的史前时代。第二十四回还更早，晴雯的悲剧还没有形成，即有，也是金钏的故事。

第二十五回异文最多。凤姐到王子腾家拜寿回来，全抄本作“见过王夫人，便告诉今日几位客，戏文好歹，酒席如何等语。”庚本作“拜见过王夫人。王夫人便一长一短的问他今儿是几位堂客，戏文好歹，酒席如何等语。”“拜见”王夫人，倒像《金瓶梅》里的妇女，出去一趟，回来就要向月娘磕头。《红楼梦》里没有这规矩。王夫人对于应酬看戏没有兴趣，是凤姐自动告诉她更对些。这一段似是全抄本好，不过文笔欠流利。

接着宝玉回来，缠着彩霞与他说笑，“一面说，一面拉他的手只往衣内放。彩霞不肯……”（全抄本）庚本无“只往衣内放”，下句作“彩霞夺手不肯”。全抄本语气暧昧，似有秽亵嫌疑，不怪贾环杀心顿起，“便要用热油烫瞎他的眼，便故意失手把一盏油灯向宝玉脸上一推。只听宝玉嗳哟一声，满屋里漆黑。众人多唬了一跳，快拿灯来看时……”庚本“油灯”作“油汪汪的蜡灯”，无“漆黑”二字，作“满屋里众人都唬了一跳，连忙将地下的棹灯挪过来……”“棹”字点掉改“戳”。秦氏丧事，户外有两排戳灯，大概是像灯笼一样，插在座子上。疑是专在户外用的，校者妄改的例子很多。棹灯或者是像现代的站灯兼茶几。

全抄本显然是写室内只有一盏油灯，在炕桌上。贾环坐在炕上抄经。“一时又叫金钏儿剪蜡花”。如果炕桌上另有蜡烛，油灯倒了，不会“满屋里漆黑”。庚本作“蜡灯”，是补漏洞，照应“蜡花”二字。只有一盏灯，也太寒酸，所以庚本另有“地下的棹灯”。但是全抄本一声惊叫，突然眼前一片黑暗，戏剧效果更强。

庚本较周密冲淡。“拉着彩霞的手，只往衣内放，”也可能不过是写亲昵，终究怕引起误会而删去。

全抄本马道婆与赵姨娘谈：“若说我不忍叫你娘儿们受人折磨还由可……”“折磨”似嫌过火。庚本作“受人委曲”。

马道婆索鞋面，“挑了两块红青的”。庚本只有“挑了两块”。可见作者对色彩的爱好。大概因为一般人对马道婆鞋子的颜色太缺乏兴趣，终于割爱删去。

这一回最重要的异文自然是癞头和尚的话：“青埂峰一别，展眼已过十五载矣。”各本都作“十三载”。下文有“尘缘已满□□了”。俞平伯说：“二字涂改不明，似‘入三’，疑为‘十三’之误，谓尘缘已满十之三了。”

如果十五岁是十分之三，应当是四十八九岁尘缘满。甄士隐五十二三岁出家，倒真是贾宝玉的影子。写他一生潦倒，到这年纪才出家，也是实在无路可走了，所谓“眼前无路想回头”（第二回），与程本的少年公子出家大不相同，毫不凄艳，那样黯淡无味、写实，即在现代小说里也是大胆的尝试。我着实惊叹了一番，再细看那两个字，不是“入三”，是“大半”，因为此处删去六字，一条黑杠子划下来，“大”字出头，被盖住了；“半”字中间一划，只下半截依稀可辨；上半草写似“三”字。

十五岁“尘缘已满大半了”，那么尘缘满，不到三十岁。这和尚不懂预言家的诀窍，老实报出数目，太缺乏神秘感。庚本此句仅作“尘缘满日，若似弹指”，高明不知多少。

全抄本僧道来的时候，贾母正哭闹间，“只闻得街上隐隐有木鱼声响，念了一句‘南无解冤孽菩萨……’”庚本无“街上”二字，多出一节解释：“贾政想如此深宅，何得听的这样真切，心中亦希罕。”这一句不但是必需的——不然荣府成了普通临街的住宅——而且立刻寒森森的有一种神秘的气氛。

宝玉这一年十五岁，当系后改十三，早稿年纪较大。第四十九回仍是这一年，宝玉与诸姊妹“皆不过是十五六七岁”(各本同)，也是早稿。他本第三十五回傅秋芳“年已二十三岁”，她哥哥还想把她嫁给十三岁的宝玉。全抄本无“年”字，作“已二十一二岁”，与十五岁的宝玉还可以勉强配得上。“二十三岁”当然是“一二”写得太挤，成了“三”。

各本第四十五回黛玉自称十五岁，也是未改小的漏网之鱼。照全抄本，宝玉仍是十五，那么二人同年，黛玉是二月生日(第六十二回)。同回宝玉的生日在初夏，反而比她小。但是各本第七十七回王夫人向芳官说：“前年因我们到皇陵上去……”指第五十八回老太妃死时，是上年的事，当作“去年”。可见早稿时间过得较快，中间多出一年。第二十五与四十五回间是否隔一年？

老太妃死，是代替元妃。第十八回元宵省亲，临别元妃说：“倘明岁天恩仍许归省，万不可如此奢华糜费了。”批注是“不再之谶”。

旧稿当是这年年底元妃染病，不拟省亲，次年开春逝世。直到五十几回方是次年。第四十五回还是同一年。多出的一年在第五十八回后，即元妃死距逐晴雯有两年半。

全抄本第二十五回宝玉的年纪还不够大，是否有误?

我们现在知道逐晴一回是与元妃之死同一时期的旧稿。各回的年代有早晚。在这个阶段，只有这一点可以确定：宝玉的年纪由大改小，大概很晚才改成现在的年岁。大两岁，就不至于有这么些年龄上的矛盾。但是照那样算，逐晴时宝玉已经十八岁，还是与姊妹们住在园内，晚上一个丫头睡在外床。“有人……说他大了，已解人事，都由屋里的丫头们不长进，教习坏了。”王夫人听了还震怒，都太不合情理，所以不得不改小两岁，时间又缩短一年，共计小三岁。

全抄本吴语特多。第二十七回第一页有“每一棵树上，每一枝花上多系了这些物事（东西)”，庚本作“事物”。“事物”的意义较抽象，以称绢制小轿马旌幢，也不大通，显然是图省事，将“物事”二字一勾，倒过来。

第五十九回黛玉说：“饭也都端了那里去吃，大家闹热些”（第一页)，庚本作“热闹”。

第六十四回第一页有“宝玉见无人客至”，同页反面又云：“……分付了茗烟，若珍大哥那边有要紧人客来时，令他急来通禀。”庚本均作“客”。

第四页贾琏对贾珍说：“……再到阿哥那边查查家人有无生事。”庚本作“大哥”。

第二十七回第五页宝玉想找黛玉，“又想一想，索性再迟两天，等他气叹一叹再去也罢了。”改“等他的气息一息”，同程本，当与通部涂改同出一手。庚本作“等他的气消一消。”全抄本原意当是“等他气退一退”，吴语“退”“叹”同音，写得太快，误作“叹”。

但是第六十九回贾琏哭尤二姐死得不明，“贾蓉忙上来劝：‘叔叔叹着些儿。’”（庚本同）这“叹”字疑是吴语“坦”，作镇静解。

“事体”（事情）各本都有。第六十七回薛蟠“便把湘莲前后事体说了一遍”（庚本一六〇五页）。第六十三回“宝玉不识事体”（庚本一五一七页），还可以作“兹事体大”的事体解。但是第一回已有“不过只取其事体情理罢了。”（庚本十二页）

吴语与南京话都称去年为“旧年”，各本屡见。

全抄本第二十七回凤姐屡次对小红称宝玉为“老二”，也是南京人声口。庚本均作宝玉。第二十五回凤姐称贾环为老三则未改。

曹家久住南京，曹寅妻是李煦妹，李家世任苏州织造，也等于寄籍苏州。曹雪芹的父亲是过继的，家里老太太的地位自比一般的老封君更不同，老太太娘家的影响一定也特别大。寄居的与常接来住的亲戚，想是李家这边的居多。第二回介绍林如海：“本贯姑苏人氏”，甲戌本夹批：“十二钗正出之地，故用真。”似乎至少钗黛湘云等外戚——也许包括凤姐秦氏的娘家——都是苏州人。书中只有黛玉妙玉明言是苏州人。李纨是南京人。

俞平伯指出全抄本“多”“都”不分，是江南人的读音。曹雪芹早年北返的时候，也许是一口苏白。照理也是早稿应多吴语，南京口音则似乎保留得较长。

全抄本“理”常讹作“礼”，如第十九回第四页袭人赎身“竟是有出去的礼，没有留下的礼”，第六页“没有那个道礼”。“逛”均作“旷”，则是借用，因为白话尚在草创时期。甲戌本第六回第一次用“俇”字（板儿“听见带他进城俇去”），需要加注解：“音光，去声，游也，出‘谐声字笺’。”（《辑评》一三四页）似是作者自批。也是全抄本早于甲戌本的一证。

第三十七回起诗社，取别号，李纨说宝玉：“你还是你的旧号绛洞花王就好。”（庚本）戚本作“花主”，程本同。全抄本似“王”改“主”，一点系后加。第三回王夫人向黛玉说宝玉，“是这家里的混世魔王”。甲戌本脂批：“与绛洞花王为对看”（《辑评》八六页）。可见是花王，花主是后人代改。全抄本是照程本改的。

李纨这句话下批注：“妙极，又点前文。通部中从头至末，前文已过者恐去之冷落使人忘怀，得便一点，未来者恐来之突然，或先伏一线，皆行文之妙诀也。”但是前文并没有提过“绛洞花王”别号，显然这一节文字已删，批语不复适用，依旧保留。

下文“宝玉笑道：‘小时候干的营生，还提他作什么？’”当时没有议定取什么名字，但做完海棠诗，李纨说：“怡红公子是压尾。”下一回咏菊，他就署名怡红公子。而做诗前大家拣题目，庚本“宝玉也拿起笔来，将第二个访菊也勾了，也赘上一个绛字。”“绛”全抄本作“怡”。诗成，则都署名怡红公子。

庚本的“绛”字显然是忘了改。这一回当是与上一回同时写的，与删去的绛洞花王文字属同一时期，或同一早本。前面说过第三十七回是旧稿，只在回首加了个新帽子，即贾政放学差一节。第三十七回虽已采用新别号怡红公子，至三十八回，写得手熟，仍署“绛”字。上一回正提起绛洞花王，如署“绛”可能是笔误，而此回并未提起。绛洞花王的时期似相当长，所以作者批者誊清者都习惯成自然了。

至少第三十八回是庚本较全抄本为早。但是全抄本第十九回后还是大部份比庚本早。

二详红楼梦
——甲戌本与庚辰本的年份

甲戌本《红楼梦》的名称，来自这抄本独有的一句:“至脂砚斋甲戌抄阅再评”，但是它并没有标明年时，如已卯、庚辰本——庚辰本也只有后半部标写“庚辰秋月定本”。

甲戌本残缺不全，断为三截，第一至八回、第十三至十六回、第二十五至二十八回。在形式上，这十六回又自然而然的分成四段，各有各的共同点与统一性:（一）第一至五回:无双行小字批注，无“下回分解”之类的回末套语——庚本只有头四回没有;（二）第六至八回:回目后总批或标题诗，回末诗联作结;（三）第十三至十六回:回目前总批、标题诗——诗缺;（四）第二十五至二十八回:回后总批。

第一回前面有“凡例”。“凡例”、第五、第十三、第二十五回第一页都写着书名“脂砚斋重评石头记”，占去第一行。换句话说，书名每隔四回出现一次。显然甲戌本原先就是四回本，所以第四回末页残破，胡适照庚本补抄九十四个字。每四回第一页就是封面，此外别无题页，因此第十三回第一页破损，“凡例”第一页右下角也缺五个字（胡适代填“多□□红楼”三字，留两个空格）。

清代藏家刘铨福跋:“……惜止存八卷”。此本每页骑缝上标写的卷数与回数相同,但是刘氏当时收藏的“八卷”自然不止八回,而是八册,共三十二回,是否连贯不得而知。

本文的原意,是纯就形式上与文字上的歧异——总批的各种格式、回末有无“下回分解”之类的套语或诗联、俗字不同的写法、其他异文——来计算甲戌本的年份,但是这些资料牵连庚本到纠结不可分的地步,因为庚本不但是唯一的另一个最可靠的脂本,又不像甲戌本是个残本,材料丰富得多。而且庚本的一个特点是尊重形式,就连前十一回,所谓白文本,批语全删,楔子也删掉几百字,几乎使人看不懂,头四回也还保存一无所有的现代化收梢。此外许多地方反映底本的原貌,如回末缺诗联,仍旧保留“正是”二字,又如第二十二回缺总批,仍旧有一张空白回前附叶,按照此本的典型总批页格式,右首标写书名。

尊重形式过于内容的现象,当是因为抄手一味依样画葫芦,所以绝对忠于原文,而书主不注意细节,唯一关心的是省抄写费,对于批语的兴趣不大,楔子里僧道与石头的谈话也嫌太长,因此删节。

五〇年间,俞平伯肯定甲戌本最初的底本确是乾隆甲戌年(一七五四年)的本子——以下概称一七五四本,免与“甲戌本”混淆——不过因为涉嫌支持胡适的意见,说得非常含糊(注一)。他认为甲戌本即一七五四本的理由是:(一)甲戌本特有的“凡例”说:“红楼梦乃总其一部之名也”,书名该是“红楼梦”,而此本第一回内有:“至吴玉峰题曰红楼梦。……至脂砚斋甲戌抄阅再评,仍用石头记。”最后归到“石头记”,显然书名是“石头记”;前后矛盾。以上的引文,在较晚的己卯(一七五九年)、庚辰(一七六〇年)本,就都删了,是作者整理的结果。(二)甲戌本第十三回眉批："此回只十页，因删去天香楼一节，少却四五页也。"（第十一页下）甲戌本正是十页，可见此本行款格式还保存脂批本的旧样子。

如果作者为了书名的矛盾删去"凡例"与楔子里的"红楼梦"句，放弃"红楼梦"这书名，为什么把"甲戌……再评，仍用石头记"这句也删了，以至于一系列的书名最后归到"金陵十二钗"？最后采用的书名明明是"石头记"，不是"金陵十二钗"。作者整理的结果岂不更混乱？甲戌本楔子多出的这两句显然是后添的，他本没有，不是删掉了。己卯、庚辰本删去"凡例"与"红"句、"甲"句之说不能成立。

至于甲戌本第十三回与此回删天香楼后稿本页数相同，这不过表示甲戌本接近此回最初的定稿，不是辗转传抄的本子。倘据此指甲戌本为一七五四本，那是假定一七五四本删去天香楼一节，纯粹是臆测。在这阶段根本无法知道"秦可卿淫丧天香楼"是什么时候删的。

吴世昌分析甲戌本总批含有庚本同回的回内批，搬到回前或回后，墨笔大字抄录，有的字句略加改动。第二十六回有一条总批原是庚本畸笏丁亥夏批语，"则可知道这残本的墨书正文部份，至早也在丁亥（一七六七）以后所过录。"（注二）俞平伯认为这是书贾集批为总批，多占篇幅，增加页数，以便抬高书价，与正文的底本年代无关。

陈毓罴指出"凡例"第五段就是他本第一回开始的一段长文；又，《红楼梦》以前的小说，由批书者作"凡例"或"读法"的例子很多，如《三国志演义》就是批者毛宗冈作"凡例"。甲戌本的"凡例"比正文低两格，后面附的一首七律没有批语，而头两回的标题诗都有批语赞扬，也证明“凡例”与这首七律都是批者脂砚所作。

陈氏又说在脂本中，甲戌本的“正文所根据的底本是最早的，因此它比其他各本更接近于曹雪芹的原稿。……在标明为‘脂砚斋凡四阅评过’的庚辰本上已不见‘凡例’及所附的七律。（注三）……在后来的抄本上删去了这篇‘凡例’（注四）”，也是脂砚自己删的，否则作者不便代删。

脂砚只留下“凡例”第五段，又删去六十字，作为第一回总评，应当照甲戌本第二回总评一样低两格。庚本第一回第二段（全抄本也有，未分段）：“此回中凡用梦用幻等字，是提醒阅者眼目，亦是此书立意本旨”，是第二段总评，与前面的一大段都是总批误入正文。这第二段总批与甲戌本那首七律上半首同一意义，是脂砚删去七律后改写的。

最后这一点似太牵强。这条总批是讲“此回中”的“梦”、“幻”等字象征全书旨义。七律上半首：

浮生着甚苦奔忙？盛席华筵终散场。
悲喜千般同幻渺，古今一梦尽荒唐。

第一、第四句泛论人生，第二、第三句显指贾家与书中主角，不切合第一回的神话与“士隐家一段小荣枯”（注五），以及贾雨村喜剧性的恋爱。

陈氏说甲戌本正文的“底本是最早的，因此它比其他各本更接近曹雪芹的原稿”，似是根据俞平伯的理论——即甲戌本虽经书贾集批充总批，正文部份是一七五四本，脂本中的老大哥，因为它的第十三回接近删天香楼时原稿——但是陈氏倒果为因，而且仿佛以为作者原稿只有一个，到了四阅评本，已经不大接近原稿——由于抄手笔误、妄改？——又被脂砚删去“凡例”，代以总批二则。至于为什么不这么说，却寥寥两句，含混压缩，想必也是因为有顾忌，“甲戌本最早论”属于胡适一系。

甲戌本第六回“姥”字下注：“音老，出偕（谐）声字笺。称呼毕肖。”（第三页）“徃”字下注：“音光，去声，游也，出偕（谐）声字笺。”（第五页下）现代通用“逛”，这俗字全抄本与庚本白文本都作“旷”，想必是较早的时期借用的字。白文本第十回又作“狂”——第十回写秦氏的病，是删“淫丧天香楼”后补写的，所以此回是比较后期作品，似乎在这时期此字又是一个写法，后详。

正规庚本自第十二回起，第十五回用这字，也仍作“旷”（第三二一页第八行），到第十七、十八合回才写作“俇”，下注：“音光，去声，出偕（谐）声字笺。”（第三五二页）

“谐声字笺”是《谐声品字笺》简称，上有：“姥，老母也。今江北变作老音，呼外祖母为姥……”“俇”，读光去声，闲俇，无事闲行曰俇，亦作俇。”（注六）甲戌本的抄手惯把单人旁误作双人旁，如探春的丫头侍书统作“待书”——各本同，庚本涂改为“侍”；但是只有甲戌本“俇”误作“徃”，看来“待书”源出甲戌本。

“俇”字注显然是庚本第十七、十八合回先有，然后在甲戌本移前，挪到这字在书中初次出现的第六回。

甲戌本第六回刘姥姥出场，几个“姥姥”之后忽然写作“嫽嫽”，此后“姥姥”、“嫽嫽”相间。“嫽嫽”这名词，只有庚本、己卯本第三十一至四十回回目页上有“村嫽嫽是信口开河”句——吴晓铃藏己酉（一七八九年）残本同——与庚本第四十一回正文，从第一句起接连三个“刘嫽嫽”，然后四次都是“姥姥”，又夹着一个“嫽嫽”，此后一概是“姥姥”。可见原作“嫽嫽”，后改“姥姥”，改得不彻底。此外还有全抄本第三十九回内全是“嫽嫽”涂改为“姥姥”，中间只夹着一个“姥姥”。

庚本白文本已经用“姥姥”，但是“侹”仍作“旷”，第十回又作“狌”。第六回如果“姥”下有注，也已经与全部批语一并删去。

甲戌本第六回显然是旧稿重抄，将“嫽”、“旷”改“姥”、“侹”，加注。“侹”字注又加字义“游也”，比“字笺”上的解释简洁扼要，但是“姥”字仍旧未加解释，认为不必要。这校辑工作精细而活泛，不会是书商的手笔。第十七、十八合回的“侹”字注与第六十四回龙文“鼐”注、第七十八回《芙蓉诔》的许多典故一样，都是作者自注。“侹”字注移前到第六回，不是作者自己就是脂评人，大概是后者，因为“甲戌脂砚斋抄阅……”作者似乎不管这些。

甲戌本第六回比庚本第十七、十八合回时间稍后，因此甲戌本并不是最早的脂本。既然甲戌本不是最早，它那篇“凡例”也不一定早于其他各本的开端。换句话说，是先有“凡例”，然后删剩第五段，成为他本第一回回首一段长文，还是先有这段长文，然后扩张成为“凡例”？

陈毓罴至少澄清了三点：（一）“凡例”是脂评人写的。（按：陈氏径指为脂砚，但是只能确定是脂评人。）（二）庚本第一回第一段与第二段开首一句都是总批，误入正文。（三）“凡例”第五段与他本第一句差一个字，意义不同，他本“此开卷第一回也”，是个完整的句子，“凡例”作“此书开卷第一回也”，语意未尽，是指“在这本书第一回里面”。

“凡例”此处原文如下：

此书开卷第一回也，作者自云因曾历过一番梦幻之后，故将真事隐去，而撰此石头记一书也。……

言明是引第一回的文字，但是结果把这段文字全部引了来，第一回内反而没有了。他本第一回都有“作者自云”这一大段，甲戌本独缺，被“凡例”引了去了。显然是先有他本的第一回，然后有“凡例”，收入第一回回首一段文字，作为第五段。

第一回的格局本来与第二回一样：回目后总批、标题诗——大概是早期原有的回首形式——不过第一回的标题诗织入楔子的故事里，直到楔子末尾才出现。

“凡例”第五段本来是第一回第一段总批。第二段总批“此回中凡用‘梦’、用‘幻’等字……亦是此书立意本旨”为什么没有收入“凡例”？想必因为与“凡例”小标题“红楼梦旨义”犯重。

“凡例”劈头就说“红楼梦乃总其一部之名也”，小标题又是“红楼梦旨义”。正如俞平伯所说，书名应是“红楼梦”。明义《绿烟琐窗集》中廿首咏《红楼梦》诗，题记云“曹子雪芹出所撰红楼梦一部，备记风月繁华之盛，盖其先人为江宁织府……”诗中有些情节与今本不尽相同，脂评人当是在这时期写“凡例”。写第一回总批，还在初名“石头记”的时候：“……作者自云因曾历过一番梦幻之后，故将真事隐去，撰此石头记一书也。”

“凡例”是书名“红楼梦”时期的作品，在“脂砚斋甲戌抄阅再评”之前。至于初评，初名“石头记”的时候已经有总批，可能是脂砚写的。“凡例”却不一定是脂砚所作。第一回总批笼罩全书，等于序，有了“凡例”后，性质嫌重复，所以收入“凡例”内。

楔子末列举书名，“东鲁孔梅溪则题曰‘风月宝鉴’”句上，甲戌本有眉批：“雪芹旧有《风月宝鉴》之书，乃其弟棠村序也。今棠村已逝，余睹新怀旧，故仍因之。”庚本有个批者署名梅溪，就是曹棠村，此处作者给他姓孔，原籍东鲁，是取笑他，比作孔夫子。吴世昌根据这条眉批，推断第一、二回总批其实是引言，与庚本回前附叶、回后批都是《风月宝鉴》上的“棠村小序”。“脂砚斋编辑雪芹改后的新稿时，为了纪念‘已逝’的棠村，才把这些小序‘仍’旧‘因’袭下来。”（注七）

吴氏举出许多内证，如回前附叶、回后批所述情节或回数与今本不符，又有批语横跨两三回的，似乎原是合回，（注八）又指出附叶上只有书名“脂砚斋重评石头记”，没有回数，原因是《风月宝鉴》上的回数不同。其实上述情形都是此书十廿年改写的痕迹。书名“红楼梦”之前的“金陵十二钗”时期，也已经有过“五次增删”。吴氏处处将新稿旧稿对立，是过份简单的看法。

那么那条眉批如果不是指保存棠村序，又作何解释？吴世昌提起周汝昌以为是说保存批的这句，即“东鲁孔梅溪则题曰风月宝鉴”。这句带点开玩笑的口吻，也许与上下文不大调和，但是批者与曹雪芹无论怎样亲密，也不便把别人的作品删掉一句——畸笏“命芹溪”删天香楼，是叫他自已删，那又是一回事——何况理由也不够充足。

俞平伯将《风月宝鉴》视为另一部书，不过有些内容搬到《石头记》里面，如贾瑞的故事，此外二尤、秦氏姊弟、香怜玉爱、多姑娘等大概都是。但是吴世昌显然认为《石头记》本身有一个时期叫“风月宝鉴”，当是因为楔子里这一串书名是按照时间次序排列的。甲戌本这一段如下：

……改“石头记”为“情僧录”。至吴玉峰题曰“红楼梦”，东鲁孔梅溪则题曰“风月宝鉴”。后因曹雪芹于悼红轩中披阅十载，增删五次，纂成目录，分出章回，则题曰“金陵十二钗”，并题一绝云：（诗略）至脂砚斋甲戌抄阅再评，仍用“石头记”。

按照这一段里面的次序，书名“红楼梦”期在“风月宝鉴”与“金陵十二钗”之前。但是“红楼梦”期的“凡例”已经提起“风月宝鉴”与“金陵十二钗”，显然这两个名词已经存在，可见这一系列书名不完全照时间先后。而且“红楼梦”这名称本来是从“十二钗”内出来的。“十二钗”点题，有宝玉梦见的“十二钗”册子与“红楼梦”曲子，于是“吴玉峰”建议用曲名作书名。

楔子里这张书名单上，“红楼梦”应当排在“金陵十二钗”后，为什么颠倒次序？因为如果排在“十二钗”后，那就是最后定名“红楼梦”，而作者当时仍旧主张用“十二钗”，因此把“红楼梦”安插在“风月宝鉴”前面，表示在改名“情僧录”后，有人代题“红楼梦”，又有个道学先生代题“风月宝鉴”。

那么“凡例”怎么径用“红楼梦”，违反作者的意旨？假定“凡例”是“吴玉峰”写的，脂砚外的另一脂评人化名。他一开始就说明用“红楼梦”的原因：它有概括性，可以包容这几个情调不同的主题，“风月宝鉴”、“石头记”——宝玉的故事——“十二钗”。“吴玉峰”为了争论这一点，强调“风月宝鉴”的重要性，把它抬出来坐“红楼梦”下第二把交椅，尽管作者从来没有认真考虑过用“风月宝鉴”。

俞平伯说起删天香楼事：“秦可卿的故事应是旧本《风月宝鉴》中的高峰。这一删却，余外便只剩些零碎，散见于各回。”（注九）

"吴玉峰"后来重看第一回，看到作者当年嘲笑棠村道学气太浓:"东鲁孔梅溪则题曰'风月宝鉴'"，分明对这书名不满。在删天香楼后更不切合，只适用于少数配角，因此"吴玉峰"觉得需要解释他为什么不删掉他写的"凡例"里面郑重介绍"风月宝鉴"那几句:因为棠村生前替雪芹旧著《风月宝鉴》写过序，所以保存棠村偏爱的书名，纪念死者。

"凡例"硬把书名改了，作者总是有他的苦衷，不好意思或是不便反对，只轻描淡写在楔子里添上一句"至吴玉峰题曰'红楼梦'"，贬低这题目的地位，这一句当与"凡例"同时。"至脂砚斋甲戌抄阅再评"这句，是第一回最后加的一项，因此甲戌本第一回是此回定稿。如果这句是甲戌年加的，此本第一回就是一七五四本。但是也可能是甲戌后追记此书恢复原名经过。

庚本白文本"嬷嬷"有时候作"嫫嫫"，甲戌本第十六回更是"嬷嬷"、"嫫嫫"、"妈妈"相间。——"嬷嬷"是老年高等女仆的职衔，"妈妈"是小辈主人口头上对他们的尊称。但是甲戌本第十六回赵嬷嬷有时作"赵妈妈"，是漏改的江南话。全抄本偶有吴语（注十），作者北方话纯熟后已经改掉了，南京话仍旧有，如"好（音耗）意"，作"故意"解。（注十一）——戚本一律作"嫫嫫"。全抄本统作"姆姆"——庚本第三十三回也有个"老姆姆"（第七六一页），戚本同，是漏网之鱼——与它通部用"旷"是一个道理，都是因为本底子是个早本，陆续抽换今本，起初今本的成份少，因此遇到"偺"字仍旧写作"旷"，迁就原有的许多"旷"字，免得涂改；为求统一，后来也一直沿用下去。为了同一原因，无回末套语或诗联诸回，戚本、全抄本都给添上"且听下回分解"。"正是"二字底下缺诗联的也删了，不然看上去不完整。

吴世昌与俞平伯同样认为甲戌本是书主或抄手集批充总批，以便增加书价。（注十二）但是一方面有删批的潮流，而且删节得支离破碎的椟子也普遍的被接受，显然一般对于书中没有故事性的部份不感兴趣。多加总批，略厚一点的书不见得能多卖钱。

从戚本、全抄本看来，过录本擅改形式都是为了前后一致化。甲戌本后两截扩充总批，为什么两次改变总批格式，回目后批改回目前批，又改回后批？尤其可怪的是第十三至十六回忽然又兴出新款，每回都有标题诗——头八回也只有五回有——而诗全缺，“诗云”“诗曰”下留空白。如果“诗云”是原有的，书商为什么不删掉，免得看上去残缺不全？

这些疑问且都按下不提，先来检视没问题的头八回。

前面说过，甲戌本外各本第一回总批是初名“石头记”的时期写的，与第二回总批格式一样，同属早本。第二回总批有：

> 通灵宝玉于士隐梦中一出，今于子兴口中一出，阅者已洞然矣，然后于黛玉宝钗二人目中极精极细一描，则是文章锁合处……究竟此玉原应出自钗黛目中，方有照应。……

第八回借宝钗目中，初次描写玉的形状与镌字，却从来没写黛玉仔细看玉。第三回宝黛初会，写玉的全文是“项上金螭璎珞，又有一根五色丝绦，系着一块美玉。”不能算“极精极细一描”。当晚黛玉为了日间宝玉砸玉事件伤感，袭人因此谈起那块玉，要拿来给她看。“黛玉忙止道：‘罢了，此刻夜深，明日再看也不迟。’”次晨黛玉见过贾母，到王夫人处，王夫人正接到薛蟠命案的消息，就此岔开。显然夜谈原有黛玉看玉的事，与后文宝钗看玉犯重，删去改为现在这样，既空灵活泼，又一笔写出黛玉体谅人，不让人费事，与一向淡淡的一种气派。

第三回不但与第二回总批不符，也和第二十九回正文冲突。第三回贾母给了黛玉一个丫头鹦哥，袭人本来也是贾母之婢，原名珍珠，给了宝玉。第八回初次提起紫鹃，甲戌本批："鹦哥改名已"(第八页)。但是第二十九回贾母的丫头内仍旧有鹦武（鹉）、珍珠(庚本第六六五页)。第三回贾母把鹦哥给黛玉，袭人也是贾母给的，这一节显然是后添的。原来的袭人本是宝玉的丫头，紫鹃与雪雁同是南边跟来的。第二回写黛玉有"两个伴读丫鬟"，不会只带了一个来。

甲戌本第三回"嬷嬷"先作"嫫嫫"，从黛玉到贾政住的院子起，全改"嬷嬷"。写贾政房舍一大段，脂批称赞它不是堆砌落套的"富丽话"。写桌上摆设，又批"伤心笔，坠泪笔"，当是根据回忆写的。这一段想也是后加的。此后再用"嬷嬷"这名词，是贾母把鹦哥丫鬟给黛玉，下接黛玉鹦哥袭人夜谈看玉一节，是改写的另一段。

庚本"嫫嫫"改"嬷嬷"，就没这么新旧分明，先是"嫫嫫"，到了贾政院子里还是"嫫嫫"，进房才改"嬷嬷"；从贾母赐婢到黛玉鹦哥袭人夜谈，又是"嫫嫫"。一比，甲戌本显然是改写第三回最初的定本，旧稿用"嫫嫫"，下半回加上新写的两段，一律用"嬷嬷"，不像庚本是旧本参看改本照改，所以有漏改的"嫫嫫"。

此回甲戌本独有的回目"金陵城起复贾雨村，荣国府收养林黛玉"，这时候黛玉并不是孤儿，父亲又做着高官，称"收养"很不合适，但是此本夹批："二字触目凄凉之至"，可见下笔斟酌，不是马虎草率的文字。

回内黛玉见过贾母等，归坐叙述亡母病情与丧事经过，贾母又伤心起来，说子女中“所疼者独有你母，今日一旦先舍我而去，连面不能一见”，因又搂着黛玉呜咽。此段甲戌本夹批，戚本批注：“总为黛玉自此不能别往”（甲戌本缺“总”字）。第十四回昭儿从扬州回来报告：“林姑老爷是九月初三日巳时没的”，甲戌本眉批：“颦儿方可长居荣府之文。”同回正文也底下紧接着凤姐向宝玉说：“你林妹妹可在咱们家住长了。”可见黛玉父亲在世的时候，她不能一直住在贾家。此回显然与第三回那条批语冲突。第三回那条批只能是指黛玉父亲已故，母亲是贾母子女中最钟爱的一个，现在又死了，所以把黛玉接来之后“自此不能别往”。甲戌本这条夹批与正文平齐，底本上如果地位相仿，就是从破旧的早本上抄录下来的批语，书页上端残缺，所以被砍头，缺第一个字。

庚本、全抄本第三回回目是：“贾雨村夤缘复旧职，林黛玉抛父进京都”。

原先黛玉初来已经父母双亡，甲戌本第三回是新改写的，没注意回目上有矛盾。庚本是旧本抽换回内改写的部份，时间稍晚，所以回目已经改了，但是下句“林黛玉抛父进京都”，俞平伯指出“抛父”不妥。也许因此又改了，所以己酉、戚本的回目又不同。

林如海之死宕后，势必连带的改写第二回介绍黛玉出场一节。原文应当也是黛玉丧母，但是在姑苏原籍，父亲死得更早。除非是夫妇相继病殁，不会在扬州任上。

甲戌本第四回薛蟠字文龙，与庚本第七十九回回目一致：“薛文龙悔娶河东狮”，第七十一至八十回的“庚辰秋定本”回目页上也是文龙。甲戌本香菱原名英莲，第一回有批语：“设云应怜也。”第四回这名字又出现。庚本作“英菊”，薛蟠字文起，当是早本漏改，今本是英莲、文龙。

甲戌本第五回有许多异文。第十七页第十一行“将谨勤有用的工夫，置身于经济之道”，上句生硬，又没有对仗，不及他本工稳：“留意于孔孟之间，委身于经济之道”。同页反面第一行“未免有阳台巫峡之会”，他本作“未免有儿女之事”，似较蕴藉。同页与警幻仙子的妹妹成亲“数日”，警幻带他们俩出去同游。他本是成亲“次日……二人携手出去游玩”，到了一个荒凉可怕的所在，“忽见警幻后面追来”，也是后者更好，甲戌本警幻陪新婚夫妇同游，写得这东方爱神有点不解风情。三人走到这可怕地方，

> 忽而大河阻路，黑水淌洋，又无桥梁可通，宝玉正自彷徨，只听警幻道：“宝玉再休前进，作速回头要紧。”……

他本这一段如下：

> 迎面一道黑溪阻路，并无桥梁可通。正在犹豫之间，忽见警幻后面追来，告道：“快休前进，作速回头要紧。”

“淌洋”二字改掉了。大河改溪，“彷徨”改“犹豫”，都是由夸张趋平淡。删掉两个“宝玉”，比较紧凑，也使警幻的语气更严重紧急。

同页第十一行“深负我从前一番以情悟道，守理衷情之言”，他本作“深负我从前谆谆警戒之语矣”，也较浑成自然。迷津内“有一夜叉般怪物”，他本作“许多夜叉海鬼”。

> 唬得宝玉汗下如雨，一面失声喊叫“可卿救我！可卿救

我！”慌得袭人媚人等上来扶起拉手说："宝玉别怕……"

——甲戌本

庚本如下：

吓得宝玉汗下如雨，一面失声喊叫“可卿救我！”吓得袭人辈众丫鬟忙上来搂住叫“宝玉别怕……”

“唬得”、“慌得”都改现代白话“吓得”，戚本只改掉一个，全抄本两个都是“唬得”，此外各本同。“扶起拉手”改为“搂住”，才是对待儿童的态度。“喊叫‘可卿救我’”的语意暗示连喊几声，因此删掉一个“可卿救我”，不比“叫道：‘可卿救我！’”就是只叫一声。

秦氏在外听见，连忙进来，一面说丫鬟们好生看着猫儿狗儿打架，又闻宝玉口中连叫“可卿救我”，因纳闷道："……"

——甲戌本

他本作：

却说秦氏正在房外嘱咐小丫头们好生看着猫儿狗儿打架，忽听宝玉在梦中唤他的小名，因纳闷道："……"

甲戌本“秦氏在外听见”，是听见袭人等七嘴八舌叫唤宝玉，走进房来，才听见宝玉叫“可卿救我”，因为梦魇叫喊实际上未必像梦中自以为那么大声。那间华丽的寝室一定很宽敞，在房外不会听得见。秦氏一面进来，一面又还有这余裕叮嘱丫鬟们看着猫狗，可见她虽然照应得周到，并不当桩事。这一段非常细腻合理，但是没交代清楚，“丫鬟们”又与袭人等混淆，尽管我们知道是她自己房里的婢女。至于为什么这样简略，也许因为此处文气忌松忌断，需要尽快收煞。

下一回开始，并没有秦氏进房后的文字。显然第六回接其他各本第五回，秦氏在房外就听见宝玉梦中叫“可卿”，并没进来。只有甲戌本第五回与下一回不衔接。唯一可能的解释是第五回回末改写过，第六回回首也跟着改了。甲戌本第五回是初稿，其他各本是此回定稿，这是最有力的证据。

为什么要删掉秦氏进房慰问？宝玉梦中警幻的妹妹兼有钗黛二人的美点，并没说像秦氏。如果名字相同是暗示秦氏兼有钗黛的美，不过宝玉在梦中没想到，那么醒来面对面是否会发觉？总之此刻见面十分尴尬，将下意识里一重重神秘的纱幕破坏无余。

因此其他各本改为秦氏在房外就听见宝玉叫喊，嘱咐“丫鬟们”看着猫狗，也改为“小丫头们”，有别与袭人等。“袭人媚人等”安慰宝玉，改为“袭人等众丫鬟”，因为今本没有一个叫媚人的丫头。但是前文刚到秦氏房中午睡的时候，“只留袭人媚人晴雯麝月四个丫鬟为伴”，各本都相同。那是因为第五回改的地方都在末两页，没看见前面还有个媚人，所以留下这一个漏网之鱼。

总计甲戌本头五回，第一回楔子新加了一句，第二回改掉黛玉父亲已故，第三回是新改写的，第五回全新或新改。这五回都没有双行小字批注，那是新稿的特征，还没来得及把夹批、眉批用小字抄入正文。这样看来，第四回薛文起、英菊改薛文龙、英莲，此外也许还有更动，也都是此本新改的。

这是今本头五回初形成的时候，五回都没有回末套语或诗联。此后改写第五回，回末加了两句七言诗（全抄本），又从散句改为诗联，庚本又比戚本对得更工。

此书各回绝大多数都有回末套语，也有些在套语后再加一副诗联。庚本有四回末尾只有“正是”二字，下缺诗联，（内中第七回另人补抄诗联，附记在一回本的“卷末”。）可见有一个时期每一回都以诗联作结，即使诗联尚缺，也还是加上“正是”，提醒待补。各种不同的回末形式，显然并不是一时心血来潮，换换花样，而是有系统的改制。

第五回回末起初一无所有，然后在改写中添出一副诗联。可见回末毫无形式的时期在诗联期之先。

有几回诗联在“且听下回分解”句下。不管诗联是否后加的，反正不可能早于回末套语。

至于回末套语与回末一无所有，是哪一种在先——如果本来没有回末套语，后来才加上，那么第五回加诗联之前势必先加个“下回分解”，就不会有这一类只有诗联的几回。也不会有几回仍旧一无所有，因为在回末空白上添个“下回分解”比删容易得多，删去这句势必涂抹，需要重抄。显然此书原有回末套语，然后废除，不过有若干回未触及，到了诗联期又在套语下加诗联。

第二十九回里“奶子抱着大姐儿，带着巧姐儿”，大姐儿与巧姐是两个人，姊妹俩。第四十一回刘姥姥替大姐儿取名巧姐——大姐儿与巧姐已经是一个人了。第四十一回还在用“嬷嬷”，更可见第二十九回之老。再看较后写的一回，庚本第七十五回回前附叶有日期：“乾隆二十一年（一七五六）五月初七日对清。”第二十九回、第七十五回都有回末套语，因此早期、后期都有回末套语，比较特别的结法都在中期。想来也是开始写作的时候富于模仿性，当然遵照章回小说惯例，成熟后较有试验性，首创现代化一章的结法，炉火纯青后又觉得不必在细节上标新立异。也许也有人感到不便，读者看惯了“下回分解”，回末一无所有，戛然而止，不知道完了没有，尤其是一回本末页容易破损，更要误会有阙文。

诗联要像书中这样新巧贴切的大概实在难，几次在“正是”下留空白，就只好放弃了。

具有这两种中期回末形式的回数不多，列出一张表格，如下：

回末形式	第几回
(一) 无套语或诗	1，2，3，4，戌 5　庚 16　戌 25　庚 39，40　庚 54，56，58　庚 71
(二) 只有诗联	戚、全、庚 5；戌、全、庚 6；全、庚 7；8　庚 17—18，19　庚 69
套语加诗联	戚 6；戚、戌 7　13　戚、庚 21，23　戚 64

(“戌”代表甲戌本。“全”代表全抄本。只有数目字的是各本相同的。“17—18”是第十七、十八合回。)

甲戌本头五回与第二十五回是废套语期的产物，此外庚本还有七回也属于这时期，散见全书。第六至八回有诗联——各本同——属于下一个时期，诗联期。庚本第十七、十八合回也属于诗联期，因此是在诗联期注“侹”字。同期稍后，把这注解移到第六回。

前面提过，第五回回末删去媚人的名字，上半回仍旧有媚人，因为改的都在末两页，前面就没注意。同样的，废套期与诗联期也只影响各期间新写、改写诸回。废套期未触及的各回仍旧保留回末套语，到了诗联期，如果改写这一回，就又在套语下面赘上一副诗联。这是表上“套语加诗联”几回的来源。但是内中第六、第七回是怎么回事？第六回只有戚本属于这一类，其他各本都只有诗联。第七回戚本、甲戌本同是回末套语加诗联，全抄本、庚本只有诗联。

第六至八回这三回仍旧是甲戌本异文最多，如第六回开始，宝玉梦遗，叫袭人不要告诉人，多“要紧！”二字（戚本同），不像儿童口吻，反面削弱了对白的力量。同回平儿称周瑞家的为“周大嫂”，不够客气——连凤姐还称她“周姐姐”——他本都作“周大娘”。第七回薛姨妈说宫花“白放着可惜旧了，何不给他姊妹们带（戴）去？”（戚本同）全抄、庚本作“白放着可惜了儿的”，是更流利的京片子。第二十一回脂批“近日多用‘可惜了的’四字”（庚本第四六六页，戚本同），可见这句北方俗语当时已经流行，不是后人代改的。而且“白放着可惜旧了”不清楚，仿佛已经旧了，使这十二枝宫花大为减色，其实是说“老搁着旧了可惜”。同回焦大骂大总管赖二：“焦大太爷跷起一只脚（戚本作“腿”），比你的头还高呢”，似带秽亵，戚本更甚。全抄、庚本作“焦大太爷跷跷脚，比你的头还高呢”，比较含糊雅驯。第八回宝玉掷茶杯，“打个齑粉”，当指“打了个碎为齑粉”。他本作“打了个粉碎”。以上四项与甲戌本第五回的异文性质相仿，都是较粗糙的初稿，他本是改笔。又有俗字甲戌本写法较特别，如“一扒（巴）掌”（第六回），他本作“一把掌”；“掓嘴”（第六、七、八回）他本作“努嘴”。

甲戌本其他异文大都是南京话，如第六回“那板儿才亦（也才）五六岁的孩子，”他本缺“亦”字；第七回“亦发连贾珍都说出来”，戚本同，全抄、庚本作“越发”。也有文言，第六回给刘姥姥开出一桌“客馔”，戚本同，全抄、庚本作“客饭”（注十三）。

这些异文戚本大都与甲戌本相同，有几处也已经改掉了，与他本一致。但是戚本第七回有吴语，“尤氏问派了谁人送去”——全抄本第五十九回第一页下也有“这新鲜花篮是谁人编的？”他本无“人”字。弹词里有“谁人”，近代写作“啥人”。第六十七回戚本特有的一段又有吴语“小人”（儿童）——第九页上，第五行。全抄本吴语很多，庚本也偶有（注十四），显然是此书早期的一个特色。

第六回只有戚本有回末套语，回目也是戚本独异，作“刘老妪一进荣国府”。第三十九回回目“村姥姥是信口开河，情哥哥偏寻根究底”，戚本作“村老妪是信口开河，痴情子偏寻根究底”，全抄本作“村老妪谎谈承色笑，痴情子实意觅踪迹”。前面提起过，全抄本此回几乎全部用“嫽嫽”，显然是可靠的早本，回目也是戚本回目的前身，“村老妪”这名词是书中原有的。

第四十一回回目，戚本也与庚本不同，作“贾宝玉品茶栊翠庵，刘老妪醉卧怡红院”（程本同，不过“老妪”作“老老”）。显然戚本“刘老妪”的称呼前后一贯，还是早期半文半白的遗迹。

第七、八两回回目纷歧。第七回戚本作“尤氏女独请王熙凤，贾宝玉初会秦鲸卿”，称尤氏为“尤氏女”，仿佛是未嫁的女子。甲戌本作“送宫花周瑞叹英莲，谈肄业秦钟结宝玉”，称周瑞家的为周瑞，更不妥。下句“秦钟结宝玉”，其实是宝玉更热心结交秦钟。庚本“送宫花贾琏戏熙凤，宴宁府宝玉会秦钟”，上句似乎文法不对，但是在这里“送宫花”指“当宫花送来的时候”，并不是贾琏送宫花。但是称白昼行房为戏凤，仍旧有问题，俞平伯也提出过。

第八回戚本作“拦酒兴李奶母讨恹，掷茶杯贾公子生嗔”，“贾公子”与“尤氏女”都是此书没有的称呼，带弹词气息。

甲戌本此回回目作“薛宝钗小恙梨香院，贾宝玉大醉绛芸轩。”全抄、庚本作“比通灵金莺微露意，探宝钗黛玉半含酸”，似乎是后改的，因为第三十五回才透露莺儿原名黄金莺，那一回回目“白玉钏亲尝莲叶羹，黄金莺巧绾梅花络”，显然是现取了“黄金莺”的名字去对“白玉钏”。

统观第六、七、八回，这三回戚本、甲戌本大致相同，是文言与南京话较多的早本，戚本稍后，已经改掉了一些，但是也有漏改的吴语，甲戌本里已经不见了的。庚本趋向北方口语化，但是也有漏改的地方，反而比戚本、甲戌本更早。全抄本的北边话更道地。例如第七回焦大说：

> 这等黑更半夜（庚本，半文半白——早本漏改）
> 这样黑更半夜（戚、甲戌本，普通话。南京话同）
> 这黑更半夜（全抄本，北方话）

但是戚本、甲戌本也有几处比他本晚，如第六回刘姥姥对女婿称亲家爹为“你那老的”，甲戌本有批注：“妙称。何肖之至！”全抄本作“你那老人家”，庚本误作“你那老家”。既然批者盛赞“老的”，作者不见得又改为“老人家”。当然是先有“老人家”，后改“老的”。

第七回周瑞家的送宫花，“穿夹道，彼时从李纨后窗下过，隔着玻璃窗户，见李纨在炕上歪着睡觉呢。”（庚本第一六四页。全抄本次句缺“彼时”，句末多个“来”字。甲戌、戚本缺加点的十九字，批注：“细极。李纨虽无花，岂可失而不写，故用此顺笔便墨，间三带四，使观者不忽。”）别房的仆妇在窗外走过，可以看见李纨在炕上睡觉，似乎有失尊严，尤其不合寡妇大奶奶的身分，而且也显得房屋浅陋，尽管玻璃窗在当时是珍品。看来是删去的败笔。甲戌、戚本有批注，可见注意此处一提李纨，不会有遗漏字句或后人妄删。

周瑞家的送花到凤姐处，“小丫头丰儿坐在凤姐房中门槛上”，摆手叫她往东屋去：“周瑞家的会意，忙蹑手蹑足往东边房里来，只见奶子正拍着大姐儿睡觉呢。周瑞家的巧（悄）问奶子道：‘姐儿睡中觉呢？也该请醒了。’奶子摇头儿。正说着，只听那边一阵笑声，却有贾琏的声音。”（庚本第一六四页）全抄本同，甲戌、戚本作“‘奶奶睡中觉呢？……’……正问着，……”当然是后者更对，但是前者也说得通，不过是随口搭讪的话，不及后者精警。

同回秦钟自忖家贫无法结交宝玉，“可知贫窭二字陷人，亦世间之大不快事”（庚本第一七一页）。全抄本“窭”误作“缕”。甲戌、戚本作“可知贫富二字限人，”句下批注：“贫富二字中失却多少英雄朋友。”王府本批：“此是作者一大发泄处，可知贫富二字限人。总是作者大发泄处，借此以伸多少不乐。”“限人”比“陷人”较平淡，而语意更深一层，也更广。三条批语指出这句得意之笔的沉痛，王府本的两条并且透露这是作者的一个切身问题。

以上四点都是文艺性的改写，与庚本、全抄本这三回语言上的修改，性质不同。

第七回的标题诗写秦氏，末句“家住江南本姓秦”，书中并没提秦家是江南人或是在江南住过。秦氏列入“金陵十二钗”，似乎只是因为夫家原籍金陵。第八回标题诗：

> 古鼎新烹凤髓香，那堪翠斝贮琼浆？莫言绮縠无风韵，试看金娃对玉郎。

第四十一回妙玉用“𤩽爮斝”给宝钗吃茶，“旁边有一耳”——与茶盅不同——给宝玉用她“自己常日吃茶的那支绿玉斗”，“斗”似是“斝”字简写，否则“斗”仿佛是形容它的大，妙玉自己日常不会用特大的茶杯。而且她又找出“整雕竹根的一个大盒出来，笑道：‘……你可吃的了这一海？……你虽吃的了，也没这些茶糟塌。’……执壶只向海内斟了约有一杯。”起先那绿玉“斗”一定也不过一杯的容量。

从第八回的标题诗看来，宝玉这次探望宝钗，用绿玉斝喝酒——后文当然不会再用这名色——而且没有黛玉在座，至少开筵的时候黛玉还没来。这两首标题诗都与今本情节不符，显然来自早本，比用“嫽嫽”的第四十一回更早。无怪第七回那首诗只有戚本、甲戌本有，第八回这首更是甲戌本独有，因为戚本已经改掉了一些早本遗迹。

甲戌本在废套语期把第六、七、八这三回收入新的本子，换了回目。第六回开始，宝玉“初试云雨情”一段，其实附属废套期新写的第五回，是梦游太虚的余波或后果。稿本都是一回本，正如现代用钢夹子把一章或一篇夹在一起，不过线装书究竟拆开麻烦，因此最简便的改写方法是在回首或回末加上一段，只消多钉一叶。第六回回首添上“初试云雨情”一段，过渡到早本三回，又把此回刘姥姥口中的“你那老人家”改为“你那老的”。戚本此回显然在这期间及时抽换改稿，因此回首新添的一段有秦氏进房慰问，又把“老人家”改“老的”，但是漏删回末套语；此后经过诗联期，在套语下加上一副诗联，又再抽换回首一段，改写秦氏未进房的今本，但是漏删“要紧！”二字。

甲戌本第七回改写三处——删李纨睡在炕上等等——戚本都照改。看来这三处与第六回的改写一样，都是废套期改的。戚本第七回也在这期间抽换新稿，但是这次甲戌本与戚本一样漏删回末套语。当然此回改写三处都不在回末，容易忘了删“下回分解”。但是第六回也不过回首加了一段，上半回又改了两个字，距回末还更远，怎么倒记得删回末套语？因为甲戌本头五回都删了回末套语，一口气删下来，第六回也还特为掀到回末，删掉套语，此后就除非改写近回末部份，才记得删。

庚本与全抄本这两个早本，在废套期都没有及时抽换，因此第六、七两回改写的四处与回首添的一段都没有。作者显然是在诗联期在这两个本子上两次修改这三回的北方话，方才连带的抽换改稿，所以第六回回首加的“初试”一段已经是今本，秦氏未进房。因为是诗联期改的，三回回末都只有诗联。第七回回目改来改去都不妥，最后全抄本索性删去再想。

第八回在废套期改写过——可能就是不符合标题诗的情节——因此各本一致，都没有回末套语，诗联期加诗联。庚本、全抄本这两个改了北方口音的晚本，此回回目也是后改的，提到第三十五回才编造的名字：金莺。

把这三回的一团乱丝理了出来，连带的可以看出除了甲戌本，这些本子都是早本陆续抽改，为了尽可能避免重抄，注重整洁，有时候也改得有选择性。正如全抄本始终用“旷”与“姆姆”，戚本始终用“嫫嫫”，又常保留旧回目，因为改回目势必涂抹，位置又特别刺目。白文本就忠于底本，不求一致化，所以用“旷”而又有一个“�”，正如头四回没有回末套语，仍是本来面目。因此白文本虽然年代晚——否则不会批语全删——质地比那两个外围的脂本好。

因为长时期的改写，重抄太费工，所以有时候连作者改写都利用早本，例如改北方话改在两个早本上，忘了补入以前改写的几处，更增加了各本的混乱。

甲戌本头八回本来都是废套语期的本子，不过内中只有前五回是重抄过的新稿，后三回是早本，还在用“嫽嫽”，废套期其实已经采用“姥姥”——见庚本第三十九回——但是第六回改“姥姥”改得不彻底。这三回当时只换了回目，除了第八回大改，只零星改写四处，第六回回首又添了段“初试云雨情”。三回统在诗联期整理重抄，第六回添写总批，提及“初试云雨情”，所以此回总批为甲戌本独有。同一时期作者正在别的本子上修改这三回的北方话，先后改了两次，而此本并没改，也可见此本这三回确是脂评人编校的，不是作者自己。

废套期的本子，头五回与第二十五回还保存在甲戌本里，此外庚本里也保存了七回：第十六、第三十九、四十、第五十四、第五十六、第五十八、第七十一回，这是沉没在今本里的一个略早些的本子，上限是一七五四年，下限似乎不会晚于一七五五——一七五六夏誊清的第七十五回似已恢复回末套语，中间还隔着个诗联期——看来这本子就是一七五四本，但是我们需要更确定，暂称X本。

此书的标题诗都是很早就有，不光是第七、八两回的。头两回原先的格局都是回目后总批、标题诗，而第一回的总批还是初名“石头记”的时候写的。唯一的例外是第五回的标题诗，只有戚本、全抄本有，己卯本另纸录出。

己卯本前十一回也批语极少，而且一部份另纸录出——是一个近白文本，批语几乎全删后，又有人从别的抄本上另笺补录几条批、两首标题诗，第五、第六回的。第六回那首，除庚本是白文本外，各本都有，显然是早有的，己卯本是删批的时候一并删掉了，后来才又补抄一份。第五回那首极可能也是己卯本原有，删批时删去。倘是那样，那就只有甲戌本没有第五回的标题诗，因为甲戌本第五回是初稿，其他各本是定稿；此回原无标题诗，到诗联期改写，才添写一首，所以甲戌本独无。

除了第五回这首，标题诗都早。到了X本，是此书最现代化的阶段，回前回末一切形式都废除了，新的第五回就没有标题诗。第三回大改，如果原有标题诗也不适用了，因此也没有。第一、二、四回小改，头两回原有的标题诗仍予保留。第四回只有全抄本有：

捐躯报国恩，未报身犹在。眼底物多情，君恩或可待。

俞平伯说：“按第四回是‘薄命女偏逢薄命郎，葫芦僧乱判葫芦案’，此诗云云，似不贴切。岂因其中有贾雨村曰：‘蒙皇上隆恩起复委用，实是重生再造，正当竭力图报之时，岂可因私而废法’等语乎？信如是解，实未必佳。贾雨村何足与语‘捐躯报国’耶！恐未必是原有……”（注十五）

宝玉有一次骂“文死谏，武死战”都是沽名，“必定有昏君，他方谏”，让皇帝背恶名，不算忠臣（第三十六回，庚本第八二九页）。书中贾雨村代表宝玉心目中的“禄蠹”。“捐躯”当是“死谏”。八十回后应当还有贾雨村文字，大概与贾赦石呆子案有关。这首诗更牵涉不上，似专指此回。可能X前本写贾雨村看了“护官符”，想冒死参劾贾史王薛四家亲族植党营私，结果改变主张。后来删去这段，这首诗也跟着删了。

“凡例”第四段这样开始：“书中凡写长安，在文人笔墨之间，则从古之称。凡愚夫妇儿女子家常口角，则曰中京，是不欲着迹于方向也。……特避其东南西北四字样也。”

书中京城从来没称“中京”，总是“都”、“都中”、“京都”。只有第七十八回贾政讲述林四娘故事：“……后来报至中都”，也仍旧不是“中京”，而且出自贾政口中，也并不是“愚夫妇儿女子家常口角”。唯一的一次称“长安”，在第五十六回宝玉梦中甄宝玉说：“我听见老太太说，长安都中也有个宝玉。”

林四娘故事中又有“黄巾赤眉一干流贼”，庚本批注：“妙！赤眉黄巾两时之时（‘事’误），今合而为一，……若云不合两用，便呆矣。此书全是如此，为混人也。”长安在西北，不会称“中京”，也是“为混人也”，故意使人感到迷离惝恍。为了文字狱的威胁，将时代背景移到一个不确定的前朝，但是后来作风更趋写实，虽然仍旧用古代官名，贾母竟向贾政说：“我和你太太宝玉立刻回南京去”（第三十三回），不说“回金陵去”。南京是明清以来与北京对立的名词，只差明言都城是北京了。

“凡例”还有一点与今本不大符合。第三段讲书名点题处：“……

然此书又名曰‘金陵十二钗’，审其名则必系金陵十二女子也，然通部细搜检去，上中下女子岂止十二人哉？若云其中自有十二个，则又未尝指明白系某某。极（及）至红楼梦一回中，亦曾翻出金陵十二钗之簿籍，又有十二支曲可考。”

这一段的语气，仿佛是说“通部”快看完了，才看到“红楼梦一回”——第五回。十二钗中，巧姐第五回还没出场，其余的也刚介绍完毕。

各本第五回有三副回目，甲戌本、庚本的两副都有“红楼梦”字样。此外还有第二十五回，庚本、戚本回目是：“魇魔法姐弟逢五鬼，红楼梦通灵遇双真”。“通灵”当然是“通灵玉”。此处的“红楼梦”除非是指此回内和尚持诵那玉，念的诗有：

> 粉渍脂痕污宝光，绮栊昼夜困鸳鸯。
> 沉酣一梦终须醒，冤孽偿清好散场。

理由似乎太单薄。俞平伯评此回回目下联：“各本此一句均不甚妥”，包括“红楼梦通灵遇双真”（注十六）。

上半回贾环推倒灯台，烫伤宝玉，王夫人“急的又把赵姨娘数落一顿”，批“总是为楔紧五鬼一回文字”（甲戌、庚、戚本）。显然宝玉被烫与“五鬼一回”原是两回。五鬼回一定删掉很多，所以两回并一回。

第二十四回“贾环见宝玉同邢夫人坐在一个坐褥上，邢夫人又百般摸娑抚弄他，早已心中不自在了。”庚本夹批：“千里伏线。”贾环贾兰先走了，宝玉与姊妹们在邢夫人处吃了饭回去——“母女姊妹们”一块吃饭，因此姊妹们只是迎春探春惜春，叙述极简，没提是谁——“各自回房安歇，不在话下。”庚本批注：“一段为五鬼魇魔法引。脂砚。”

五鬼回就在下一回，不能称“千里伏线”。如果以后另有更严重的贾环陷害宝玉的事，脂砚不会这样短视，批“一段为五鬼魇魔法引”。当是两条批同指五鬼回，不过早先五鬼回在后部，与第二十四回隔得很远。“凡例”所说的“红楼梦一回”也在后部。

X本第五回——即甲戌本第五回——是初稿。甲戌本第二十五回也属于X本，所以是X本删并五鬼等两回为第二十五回，删去的大段文字显然是太虚幻境，移前到第五回。早先五鬼回内宝玉遭巫魇昏迷不醒，死了过去，投到警幻案下，见到十二钗册子，听到《红楼梦曲》，但是没有与警幻的妹妹成亲，因为“绮栊昼夜困鸳鸯”，显然已经有性经验，用不着警幻给他受性教育。太虚幻境搬到第五回，才有警幻的妹妹兼美，字可卿，又“用秦氏引梦”。

因此第五回在诗联期定稿，只改最后两页娶警幻妹，偕游至迷津遇鬼怪惊醒，秦氏听见他梦中叫“可卿”，因为只有这一段是初稿——除了前面极简略的“秦氏引梦”一节。其他的太虚幻境文字如警幻赋赞、册子曲子都是旧稿。

“凡例”所谓“红楼梦一回”就是五鬼回，虽然在后部，也不会太后，十二钗册子大概仍旧是预言，不是评赞。照理这一回也似乎应当位置较后，因为第一回甄士隐也是午睡梦见太虚幻境，第五回宝玉倒又去了，成了跑大路似的。但是这至多是结构上的小疵，搬到第五回，意境相去天壤。原先在昏迷的时候做这梦，等于垂危的病人生魂出窍游地府，有点落套。改为秦氏领他到她房中午睡，被她的风姿与她的卧室淫艳的气氛所诱惑，他入睡后做了个绮梦，而这梦又关合他的人生哲学，梦中又预知他爱慕的这些女子一个个的凄哀的命运。这造意不但不像是十八世纪中国能有的，实在超越了一切时空的限制。—— 一说梦游太虚是暗示秦氏与宝玉这天下午发生了关系，这论争不在本文范围内，不过纯粹作为艺术来看，那暗示远不及上述的经过，也有天渊之别。

第二十五回赵姨娘向马道婆说凤姐的话，俞平伯指出全抄本多几句：

> 提起这个主儿来，真真把人气杀，教人一言难尽。我白和你打个赌儿，明日这份家私……

全抄本此回还有许多异文（注十七），甲戌本与他本也略有点不同。这两个本子的特点，最有代表性的是下列两处：

> 若说谢的这个字，可是你错打算了。（全抄本；戚本同）
> 若说谢的这个字，可是你错打了法马了。（甲戌本）
> 若说谢我的这两个字，可是你错打算盘了。（庚本）

甲戌本的白话比全抄本流利，但是“法马”——今作“砝码”，秤上的衡量记号——这句较晦涩。庚本才是标准白话。“谢”指谢礼，改为“谢我”也清楚得多。

> 贾母等捧着宝玉哭时，只见宝玉睁开眼说道：“从今已后，我可不在你家了……”（全抄本）
> 贾母等正围着他两个哭时，只见宝玉……（甲戌本）
> 贾母等正围着宝玉哭时，只见宝玉……（庚、戚本）

“捧着宝玉哭”是古代白话。凤姐与宝玉同时中邪，都抬到王夫人上房内守护。只哭宝玉，冷落了凤姐，因此改为“围着他两个哭”，但是分散注意力，减轻了下句出其不意的打击，因此又改为“围着宝玉哭”。

贾环的意图，各本都作“要用热油烫瞎他的眼睛”，甲戌本独作“要用蜡灯里的滚油烫他一下”，显然是油灯改蜡灯后的改文，但是啰唆软弱。

马道婆纸铰的五鬼“青面红发”（全抄、甲戌本），庚、戚作“青面白发”。青面红发是鬼怪常有的，白发是人，与青面对照，反而更恐怖。

此回写黛玉，全抄、甲戌本各有一句太露。凤姐取笑黛玉“吃了我们家的茶，怎么不给我们做媳妇？”李纨赞凤姐诙谐，“黛玉含羞笑道：‘什么诙谐？不过是贫嘴……’”（甲戌本）这段谈话后，大家走了，宝玉叫住黛玉，拉着她的袖子笑，说不出话来。“黛玉心中也有几分明白，只是自己不住的把脸红涨起来……”（全抄本）其他各本都删了此处加点的字。

写宝玉与彩霞，“宝玉便拉他手笑道：‘好姐姐，你也理我理儿呢，’一面说，一面拉他的手。”（庚、戚本）甲戌本没有末两句。这两句本来重复得毫无意义，原因是删去了全抄本的“（一面拉他的手）只往衣内放”五字，因为涉嫌秽亵。甲戌本把重复的字句也删了。

全抄本此回无疑的是初稿。甲戌本是改稿，庚、戚本是定稿，但是都有漏改漏删。

X本此回是甲戌本的，因此删并五鬼等二回，成为第二十五回后，又还改过一次，才收入X本。——全抄本此回也应当没有回末套语，但是此本回末缺套语的一概都给妄加了——第二十五回直到诗联期后，恢复回末套语后才定稿。

全抄本此回回目“魇魔法叔嫂逢五鬼，通灵玉姐弟遇双仙”，俞平伯说：“上句合于戌、晋、程甲。下句与诸本并异，各本此一句均不甚妥，但此本上言叔嫂，下言姐弟，而姐弟即叔嫂，亦未必很对。”（注十八）

甲戌本下句作“通灵玉蒙蔽遇双真”，“蒙蔽”不对“叔嫂”。都是为了此回删去太虚幻境文字，需要改掉回目中的“红楼梦”三字，越改越坏。庚本、戚本仍用旧回目。

与贾环恋爱的丫头，在第三十三、第六十一、六十二回是彩云，第二十五、第七十二回是彩霞。

第三十九回李纨正称赞鸳鸯平儿是贾母凤姐的膀臂，“宝玉道：‘太太屋里的彩霞是个老实人。’探春道：‘可不外头老实，心里有数儿。太太是那么佛爷似的，事情上不留心，他都知道，凡百一应事都是他提着太太行，连老爷在家出外去，一应大小事，他都知道，太太忘了，他背后告诉太太。’”这彩霞当然就是贾环的彩霞。第七十二回“赵姨娘素日与彩霞契合，巴不得与了贾环，方有个膀臂。”正因为是王夫人身边最得力的人，才于赵姨娘有利。

第六十二回作“彩云”，但显然就是第三十九回大家说她老实的彩霞，偷了许多东西送贾环，反而受他的气，第七十二回他终于负心。

第三十九回与第二十五回同属X本。第三十三回作“彩云”，同回有早本漏改的“姆姆”二字。显然贾环的恋人原名彩云，至X本改名彩霞，从此彩云不过是一个名字，没有特点或个性。

全抄本第二十五回彩霞初出场的一段如下：

> 那贾环……一时又叫彩云倒茶，一时又叫金钏儿剪蜡花。众丫鬟素日原厌恶他，只有彩云（他本作“霞”）还和他合的来，倒了一杯茶递与他……悄悄向贾环说：“你安分些罢，……”贾环道：“……你别哄我，如今你和宝玉好，把我不大理论，我也看出来了。”彩云（他本作“霞”）道：“没良心的……”（以下统作“彩霞”）

此外还有歧异，但是最值得注意的是彩霞头两次作“彩云”，此后方改彩霞。

全抄本此回是宝玉烫伤一回与五鬼回删并的初稿。原先宝玉烫伤一回写贾环支使不动别人，至少叫彩云倒茶倒了给他，因为彩云跟他还合得来。今本强调众婢的鄙薄，叫彩云倒茶也不倒，还是彩霞倒了杯给他——也许彩云改名彩霞自此始。——这一点删并时已改，全抄本这两个“彩云”是漏网之鱼。这是全抄本是X本第二十五回初稿的又一证。

吴世昌著《红楼梦探源》，发现元妃本来死在第五十八回，后来改为老太妃薨，是此书结构上的一个重大的转变。第五十八回属于X本。

第五十四回也属于X本，庚本此回与下一回之间的情形特殊，第五十四回末句“且说当下元宵已过”，与下一回第一句“且说元宵已过”重复，当是底本在这一行划了道线，分成两回。未分前这句是“且说当下元宵已过”，“当下”二字上承前段。这句挪到下一回回首，“当下”语气不合，因此删去。大概勾划得不够清楚，抄手把原来的一句也保存了。分回处没加“下回分解”，显然是X本把第五十四、五十五合回分成两回，所以不用回末套语。新的第五十五回仍旧保有第五十四、五十五合回的回末套语。

第五十五回开始，“且说元宵已过”底下紧接着就是庚本独有的太妃病一节，伏老太妃死。一回稿本最取巧的改写法是在回首加一段,这是又一例。如果在X本之前已经改元妃之死为老太妃死，无法加上第五十五回回首太妃病的伏笔，因为第五十四、五十五合回还没有一分为二。显然是X本改掉第五十八回元妃之死。

庚本八张回目页，也就是十回本的封面。内中七张有“脂砚斋凡四阅评过”字样,下半部有三张又有“庚辰秋月定本”或“庚辰秋定本”。唯一的例外是第六册，回目页上只有书名“石头记”与回目，前面又多一张题页，上书“石头记　第五十一回　至六十回”，是这十回本的封面。回目页背面有三行小字：

> 第五十一回　至六十回
> 脂砚斋凡四阅评过　　庚辰秋定本

题页已有回数，这里又再重一遍，叠床架屋，显然不是原定的格式。这十回当是另一来源，编入“庚辰秋定本”的时候草草添上这本子的标志。

上半部四张回目页都没有日期。第四册的一张，上有“村嫽嫽是信口开河”句，在第三十九回回首已经改为“村姥姥是信口开河”。第三十九、四十两回属于X本。第四十一回正文“姥姥”

最初三次都作“嫽嫽”，将此回与上十回的回目页连在一起，形成此本中部一个共同的基层。至少这一部份是个早本，还在用“嫽嫽”。第三十九、四十这两回是X本改写抽换的。

第一张回目页上“刘姥姥一进荣国府”，“嫽”已改“姥”，与第三十一至四十回的回目页显然不同时，是拼凑上白文本的时候，抄配一张回目页，——白文本本身没有回目页——所以照着第六回回首的回目抄作“姥”。这一张回目页可以撇开不算。

白文本与抄配的两回当然不算，另一来源的第六册虽然编入“庚辰秋定本”，也暂时搁过一边。此外的正文与回目页有些共同的特点，除了中部的“嫽嫽”，还有第十二回回末“林儒海”病重，第十四回回目作“林儒海捐馆扬州城”，回目页上也作“儒海”，可知林如海原名儒海；第十七、十八合回未分回，第十九、第八十回尚无回目，也都反映在回目页上。但是下半部也有几处不同，如第四十六回回目“鸳鸯女誓绝鸳鸯偶”，回目页上作“鸳鸯女誓绝鸳鸯女”（女误，改侣，同戚本）；第四十九回“琉璃世界白雪红梅”，回目页上作“瑠璃”。

戚本保留了一些极旧的回目，因此第四十六回回目该是“鸳鸯侣”较早。“琉璃”是通行的写法，当是先写作“瑠璃”，后改“琉”。庚本下半部回目页与各回歧异处，都是回目页较老。那是因为这几回经过改写抽换，所以比回目页新。

吴世昌认为庚本回目页上“‘脂砚斋凡四阅评过’这条小字签注，也是从另一个不相干的底本上抄袭来硬加上的”；“四阅评过”、“某年某月定本”——如“己卯冬月定本”——都是“藏主或书贾加上去的签条名称”（注十九）。但是吴氏相信“庚辰秋月定本”确是一七六〇年的本子，因为标明这日期的后四册内，第七十五回回前附叶上有"乾隆二十一年（一七五六）五月初七日对清"的记载。"从'对清'到'定本'，相隔四年，完全可信。"前四册没有日期，第二十二回未完，吴氏指出回末附叶上墨笔附记与正文大小笔迹相同："此回未成而芹逝矣，叹叹！丁亥夏畸笏叟。""因为这条附记是一个人用墨笔与正文同时过录，可知在底本中原已如此，也就清楚地证明：第二十二回和这一部份的其他各回的底本是丁亥（一七六七）年以后才钞的。"又举出"正文中的内证，即在第四十回和四十一回之间，有一条素不为人注意的分界线"：第四十回回末筵席上"只听见外面乱嚷"，故起波澜，使人急于看下回，而下一回没有交代，仍旧在喝酒行令，显然第四十回回末惊人之笔是后加的，属于一七六七后编的改本，而第四十一回抄自一七六〇"定"的旧本（注二十）。

第四十回是X本改写的，与下一回不衔接，因为没联带改下一回回首，与第三十五、第七十回同一情形。第三十五回回末"只听黛玉在院中说话，宝玉忙叫快请"，也没有下文；第七十回贾政来信延期返京，下一回开始，却已经如期回来了，也并不能证明第三十六回起是另一个本子，第七十一至八十回又是一个本子。这不过是改写一回本稿本难免的现象，下一回不在手边，回首小改暂缓，就此忘了。

但是庚本上下部不同时，回目页上表现得很清楚，下半部是一七六〇本，上半部在一七六〇前或后。第二十二回未完，显然是编纂的时候将畸笏一七六七年的附记抄入正文后面，好对读者有个交代。因此上半部是一七六七年后才编的，想必为了抽换一七六〇年后改写诸回，需要改编一七六〇本上半部。

吴世昌认为庚本回目页不可靠，"四阅评过"是藏家或书商从他本抄袭来的签注。但是前面举出的正文与回目页间的联系，分明血肉相连，可见这些回目页是原有的。不过上半部除了一个“嫽嫽”贯通此书中部二十回，回目页与正文间的连锁全在第二册，而第二册第一回是用白文本拼凑的。如果这一册前部残缺，少了一回，怎么回目页倒还在？如果这一册第一回破烂散失，那么这回目页也和第一册回目页一样，是拼上白文本的时候抄配的，照着第二册内各回回目抄，难怪所有的特点都相同。此外唯一可能的解释是抽换这一回——第十一回——但是稿缺，只有这白文本有新的第十一回，所以拆开原来的十回本，换上白文本第十一回，仍旧保留回目页。第十、十一两回写秦氏的病，显然是在删天香楼后补加的。原先第十三回“秦可卿淫丧天香楼”，当然并没生过病。但是如果改了第十三回需要连带改第十、十一回，庚本第二册倒又不缺第十三回。这疑点要在删天香楼的经过中寻找答案。

甲戌本第十三回是新删天香楼的本子，回内有句批：“删却。是未删之笔”，显然这时候刚删完。

此本第十三至十六回这一截，总批改为回目前批，大概与收集散批扩充总批的新制度有关。回目后批嵌在回目与正文之间，无法补加。随时可能在别的抄本上发现可以移作总批的散批，抄在另一叶上，加钉在一回本前面，只消在誊清的时候续下页，将回目列在下一行，再下一行是正文，这就是回目前批。到了第二十五至二十八回，又改为回后总批，更方便，不但可以后加，而且誊清后还可以再加，末端开放。这都是编者为了自己的便利而改制。

作者在X本废除标题诗，但是保留旧有的，诗联期又添写了

第五回的一首。脂评人在诗联期校订抽换X本第六至八回，把不符今本情节的第八回的一首也保留了下来——他本都已删去——凑足三回都有，显然喜爱标题诗。到了第十三至十六回，又正式恢复标题诗的制度，虽然这四回一首也没有，每回总批后都有“诗云”或“诗曰”，虚位以待，正如庚本第七十五回回前附叶上的“缺中秋诗俟雪芹”——回内贾兰作中秋诗，“递与贾政看时，写道是：”下留空白；同页宝玉作诗“呈与贾政，看道是：”下面没留空白，是抄手疏忽（庚本第一八二八页）——显然甲戌本这四回也和第六、七、八回是同一脂评人所编。他整理前三回的时候现写第六回总批，后四回也是他集批作总批。

此本第二十五回总批有：“通灵玉除邪，全部只此一见……”是移植的庚本眉批，原文是：“通灵玉除邪，全部百回只此一见……壬午孟夏，雨窗。”壬午是畸笏批书的时间。他这条批搬到甲戌本作为总批，删去“百回”二字，显然因为作者已故，这部书未完，只有八十回。到了第二十五至二十八回，标题诗制度已经废除，也是为了同一原因，作者死后，缺的诗没有补写的希望了。编第十三至十六回的时候，显然作者尚在，因此与第二十五至二十八回不同时。

第十三至十六回这四回，总批内移植的庚本有日期的批语，最晚的是壬午（一七六二年）春（注二十一）。同年除夕曹雪芹逝世。编这四回，至早也在一七六二春后，但是还在作者生前，所以是一七六二夏或下半年。

靖本第二十二回有畸笏一七六七年的批语：“……不数年，芹溪脂砚杏斋诸子皆相继别去。今丁亥夏只剩朽物一枚……”脂砚有日期的批语最晚是一七五九年冬。庚本第二十七回脂砚批红玉回答愿意去伏侍凤姐一段："奸邪婢岂是怡红应答者，故即逐之。前良儿，后篆儿，便是却（确）证。作者又不得可也。已卯冬夜。"旁边有另一条眉批："此系未见抄没狱神庙诸事，故有是批。丁亥夏，畸笏。"如果狱神庙回是旧稿，这样重要的情节脂砚决不会没看见。畸笏一七六七年写这条批，显然脂砚迄未见到狱神庙回，始终误会了红玉。这一回只能是一七五九年冬后，作者生前最后两年内写的或是改写的，而脂砚死在雪芹前一两年。在一七六二夏或下半年，脂砚已故。利用那两册现成的X本，继续编辑四回本的主要脂评人是畸笏。

批者对于删天香楼的解释，各本第十三回共五段，并列比较一下：

> "秦可卿淫丧天香楼"，作者用史笔也。老朽因有魂托凤姐贾家后事二件，嫡（的）是安富尊荣坐享人（不）能想得到处。其事虽未漏（行），其言其意则令人悲切感服，姑赦之，因命芹溪删去。（甲戌本回后批）
>
> "秦可卿淫丧天香楼"，作者用史笔也。老朽因有魂托凤姐贾家后事二件，岂是安富尊荣坐享人能想得到者。其言其意令人悲切感服，姑赦之，因命芹溪删去"遗簪""更衣"诸文。是以此回只十页，删去天香楼一节，少去四五页也。（靖本回前总批）
>
> 可从此批。通回将可卿如何死故隐去，是余大发慈悲也。叹叹！壬午季春，畸笏叟。（靖本眉批）
>
> 通回将可卿如何死故隐去，是大发慈悲也。叹叹！壬午春。（庚本回后批）

隐去天香楼一节，是不忍下笔也。（甲戌本回前总批）

甲戌本回后批与靖本回前总批大致相同，不过靖本末尾多几句，来自甲戌本另一条回末眉批："此回只十页，因删去天香楼一节，少却四五页也。"靖本把甲戌本这两条批语合并，也跟甲戌本一样集批为总批。原文有"其事虽未行"句。秦氏的建议没有实行，与它感人之力无关，因此移作总批的时候删去此句，又补加"'遗簪''更衣'诸文"六字，透露天香楼一节的部份内容。两处改写都只能是畸笏自己的手笔。

靖本这是第三段总批，除了添上这一段——新删本两条批拼成的——与庚本补抄的删天香前总批大致相同。第一段关于秦氏托梦嘱买祭祀产业预防抄没，庚本多一句："然必写出自可卿之意也，则又有他意寓焉。"

吴世昌在《红楼梦探源》中指出本来应当元春托梦父母，才合书中线索。宋淇《论大观园》一文中据此推测"现在从元春移到可卿身上，无非让秦可卿立功，对贾家也算有了贡献。否则秦可卿实在没有资格跻身于正十二钗之列，虽然名居最末，正副等名位的排列固然同身分、容貌、才学等有关，同品行也有关。"（《明报月刊》一九七二年九月号第六页）这就是批的"又有他意寓焉"，没有说明，想必因为顾到当时一般人的见解，立功也仍旧不能赎罪，徒然引起论争。删天香楼隐去奸情后，更可以不必提了，因此靖本总批删去此句。

庚本删天香前第二段总批如下：

荣宁世家未有不尊家训者，虽贾珍当奢，岂明逆父哉？

故写敬老不管，然后姿（恣）意，方见笔笔周到。

靖本作：

> 贾珍虽奢淫，岂能逆父哉？特因敬老不管，然后恣意，足为世家之戒。

贾珍虽然好色，按照我们的双重标准，如果没有逆伦行为，似不能称“淫”。尤其此处是说他穷奢极侈为秦氏办丧事，“淫”字牵涉秦氏，显然是删天香楼前的原文。庚本虽然是删前本总批，这字眼已经改掉了。庚本补抄的两回总批——第十三、第二十一回——都是一七六七年后上半部编了十回本之后，从旧一回本上抄来的，年份很晚。当初删了天香楼，畸笏补充总批，添了一段，原有的两段删去一句，其余照抄，没注意“淫”字有问题，标题诗更甚，写秦氏“一步行来错，回头已百年”。靖本这三段总批、一首诗都不分段，作一长批。第二段末句原文“方见笔笔周到”，下接“‘秦可卿淫丧天香楼’，作者用史笔也”，“笔”字重复，因此“方见笔笔周到”改为“足为世家之戒”。

甲戌本回前总批，秦氏“一失足成千古恨”那首标题诗已经删去，显然在靖本总批之后。因此甲戌本此回虽然是新删本，只限正文与散批、回后批，回前总批是后加的。

在靖本总批与甲戌本总批之间，畸笏又看到那本旧一回本，大概是抽换回内删改部份，这次发觉总批“淫”字不妥，改写“虽贾珍当奢”，但是这句秃头秃脑的有点突兀，所以上面又加上一句“荣宁世家未有不尊家训者”。此句其实解释得多余，因此这条批收入甲戌本回前总批的时候，又改写过，删去首句。为什么“敬老不管”，也讲得详细些：“贾珍尚奢，岂有不请父命之理？因敬（下缺三字，疑是‘老修仙’）要紧，不问家事，故得姿（恣）意放为（以下缺字）。”

“另设一坛于天香楼上”，靖本“天香楼”作“西帆楼”。同回写棺木用“樯木”，甲戌本眉批：“樯者舟具也，所谓人生若泛舟而已……”楼名“西帆”，也就是西去的归帆，用同一个比喻。甲戌本天香楼上设坛句，畸笏批“删却”，因此靖本改名西帆楼，否则这两个本子上批语都屡次提起删“天香楼事”，而天香楼上设坛打四十九日解冤洗孽醮，分明秦氏是吊死在这楼上，所以需要禳解，暗示太明显。靖本此回是紧接着新删本之后，第一个有回前总批的抄本，这是一个力证。——靖本也是四回一册，格式、字数、行数、装订方式同甲戌本，八十回缺两回多，有三十五回无批，仿佛也是拼凑成的本子。（注二十二）

秦氏的死讯传了出来，“彼时合家皆知，无不纳罕，都有些疑心。”靖本批：“九个字写尽天香楼事，是不写之写。常（棠）村。”（甲戌本同，缺署名）眉批：“可从此批。通回将可卿如何死故隐去，是余大发慈悲也。叹叹！壬午季春，畸笏叟。”秦可卿之死，是棠村最欣赏的《风月宝鉴》的高潮，被畸笏命令作者删去，棠村不能不有点表示，是应有的礼貌。所以畸笏也还敬一句，夸奖棠村批得中肯，一面自己居功。但是在同一个春天，畸笏在另一个本子上抄录这条眉批，删去批棠村评语的那句，移作回后批，却把“余”字也删了，成为“是大发慈悲也”（庚本），归之于作者。最后把这条批语收入甲戌本总批，又说得更明显：“隐去天香楼一节，是不忍下笔也。”

前面引的这五段删天香楼的解释，排列的次序正合时间先后。最后两段为什么改口说是作者主动？总是畸笏回过味来，所以改称是作者自己的主张，加以赞美。

第十四回回末秦氏出殡，宝玉路谒北静王，批“忙中闲笔。点缀玉兄，方不失正文中之正人。作者良苦，壬午春，畸笏。”第十五回出殡路过乡村，宝玉叹稼穑之艰难，又批“写玉兄正文总于此等处。作者良苦。壬午季春。”第十六回元春喜讯中夹写秦钟病重，又批：“偏于极热闹处写出大不得意之文，却无丝毫牵强，且有许多令人笑不了，哭不了，叹不了，悔不了，唯以大白酬我作者。壬午季春，畸笏。”在同一个春天批这三回，回回都用慰劳的口吻，书中别处没有的，也许不是偶然，而是反映删改第十三回后作者的情绪，畸笏的心虚。

总结删天香楼的几个步骤：(一）新删本——即甲戌本此回正文，包括散批、回后批；(二）加回前总批重抄——即靖本此回——棠村批说删得好，一七六二年季春畸笏作答；(三）在同一个春天，畸笏批另一个抄本——大概是旧本抽换改稿——开始改称是作者自己要删；(四）改去旧本总批“淫”字——可能就是（三）内抄本；(五）用最初的新删本，配合四回本X本款式重抄，删标题诗，另换总批，但仍照靖本总批不分段，作一长批；(六）用同一款式重抄第十四至十六回，但是总批分段。(末两项即甲戌本第十三至十六回。)

甲戌本第二十五至二十八回的总批不但移到回后，又改为每段第二行起低两格——第一行只低一格——兔起鹘落，十分醒目，有一回与正文之间不留空白，也一望而知是总评。这四回总批内收集的庚本有日期的批语，最晚是一七六七年夏（注二十三)。同年春夏畸笏正在批书，编这四回可能就在这年夏秋，距第十三至十六回也有四五年了。书中形式改变，几乎永远是隔着一段时间的标志。第十三回总批格式同靖本，而与下三回不同，也表示中间隔了个段落，才重抄第十四至十六回。这四回是作者在世最后一年内编的，比季春后更晚，只能是一七六二下半年。

重抄甲戌本第十三回，距删天香楼也隔了个段落，已经有了不止一个删后本。在这期间，畸笏季春还在自称代秦氏隐讳，至多十天半月内就改称是作者代为遮盖，也还是这年春天。看来他自承是他主张删的时期很短暂，这包括刚删完的时候。因此删天香楼也就是这年春天的事，脂砚已故，否则有他支持，也许不会删。

“‘秦可卿淫丧天香楼’，作者用史笔也。”“史笔”是严格的说来并非事实，而是史家诛心之论。想来此回内容与回目相差很远，没有正面写“淫丧”——幽会被撞破，因而自缢——只是闪闪烁烁的暗示，并没有淫秽的笔墨。但是就连这样，此下紧接托梦交代贾家后事，仍旧是极大胆的安排，也是神来之笔，一下子加深了凤秦二人的个性。X本改掉了元妃之死，但是第五回太虚幻境里的曲子来自书名“红楼梦”期的五鬼回，因此元春的曲词还是预言她死在母家全盛时期，托梦父母。

一七六二年春，曹棠村尚在。同年冬，雪芹去世。雪芹在楔子里嘲笑他弟弟主张用“风月宝鉴”书名，甲戌本眉批提起棠村替雪芹旧著《风月宝鉴》写序，“今棠村已逝，余睹新怀旧，故仍因之。”看来兄弟俩也是先后亡故。——也极可能是堂兄弟——靖本畸笏一七六七年批：“……不数年，芹溪、脂砚、杏斋诸子皆相继别去，今丁亥夏只剩朽物一枚……”大概可以确定杏斋就是棠村。甲戌本第一回讲“棠村已逝”的批者，唯一的可能也就是仅存的“老朽”，正在整理雪芹遗稿的畸笏。

这条批语说纪念已死的棠村，“故仍因之”，是指批者所作“凡例”里面对于“风月宝鉴”书名的重视。因此“凡例”是畸笏写的，雪芹笔下给他化名吴玉峰。他极力主张用“红楼梦”书名，因为是长辈，雪芹不便拒绝，只能消极抵抗，在楔子里把这题目列在棠村推荐的“风月宝鉴”前面，最后仍旧归结到“金陵十二钗”；到了一七五四年又听从脂砚恢复“石头记”旧名。也可见畸笏倚老卖老不自删天香楼始，约在十年前，他老先生也就是一贯作风。

畸笏在丁亥春与甲午八月都批过第一回（甲戌本第九页下，第十一页下），大约是在一七六七春重读“东鲁孔梅溪则题曰风月宝鉴”句，看到作者讥笑棠村说教的书名，大概感到一丝不安，因为他当年写“凡例”，为了坚持用“红楼梦”书名，夸张“风月宝鉴”主题的重要，以便指出“红楼梦”比较有综合性，因为书中的石头与十二钗这两个因素还性质相近，而“风月宝鉴”相反，非用“红楼梦”不能包括在内。后来也是他主张删去天香楼一节，于是这部书叫“风月宝鉴”更不切题了。因此他为自己辩护，在“东鲁孔梅溪”句上批说他是看在棠村已故的份上，才保存“凡例”将“风月宝鉴”视为正式书名之一的几句。

一七六二年春，他批第十三回天香楼上打四十九日解冤洗孽醮：“删却。是未删之笔”，雪芹还是没删，只换了个楼名，免得暗示秦氏死因太明显，与处置“红楼梦”书名的态度如出一辙，都是介于妥协与婉拒之间。

秦氏的小丫头宝珠因为秦氏身后无出，自愿认作义女，“贾珍喜之不尽，即时传下，从此皆呼宝珠为小姐。”俞平伯在《红楼梦研究》中曾经指出这一段的不近情理，与秦氏另一个丫头瑞珠“触柱而亡”同是“天香楼未删之文”，暗示二婢撞破天香楼上的幽会，秦氏因而自缢后，一个畏罪自杀“殉主”，一个认作义女，出殡后就在铁槛寺长住，等于出家，可以保守秘密。“那宝珠按未嫁女之丧，在灵前哀哀欲绝。”甲戌本夹批：“非恩惠爱人，那能如是。惜哉可卿，惜哉可卿！”举哀并不是难事，这条批解释得异常牵强而不必要，欲盖弥彰。畸笏是主张删去天香楼上打醮的，显然认为隐匿秦氏死因不够彻底，这批语该也是畸笏代为掩饰。

另有一则类似的，也是甲戌本夹批，看来也是畸笏的手笔：宝玉听见秦氏死耗，吐了口血，批“宝玉早已看定可继家务事者，可卿也，今闻死了，大失所望，急火攻心焉得不有此血。为玉一叹！”这条批根据秦氏托梦，强调她是个明智的主妇，但是仍旧荒谬可笑。

显然畸笏与雪芹心目中的删天香楼距离很大。在第十三回，雪芹笔下不过是全部暗写，棠村所谓“不写之写”；畸笏却处处代秦氏洗刷。

第十回张友士诊断秦氏的病：“今年一冬是不相干”，要能挨过了春分，就有生望了——当然措辞较婉转。此后改写贾瑞，同年“腊月天气”贾瑞冻病了，病了“不上一年，……又腊尽春回，”方才病故。夹叙“这年冬底”林如海病重，接黛玉回扬州。黛玉去后，秦氏死了。第十二回批注贾瑞寄灵铁槛寺，是代秦氏开路（庚本第二七〇页，己卯、戚本同），可见死在秦氏前。秦氏的病，显然拖过次年春分，再下年初春方才逝世。既然一年多以前曾经病危，甚至于已经预备后事了，即使一度好转，忽然又传出死讯，也不至于“合家……无不纳罕，都有些疑心。”最后九个字棠村指出是删天香楼的时候添写的。显然这时候是写秦氏无疾而终，并不预备补写她生过病。只有彻底代她洗刷的畸笏才会主张把她暴卒这一点也隐去。

前面说过，甲戌本第十三回与回前总批之间隔了一段时间；此回有了回前总批后，又隔了更长的一个段落，才重抄下三回，凑成一册四回本。第二次耽搁，该是由于补加秦氏病的问题还是悬案。畸笏无法知道改写上两回是否会影响下两回，所以要等改了第十至十一二回之后再重抄第十四至十六回。拖延到一七六二下半年，他的意见终于被采用，第十回写秦氏得病，第十一回又自凤姐宝玉方面侧写秦氏病重。至于这两回原来的材料，被挤了出来的，我们可以参看第三十四回，宝钗问起宝玉挨打的原因，袭人说出焙茗认为琪官的事是薛蟠吃醋，间接告诉了贾政。宝玉忙拦阻否认。宝钗心里想“难道我就不知道我的哥哥素日恣心纵欲毫无防范的那种心性？当日为一个秦钟，还闹的天翻地覆，自然如今比先更利害了。”书中并没有薛蟠与秦钟的事。第九回入塾，与薛蟠只有间接的接触。同回宝玉第一天上学，“秦钟已早来候着了，贾母正和他说话儿呢。”戚本批注：“此处便写贾母爱秦钟一如其孙，至后文方不突然。”后文并没有贾母秦钟文字。回内同学们疑心宝玉秦钟同性恋爱，“背地里你言我语，诟谇淫秽，布满书房内外，”句下戚本批注：“伏下文阿呆争风一回。”显然第十回原有薛蟠调戏秦钟，可能是金荣从中挑唆，事件扩大，甚至需要贾母庇护秦钟。

此外还删去什么，从第十二回也可以看出些端倪。此回开始，贾瑞来访，就问凤姐：

> “二哥哥怎么还不回来？”凤姐道：“不知什么缘故。”贾瑞笑道：“别是路上有人绊住了脚了，舍不得回来，也未可知。”

上一回并没提贾琏出门旅行的事，去后也没有交代。显然第十一、十二两回之间不连贯，因为第十、十一两回改写过，原有贾琏因事出京，删去薛蟠秦钟大段文字的时候，连带删掉了。

第十、十一回是作者在世最后几个月内的遗稿，没来得及传观加批，现存的只有一个近白文本第十回有十条夹批（己卯本），没有双行小字批注——新稿的征象。雪芹故后若干年，有人整理一七六〇本上半部，抽换一七六〇后改写诸回，缺这最后改的两回。不但缺这两回，显然一七六〇本的第一册也已经遗失了。

一七六〇本第一回应当与X本第一回相同——即甲戌本第一回——因为那是此回定本。但是除甲戌本外，各本第一回都是妄删过的早本，楔子缺数百字。一七六〇本是十回本，一回遗失，必定整个第一册都遗失了。一向仿佛都以为庚本头十一回在藏家手中散佚，这才拼凑上白文本。其实编集上半部的时候，一七六〇本第一至十回已经遗失，如果还存在，也从来没再出现过。当时编者手中完整的只有这白文本——与己卯本的近白文本——这两个本子倒是有新第十、第十一回。

从删批的趋势看来，一七八四年的甲辰本也还没有全删，白文本似乎不会早于一七八〇中叶。白文本是编上半部的时候收入庚本的，因此这也就是庚本上半部的年份的上限。根据第二十二回末畸笏丁亥夏附记，上半部不会早于一七六七夏，现在我们知道比一七六七还要晚一二十年。

这白文本原是一回本，有简单的题页："石头记　第 × 回"，但是已经合钉成十回本。庚本收编第一册，与第二册上拆下来的一回，只撕去第一、第十一回封面，代以回目页，配合一七六〇本，不过改用上半部无日期的格式。第一册回目页照抄白文本各回回目，第二册仍旧保留一七六〇本原回目页上的回目。

所以庚本除第一册外，回目页上的回目都是一七六〇本原有的。庚本的主体似是同一个早本——当然内中极可能含有更早的部份——这本子用“旷”、“嫽嫽”、“姆姆”、“儒海”、“瑠璃”，但是屡经抽换，分两次编纂，在一七六〇年与一七八〇中叶或更晚。回目页上始终用这早本的回目，不过一七六〇年制定回目页新格式，也很费了点心思，回目上面没有第几回，只统称第 × 至 × 回，因为有的回目尚缺。流传在外的早本太多，因此需要标明定本年月，区别评阅次数。

前面估计过脂砚死在雪芹前一两年，一七五九冬四评想必也就是最后一次，因此一七八〇年后编的庚本上半部仍旧是“脂砚斋凡四阅评过”。庚辰秋的日期已经不适用，删掉了。这三张回目页显然注重日期与评阅次数，与一七六〇本的回目页同一态度。上下两部回目页的款式显然都是编者制定，没有书主妄加的签注。

庚本特有的回前附叶共二十张，自第十七、十八合回起，散见全书。典型的格式是：第一行，书名“脂砚斋重评石头记”；第二行起，总批，低两格，分段；没有标题诗。内中第二十一回稍异，总批平齐，而且附在第二十回回末。又有三回款式不同，没有书名，包括第七十五回有日期的那张。

典型的十六张内，吴世昌举出第二十八回与第四十二回的总批与今本内容不符——第二十八回有“自闻曲回（第二十三回）以后回回写药方，是白描颦儿添病也”，其实第二十八回初次——也是唯一的一次——提起黛玉的药方；第四十二回有“今书至三十八回时已过三分之一有余，”回数不同。

这一起子总批显然都很老。年代最早的第二十九回就有，第三十七、三十八回来自宝玉别号绛洞花王的早本（注二十四），这两回也有。X本新改的第三十九、四十四就没有，用“嬷嬷”的第四十一回就有。原先的第五十四、五十五合回也有，所以第五十四回仍旧有，X本新分出来的第五十五回就没有。X本废除回前回末一切传统形式，所以此本新写或改写诸回都没有总批，其他原有的总批仍予保留，正如此本头五回内新的、大改的两回没有标题诗，其余旧有的标题诗还是给保留了下来。

X本头五回仍旧沿用早先的“回目后批”方式，格局谨严而不大方便。总批最初该都是回末朱批，那是最自然的方式，看完一回，批在末页空白上，没有空白就作眉批。重抄的时候移到回首，墨笔抄入正文，也许回末又有新的朱批。从别的本子上移抄这些总批为回目后批，如果没来得及抄进去就无法安插。回前另页总批该是一个变通的办法，在一回本前面添一叶，也就是封面，因此在总批前加上书名。不标明第几回，因为回数还在流动状态中，免得涂改。

X本头五回还是回目后批，后来感到不便才改用附叶，因此另页总批始自X本。旧有的总批重抄收入X本，这种回前附叶的款式显然不是为数回本而设。附在一回本前面，至少掀过一页就知道是评哪一回的。编入数回本后，更不清楚了，附叶上的书名不必要，必要的回数反而没有。X本大概始终停留在一回本的阶段上，除了最初几回有四回本——从甲戌本上，我们知道X本至少有两个四回本，不过第六至八回在诗联期抽换了。

这十六张回前附叶来自X本，有这种扉页的十六回却不一定是X本，可能此后改写过。

这十六张之外，第二十一回回前附叶在第二十回后面，显然是在一七八〇中叶或更晚的时候，上半部编成十回本之后，才有人在别的本子上发现了第二十一回总批，补抄一叶，只好附在上一个十回本后面。

这总批分三段，第一段很长，引“后卅回”的一个回目“薛宝钗借词含讽谏，王熙凤知命强英雄”与此回对照：“此回阿凤英气何如是也，他日之‘强’，何身微运蹇，展眼何如彼耶？人世之变迁如此，光阴——”末句未完，因此下一行留空白。下两段之间没有空白。

这一大段显然原是个一回本的回后批，末页残破。移抄到十回本上的决不是脂评人，否则至少会把末句续成或删节。

第二段全文如下：“今日写袭人，后文写宝钗，今日写平儿，后文写阿凤，文是一样情理，景况、光阴、事却天壤矣。多少恨泪洒出此两回书！”开首四句也就是上一段已有的：“今只从二婢说起，后则直指其主。”“景况、光阴、事却天壤矣”也就是上一段最后两句：“人世之变迁如此，光阴——”两段大意相同，不过第二段没有第一段清楚，似是同一个批者扩展阐明第二段，改写成第一段，大概批在两个本子上。第一段末句中断，下留一行空白，显然还希望在另一个本子上找到同一则批语，补足阙文。“后卅回”的数目也是后填的，多空了一格。

款式仿照此本典型的十六张附叶，但是总批与书名平齐，走了样。如果是因为这一回总批特长，怕抄不下，至少也应当低一格——结果也并没写满，还空两行。

补抄第十三回总批，也在一七八〇年后改编上半部之后，因为第十三回不比第二十一回在十回本之首，无法附在上一册后面，只好用朱笔抄在第二册回目页反面。因为不是附叶，没照典型的格式加上书名。补抄这两回总批的人有机会参看多种脂本，似乎是曹家或亲族子侄辈。时间已经至早也在一七八〇中叶以后，与那十六张X本附叶相距三十多年，所以完全是另一回事。

第二十一回这张回前附叶与那十六张差之毫厘，去之千里，另外那三张格式不同的更不必说了，可以搁开以后再谈。

“逛”字此书除写作“旷”、“偟”、“狂”外，还有“狴”，只出现过五次，在庚本第五十四、五十六、七十一、七十四回。——内中第七十一回写作“狴”，这是甲戌、庚本的抄本将单人旁误作双人旁的倾向，甲戌本更甚，除了“待书”，“偟”统作“徨”。——这四回内倒有三回属于X本，我们不妨假定X本用“狴”字，是“旷”改“偟”的中间阶段，还没有在《谐声品字笺》上发现正确的写法。

书中贾蓉并没有续娶，但是第二十九、五十三、五十四、五十七、五十八、五十九、七十、七十五、七十六回都提起“贾蓉之妻”或“尤氏婆媳”，大都是大场面中有她，清虚观打醮、除夕、元宵节、中秋节、老太妃丧事等。

第七十一回贾母八十大庆，招待王妃、爵夫人的筵席上，戏单传递进来，由林之孝家的递交帘内“尤氏的侍妾配凤（他处作佩凤)”，配凤奉与尤氏，尤氏送给上座的南安太妃。侍妾在隆重的大场面上露脸，这是书中仅有的一次，不论是否合适，反正可以断言贾蓉如果有妻，一定由贾蓉妻递给尤氏，像除夕祭祖的菜（第五十三回)。第七十一回属于X本，显然到了X本已经没有贾蓉继室这人物，删掉了。

第七十一回有改写的痕迹。下半回鸳鸯向李纨尤氏探春等说凤姐得罪了许多人，再加上女仆挑唆——指邢夫人听信谗言挫辱凤姐事："……我怕老太太生气，一点儿也不肯说，不然我告诉出来，大家别过太平日子。……"（庚本第一七一一页）但是她明明刚才还在告诉贾母：

> "……那边大太太当着人给二奶奶没脸。"贾母因问为什么缘故。鸳鸯便将缘故说了。
>
> ——第一七〇九页

固然人有时候嘴里说"不说"又说，也是人之常情，却与鸳鸯的个性不合。

凤姐受辱后，琥珀奉命来叫她，看见她哭，很诧异。凤姐来到贾母处，鸳鸯注意到她眼睛肿，贾母问知为什么老钉着她看，也觑着眼看。凤姐推说眼睛痒，揉肿的，否认哭过。鸳鸯后来听见琥珀说，又从平儿处打听到哭的原委，人散后告诉贾母："二奶奶还是哭的，……"等等。如果贾母凤姐鸳鸯没有那一段对白，鸳鸯发现实情后就不会去告诉贾母。

若要鸳鸯言行一致，就没有那段关于眼睛肿的对白，光是琥珀来叫凤姐的时候看见她哭，回去告诉鸳鸯，鸳鸯又从平儿处问知情由，当晚为了别的事去园中传话，就把凤姐受气的事隐隐约约告诉尤李探春等。

关于眼睛肿的对白，以及鸳鸯把邢夫人羞辱凤姐的事告诉贾母，这两段显然是后加的，虽然使鸳鸯前言不对后语，但是贾母凤姐鸳鸯那一小场戏十分生动，而且透露三人之间的感情。

所以第七十一回是旧有的，X本改写下半回，上半回庆寿，加元妃赐金寿星等物——原文元妃已死——又用贾珍妾配凤代替贾蓉妻。下半回添写的鸳鸯告知贾母一节,下页就有个“狃”字(庚本第一七一〇页),X本的招牌。

第七十五回是一七五六年定稿,回前附叶上有日期。第七十四回上半回有两个“狃”字(第一七六八、一七七五页),此回当是X本添改,漏删回末套语,再不然就是一七五六年又改过,所以恢复了回末套语。

第五十四回末行的“狃”字,显然是第五十四、五十五合回在X本分两回的时候,自“旷”改“狃”。同回又有个“侹”字,是元宵夜宴,三更后挪进暖阁,座中有“贾蓉之妻”(第一二七五页第四行)。

> 贾母笑道:“我正想着,虽然这些人取乐,竟没一对双全的,就忘了蓉儿,这可全了。蓉儿就合你媳妇坐在一处,到(倒)也团圆了。”因有媳妇回说开戏……
>
> ——第一二七五至一二七六页

贾母不要戏班子演,把梨香院的女孩子们叫了来。文官等先进来见过贾母。

> 贾母笑道:“大正月里,你师父也不放你们出来侹侹?”
>
> ——第一二七六页第七行

这一段如果是诗联期或诗联期后改写的,所以用“侹”,怎么会不删掉“贾蓉之妻”?只隔几行,而且是书中唯一的一次着重写贾蓉有妻，不光是点名点到她，容易被忽略。此处的“侹”字，只能是“旷”一律改“侹”的时候，抄手改的。

第五十一至六十回编入一七六〇本，保留这十回本原有的封面，只在回目页背面添了三行小字，等于打了个印戳，显然是一个囫囵的十回本收入一七六〇本，没有重抄过，也没有校过，所以这十回内独多“贾蓉妻”。这十回内一律改“侹”，不会是一七六〇年改的。这十回当是诗联期或诗联期后才收入十回本，在那时候重抄，一律改“侹”。

X本只改了第五十四、五十五两回之间的分回处，而贾母与梨香院的女孩子们的谈话在第五十四回中部，因此仍旧是“你师父也不放你们出来旷旷？”收入十回本的时候“旷”改“侹”，但是同回回末的一个“旷”字，已经由X本在分回的时候改“狂”。抄手只知道“旷”改“侹”，以为“狂”是另一个字，就仍旧照抄。这是此回的“侹”字唯一可能的解释。

第七十一回也是“侹”、“狂”各一，原因与第五十四回相同，不过改“侹”更晚些。此回贾母寿筵上传递戏单的贾蓉妻，X本改为贾珍妾配凤，下面一段不需改写，席散王妃游园，就有个“旷”字没改（庚本第一六九四页第一行），此回收入一七六〇本，重抄的时候改“侹”。

“此书只是着意于闺中，故叙闺中之事切，略涉于外事者则简。”——“凡例”。因此写元妃之死这等大事，重心也只在解散梨香院供奉元妃的戏班，一部份小女伶分发各房，正值当家人都到皇陵上去守制，赵姨娘众婆子等乘机生事，与这些小儿女吵闹。第五十八回改掉元妃之死，也只消改写回首一段与遣散戏班一节。回首老太妃丧事，“贾母邢王尤许婆媳祖孙等皆每日入朝随祭”，书中并没有一个许氏，这里没称她为“贾蓉妻”，光是一个“许”字，大概没引起作者注意，所以没删掉。一两页后遣散戏班一段，稍后有个“偟”字，显然X本只改到解散戏班为止，因此底下有个“旷”字没改成“狌”，直到收入十回本的时候才改为“偟”。

当然此回一定有悲恸的文字删去，上一回宝玉生病，本来已经“大好了”，这一回却又“未愈”，总也是因为受打击的缘故。下一回宝玉迎接贾母等回家，见面一定又有一场伤心，需要删掉两句。但是这两回的主题都是婢媪间的“代沟”。

第六十回赵姨娘向贾环说：“趁着这回子撞尸的撞尸去了，挺床的便挺床，吵一出子。”“撞尸”是死了亲人近于疯狂的举动，形容贾母王夫人等追悼老太妃，绝对用不上，只能是说元妃丧事中，死者的父母、祖母。“挺床”，在床上挺尸，乍看似乎是指凤姐卧病，咒她死，但是凤姐一同送灵去了，第五十五回的病显已痊愈。“挺床”只能是指元妃，由于“停床易箦”的风俗，人死了从炕上移到床上停放。从这两句对白上看来，第五十八回改掉元妃之死，并没有触及下两回。因此第五十九回也没有改掉贾蓉妻，仍旧有“贾母带着贾蓉妻坐一乘驼轿”。所以第五十九、六十两回都有“偟”字——X本未改的“旷”字，收入十回本的时候改“偟”。

“狌”是X本采用的，自“旷”改“偟”的中间阶段，这假设似可成立。

至于第十回的“狌”字，这许多五花八门的写法中，只有这“狌”字与《谐声品字笺》上的“偟”字有“往”字旁。作者采用了“字笺”上的另一写法“偟”。白文本除了这一次，始终用“旷”。此处尤氏叫贾蓉吩咐总管预备贾敬的寿筵，“你再亲自到西府里去请老太太大太太二太太和你琏二婶子来狌狌。你父亲今日又听见一个好大夫，业已打发人请去了。……”（第二三二页）一七六二下半年改写第十、十一回，补加秦氏病。“狂”字下句就提起冯紫英给介绍的医生，显然这一段是一七六二年添写的，距诗联期（约一七五五年）注“傕”字已经有七八年了，因此对“傕”字的笔划又印象模糊起来，把“字笺”上两种写法合并，成为“狂”字。

第十一回贾敬生日，邢夫人王夫人凤姐到东府来。席散，贾珍率领众子侄送出去，说：“‘二位婶子明日还过来旷旷。’……于是都上车去了，贾瑞犹不时拿眼睛觑着凤姐儿。”这一段显然是加秦氏病之前的原文，所以仍旧用“旷”。可见贾敬寿辰凤姐遇贾瑞，是此回原有的，包括那篇《秋景赋》，不过添写席上问秦氏病情与凤姐宝玉探病。

第五十一至六十回这十回本原封不动编入一七六〇本，不会是太早的本子。但是十回内倒有五回有贾蓉妻，又有书中唯一的一次称都城为长安。从这十回内“狂”、“傕”的分布上，可以知道自从X本改掉元妃之死，没再改过，显然这十回是保留在X本里面的早本，大体未动。

这十回只要删掉回目页背面“庚辰秋定本”那三行字，再把“傕”都改回来改成“旷”，就是X本。至于为什么格式与X本头五回不同，我们已经知道回目后批怎样演变为回前另页总批，因为一回本上可以后加附叶，较便。但是为什么书名也不同？这十回本封面与回目页上的书名是“石头记”，X本头五回——即甲戌本头五回——是“脂砚斋重评石头记”。

一向都以为甲戌、己卯、庚辰本的书名都是“脂砚斋重评石头记”，“重”作“不止一次”解，可以包括二、三、四次。所谓“四阅评本”是书贾立的名目。但是庚本回目页分明注重区别评阅次数，四评后书名“石头记”，不再称“重评石头记”。

后人加的题页不算，书中用“脂砚斋重评石头记”标题的有下列三处：(一) 甲戌本“凡例”、第五、第十三、第二十五回第一页；(二) 庚本每回回首第一行；(三) 庚本十六张典型回前附叶，来自X本——第二十一回的那张多年后补抄的不算。

甲戌本“凡例”与第五回的第一页是四回本X本第一、二两册的封面。甲戌本第十三至十六回，第二十五至二十八回都是配合那两册四回本重抄的。这后八回虽然为了编者的便利，改变总批格式，此外都配合头八回，好凑成一个抄本。因此第十三、第二十五回回首仍旧袭用X本书名“脂砚斋重评石头记”。

至于庚本每回回首的书名，每回第一、二行如下：

脂砚斋重评石头记卷之

第 × 回

甲戌本每叶骑缝上的卷数同回数。不论庚本的卷数是否也与回数相同，“卷之”下面应当有数目字，不是连着下一行，“第 × 回”抬头，因为“卷之第 × 回”不通。“卷之”下面一定是留着空白，“第 × 回”也是“第□回”，数目后填，因为回数也许还要改。但是后来“第□回”填上了数目，“卷之”下面的空白不那么明显，就被忽略了。

庚本只有五回没有“卷之”二字：第七、第十六、第十七、十八合回、第二十八、第二十九回。

第十六回内秦钟之死，俞平伯指出全抄本没有遗言，其他各本文字较有情致；有一句都判向小鬼说的话，甲戌本独异，如下：

别管他阴也罢，阳也罢，敬着点没错了的。

庚本作：

别管他阴也罢，阳也罢，还是把他放回，没有错了的。

俞氏囿于甲戌本最早的成见，认为是庚本改掉了这句风趣的话，正回楔子里僧道“长谈”的内容庚本完全略去（注二十五）。——把一句短的反而改长了，省不了抄写费，与删节楔子不能相提并论。甲戌本这句只能是作者改写的。秦钟之死显然改过两次，从全抄本改为庚、戚本，再改为甲戌本。

庚本此回下接第十七、十八合回。第十七、十八合回属于诗联期。此本第七回在诗联期改北方话。没有“卷之”的五回可能在同一时期改写过，发现了这多余的“卷之”二字，所以删了。

一回本X本有回前附叶的，附叶就是封面，因此上面有书名“脂砚斋重评石头记”。没有回前附叶的，第一页就是封面，所以第一行标写书名。庚本第五十一至六十回是X本，每回第一行都是“脂砚斋重评石头记卷之”。这十个一回本编入十回本的时候，回首这款式显然未经作者或批者鉴定，否则不会吊着个无意义的“卷之”。这十回本原封不动编入一七六〇本，没有重抄。一七六〇本其他部份重抄，也仿照X本每回回首第一行写“脂砚斋重评石头记卷之”，配合原有的十回。一七八〇年后编上半部，当然仍旧沿用这款式，配合一七六〇本。

因此庚本每回回首的书名来自X本。其实只有X本用“脂砚斋重评石头记”书名。X本到了诗联期或诗联期后才收入十回本，这时候即使还没有“四阅评过”，总也进入三评阶段了，不能再用“重评石头记”书名，所以十回本的封面与回目页上书名都是“石头记”。

显然“重评”是狭义的指“再评”。“脂砚斋重评石头记”只适用于甲戌再评本。只有X本用这书名，因此X本就是甲戌再评本——一七五四本。

确定是一七五四本的最后一回是第七十一回。一七五四本前，最后的一个早本是明义所见《红楼梦》。明义廿首咏《红楼梦》诗，第十九首是：

> 莫问金姻与玉缘，聚如春梦散如烟。石归山下无灵气，总使能言亦枉然。

顽石已返青埂峰下，显然全书已完。但是一七五四本并没改完。

本文根据书中几个俗字的变迁、回前回末一切形式、庚本回目页、“凡例”与他本开端的比较，其他异文与前后不符处，得到以下的结论：

甲戌再评的一七五四本有六回保存在甲戌本内——第一至五回、第二十五回——又有一个十回本与零星的四回保存在庚本内——第十六、第三十九、第四十回、第五十一至六十回、第七十一回——共二十回。庚本的回前附叶有十六张是一七五四本的。此外还有全抄本第二十五回是一七五四本此回初稿。

一七五四本废除回末套语，但是只有在这期间改写诸回——尤其是改写近回末部份的时候——才删去“下回分解”，紧接着一七五四本后的一个时期，约在一七五五至五六初，回末改用诗联作结。

一七五四本大概只有开始有两册四回本，其余都还是一回本，约在一七五〇中叶后才收入十回本。

一七五四本前，书名“红楼梦”，是最后的一个早本，有一百回，已完。确定是一七五四本的最后一回是第七十一回，此本大概还继续改下去，如第七十四回就有一七五四本的标志，但是此后可能又还改过。第七十五回是一七五六年定稿。一七五四本显未改完，此后也一直未完。

一七五四本较明显的情节上的改动如下：黛玉初来时原是孤儿，改为父亲尚在；紫鹃本与雪雁同是南边带来的，改为贾母的丫头鹦哥，给了黛玉，袭人原是宝玉的丫头，也改为贾母之婢珍珠，给了宝玉；第五十八回改去元妃之死；梦游太虚自第二十五回移到第五回，加上秦氏引梦与警幻“秘授云雨之事”。十二钗册子、曲词都是原有的，因此仍旧预言元春在母家全盛时期死去，托梦父母。

“初试云雨情”其实附属一七五四本新写的第五回，是梦游太虚的余波，这一段加在第六回回首，过渡到早本三回——第六至八回。这三回收入一七五四本，除了换回目，与第六回回首添了一段，第八回改写过，此外只第六、七两回小改四处。

庚本、全抄本这三回原是早本，在一七五四年没有及时抽换。约在一七五五至五六初，作者先后在这两个本子上修改这三回的北方话，顺便抽换第六回回首与第八回，但是漏改第六、七两回改写的四处。

在同一时期，畸笏利用原有的两册四回本一七五四本，抽换第二册后三回，整理重抄，但是并没有采用这三回新改的北方话，也许不知道作者在做这项工作，再不然就是稍后才改北方话。畸笏抽换第六回回首“初试”一节，换上秦氏未进房慰问的今本，但是没想到联带改去第五回回末秦氏进房，因此只有甲戌本第五回与下一回不衔接。

一七六二年春，作者遵畸笏命删去第十三回“秦可卿淫丧天香楼”，但是对于隐去死因的程度，两人的意见仍有出入。甲戌本此回正文与散批、回后批都是删后最初的底本，回前总批却是后加的，在靖本此回之后。靖本此回是第一个有回前总批的删后本。

下半年作者终于采用畸笏的主张，补写秦氏有病。第十至十一回改写完毕，确定不影响下文，畸笏才令人重抄第十四至十六回——与第九至十二回，不过这一册后来散失了——配合原先那两册四回本，想凑成一个抄本，但是为编集总批的便利起见，改回目后批为回目前总批，又恢复标题诗制度，等着作者一首首补写，但是这已经是曹雪芹在世的最后几个月了。

一七六七夏以后，可能就是这年下半年，畸笏编第二十五至二十八回，标题诗已经废除，改用回后总批，比回目前总批还更方便，末端开放，誊清后再发现他本批语可以移作总批的，尽可陆续补加。清代刘铨福收藏的甲戌本有八册，共三十二回，也许畸笏编的这一个本子尽于此。

第十一回后的庚本可能通部都是同一个早本，在改写过程中陆续抽换，分两次编纂。一七六〇定本一次收入一七五四本的一个整十回本。作者在世的最后两年改写上半部，因此，卒后又有人抽换改编一七六〇本上半部，但是第一册已经散失，生前最后几个月内改写的第十、十一两回遗稿也没有，只有个白文本倒抽换了这两回改稿，因此收编白文本头十一回——已卯本这十一回也是收编一个近白文本——白文本年代晚得多，所以改编一七六〇本上半部已经在一七八〇中叶或更晚。

此书原名“石头记”，改名“情僧录”。经过十年五次增删，改名“金陵十二钗”。“金陵十二钗”点题的一回内有十二钗册子，红楼梦曲子。畸笏坚持用曲名作书名，并代写“凡例”，径用“红楼梦”为总名。但是作者虽然在楔子里添上两句，将“红楼梦”与“风月宝鉴”并提，仍旧归结到“金陵十二钗”上，表示书名仍是“十二钗”，在一七五四年又照脂砚的建议，恢复原名“石头记”。

大概自从把旧著《风月宝鉴》的材料搬入《石头记》后，作者的弟弟棠村就主张“石头记”改名“风月宝鉴”，但是始终未被采用。

一七五四本用“脂砚斋重评石头记”书名，甲戌本是用两册一七五四本作基础编起来的，因此袭用这名称。一七六〇本与二三十年后改编的上半部，书名都还原为“石头记”。庚本、已卯本所有的“脂砚斋重评石头记”字样，都是由于一七六〇本囫囵收编一册一七五四本，抄手写了配合原有的这一册，保留下来的一七五四本遗迹。

注一：俞平伯著《影印〈脂砚斋重评石头记〉十六回后记》，《中华文史论丛》第一辑，第三〇一至三〇二页。

注二：吴世昌著《论〈脂砚斋重评石头记〉（七十八回本）的构成、年代和评语》，《中华文史论丛》第六辑，第二一六页。

注三：陈毓罴著《红楼梦是怎样开头的？》，《文史》第三辑，第三三四页。

注四：同上，第三三八页。

注五：甲戌本第二回第二十三页上，夹批。

注六：潘重规著《红楼梦脂评中的注释》。

注七：同注二，第二五六页。

注八：同上，第二六〇、二六一、二六四、二六五页。

注九：同注一，第三一五页。

注十：见拙著《初详红楼梦：论全抄本》，《明报月刊》一九六九年四月，第二十三页。

注十一：第五十八回，庚本第一三七五页；第六十一回，第一四四三页；第六十三回，第一四九一页。

注十二：同注二，第二五七页。

注十三：甲戌本其他异文：

第六回：

又和他唧唧了一会（第一页下。他本均作“唧咕”）

银唾沫盒（同页。全抄、戚本作“银唾盒”。庚本作“雕漆痰盒”）

说你们弃厌我们（第十一页下。戚、庚本同。全抄本作“弃嫌”）

蓉儿回来！（第十三页下。戚本同。庚、全抄本作“蓉哥”）

当时他们来一遭，却也没空儿［音］他们。（第十四页下。他本均作“空了”［义］）

要说和柔些（第十五页下。南京话。他本均作“和软”）

第七回：

站立台矶上（第一页。南京话。戚本作“台矶石”。庚本作“站在台阶坡上”，全抄本作“台阶坡儿”。第六回“上了正房台矶”——第九页——各本同，可见起初都是“台矶”）

较宝玉略瘦巧些（第十页下。南京话。他本均无“巧”字）

味酒（第十四页。戚本同，全抄、庚本作“吃酒”。同庚本第六十五回第一五五八页“你撞丧［味搡］那黄汤罢，撞丧醉了……”）

你们这把子的杂种忘八羔子们（第十四页下。戚本同。庚本作“这一起”，全抄本作“这一起子”。结拜弟兄通称“拜把子”，来自苏北方言“这把子”，指“这一帮”。）

第八回：

轻狂（第八页下。戚本同。南京话。全抄、庚本作“狂”）

注十四：同注十。

注十五：俞平伯著《谈新刊〈乾隆抄本百廿回红楼梦稿〉》，《中华文史论丛》第五辑，第四二五页。

注十六：同上，第四二三页。

注十七：同注十，第二十二页。

注十八：同注十五，第四二三页。

注十九：同注二，第二二五页；第二七六页，注二十六。

注二十：同上，第二三二至二三三页。

注二十一：甲戌本第十四回总批：“路谒北静王是宝玉正文。”同庚本第三〇四页批北静王问“那一位是衔玉而诞者？”：“忙中闲笔。点缀玉兄，方不失正文中之正人。作者良苦。壬午春，畸笏。”

注二十二：周汝昌著《红楼梦版本的新发现》，一九六五年七月二十五日香港《大公报》。

注二十三：甲戌本第二十六回总批："前回倪二紫英湘莲玉菡四样侠文，皆得传真写照之笔，惜卫若兰射圃文字迷失无稿，叹叹！"同庚本第六〇三页眉批："写倪二（紫）英湘莲玉菡侠文，皆各得传真写照之笔。丁亥夏，畸笏叟。"；同页眉批："惜卫若兰射圃文字迷失无稿，叹叹！丁亥夏，畸笏叟。"

注二十四：同注十，第二十四页。

注二十五：同注十六，第四〇一页。同注一，第三二三至三二四页。

三详红楼梦
——是创作不是自传

庚辰本《石头记》特有的回前附叶，有三张格式与众不同，缺第一行例有的书名“脂砚斋重评石头记”，但是看得出这部位仍旧留着空白。这三叶在第十七、十八合回、第四十八、第七十五回前面。

第十七、十八合回的这张扉页上有总批也有标题诗，又有批诗的二则，用小字批注在诗下，己卯本另作一段，不及庚本清楚。

第一段是总批：

> 此回宜分作二回方妥。

除了庚本，己卯本也有这一段。此回只有这两个本子还没分成两回，但是己卯本在介绍妙玉一节后已有朱笔眉批：

> “不能表白”后是第十八回的起头。

是遵嘱分两回，指示下一个抄本的抄手。这条批显然时间稍后。回前附叶上的第一段则是写给作者的建议，性质与第七十五回的相同：后者记录誊清校对的日期——乾隆二十一年（一七五六年）

五月七日——并提醒作者中秋诗尚缺，回目也缺首三字。两次的备忘录只适用于新稿或是刚改写完毕的定稿。

庚本第十九回不但没有回目，连回数都没有，第一页正文从边上抄起。上一回末页空白上墨笔大书“第十九回”四字，显然是收钉十回本后另人代加。第十九回回末有满人玉兰坡一条墨笔批语：

> 此回宜分作三回方妥，系抄录之人遗漏。

此回共十六页，其他各回十页上下不等，这一回也不算很长，绝对不能分作三回。唯一可能的解释是：玉兰坡所见的“此回”是改写前的第十七至十九回，三回原是脂批所谓“一大回”。庚本的第十九回是新分出来的。

第十七至十九回是在诗联期分成两回，所以两回回末都有“正是”二字，作结的诗句尚缺。诗联期紧接着一七五四本后，而一七五四本废除回前回末一切形式，没有新的总批与标题诗，旧有的仍予保留。因此第十七、十八合回回前附叶上，自第二段以下一定还是一七五四本前的总批与标题诗。脂评人看了新改写的第十七、十八合回，批说应当再一分为二，又把旧有的总批、标题诗与诗下批注都抄在后面。庚本这张扉页的原本无疑的是脂评人亲笔，与第七十五回的一样，都是与此回最初的定稿俱来的。

第十七、十八合回元妃点戏，第一出“豪宴”，批：“‘一捧雪’中。伏贾家之败。”第四十八回贾雨村代贾赦构陷石呆子，没收传家古扇献给贾赦。“一捧雪”玉杯象征石家珍藏的扇子，同是“怀璧其罪”。第七十五回甄家抄家，贾政代为隐匿财物，是极严重的罪名。但是第五回太虚幻境第十三支曲词说："家事消亡首罪宁"。宁府除非乱伦罪旧案重翻，此外迄今不过国孝家孝期间聚赌，也在第七十五回内。倒是荣府二老身犯重罪，与预言不合。二人的罪行与伏线都在这三回，是这三回间的一个连锁。

第四十八回自平儿口中叙述贾赦派贾琏强买古扇不遂，却被贾雨村营谋到手，因此骂儿子无用，又气他回嘴，毒打了贾琏一顿。第七十二回林之孝报告贾琏：听说贾雨村贬降，"不知因何事，只怕未必真。"

> 贾琏道："真不真，他那官儿也未必保得长。将来有事，只怕未必不连累咱们，宁可疏远着他好。"林之孝道："何尝不是，只是一时难以疏远。如今东府大爷合他更好，老爷又喜欢他，时常来往，那一个不知。"贾琏道："横竖不合他谋事，也不相干。你去再打听真（了），是为了什么。"林之孝答应了，……

第十七、十八合回贾政托贾雨村代拟园中匾对。第三十二回雨村来拜，有人来请宝玉："老爷叫二爷出去会。"

> 宝玉……抱怨道："有老爷和他坐着就罢了，回回定要见我。"

暗写雨村常来，贾政都接见。至于贾珍和他亲密，只有第七十二回林之孝提起过，但是只说贾珍贾政与他接近，反而不提贾赦。他拍上了贾赦的马屁，送了这么大一个人情，岂有不亲近他之理？更奇怪的是贾琏在古扇事件中是夹缝中人物，创深痛巨，明知雨村的阴谋牵涉他父亲的程度，此处竟说："横竖不和他谋事，也不相干。”对他自己手下的总管，也不必撇清，唯一可能的解释是扇子公案是后添的，写第七十二回的时候还没有雨村贾赦的石呆子案。这事件全部在平儿口中交代的。第四十八回写薛蟠远行，香菱入园学诗，插入平儿来，支开香菱，向宝钗要棒疮药，叙述贾琏挨打因由，这一段是后加的，回目上也没提起。

第七十五回开始，尤氏要到王夫人处去。

> 跟从的老嬷嬷们因悄悄的回道：“奶奶且别往上房去。才有甄家的几个人来，还有些东西，不知是作什么机密事，奶奶这一去，恐不便。”尤氏听了道：“昨日听见的，说爷说看邸报甄家犯了罪，现今抄没家事（私），调取进京治罪，怎么又有人来。”老嬷嬷道：“正是呢，才来了几个女人，气色不成气色，慌慌张张的，想必有什么瞒人的事情，也是有的。”尤氏听了，便不往前去，仍往李氏这边来了。

这一节暗写甄家自南京遣人来寄存财物在贾政处。当晚尤氏回宁府，贾珍正在大请客赌钱，四更方散，宿在侍妾佩凤房中。次晨佩凤来传话，与尤氏的对白中有：

> 佩凤道：“爷说早饭在外头吃，请奶奶自己吃罢。”尤氏问道：“今日外头有谁？”佩凤道：“听见说外头有两个南京新来的，倒不知是谁。”说话一时贾蓉之妻也梳妆了来见过，少时摆上饭来，尤氏在上，贾蓉之妻在外（下）陪，婆媳二人吃毕饭，……

贾家的近亲史、王、薛家都是南京大族，连李纨娘家都是南京人，但都是荣府方面的亲戚。当然贾家自己也是南京人，与贾珍一同吃早饭的男客也可能是本家，但是也不大像——族中就是荣宁二支显赫。由贾珍亲自陪着吃饭，显然很重要。尤氏昨天刚发现南京甄家派了几个女仆送财物到荣府寄存，又听见南京新来了两个人，她不会毫无反应，至少想打听甄家的消息。究竟是什么人，此后也没有下文了。倘是伏线，下五回内也没有交代，这都不像此书的作风。又，此处有“贾蓉之妻”。今本没有贾蓉续娶的事，因此凡有漏删的贾蓉妻其人，都是较早期文字的标志。

第五回的十二钗册子与曲文是在一七五四本前，梦游太虚一回的前身五鬼回内就有的，所以曲文内有些预言过了时失效了，例如说元春死在母家兴旺的时候，托梦父母，警告他们要留个退步。到了一七五四本，就已经改去第五十八回元妃之死与元妃托梦。同样的，“家事消亡首罪宁”的预言也属于前一个时期。

为什么要延迟元妃之死？因为如果元妃先死了，然后贾家犯了事，依例治罪，显得皇帝不念旧情。元妃尚在，就是大公无私。书中写到皇上总是小心翼翼歌功颂德的，为了文字狱的威胁。元妃不死，等到母家获罪，受刺激而死，那才深刻动人。

从这观点看来，倘是宁府罪重，与元妃的血统关系又隔了一层，给她的刺激不够大。改为荣府犯事，让贾赦闯祸，是最合理的人选，但究竟不过是她的伯父，又还不及贾政是她父亲，那才活活气死了她。而且如果仅只是贾赦扇子事发，贾政纯是被连累，好人坏人黑白分明，也较脑筋简单，不像现在贾政代甄家“窝藏赃物”，可见正人君子为了情面，也会干出糊涂冒险的事来。因此分两个步骤改成荣为祸首，一层深似一层。

蛛丝马迹，可以看出第七十五回本来是贾珍收下甄家寄放财物——就尤氏与佩凤的对白中暗写南京来了两个人，贾珍陪同用饭，作为后文伏线。至于尤氏撞见甄家暗移家产到贾政处，这一节正如贾赦的扇子公案，也是后添的，按照此书最省事的改写方式，在回首加一段，只消在一回本稿本上加钉一叶。

第三十七回回首贾政放学差一节，也是用同样方式后加的。全抄本漏改，因此缺这一段，回首曾有一张黏贴的纸条，想是另人补抄这一段，后又失落。此本第六十四回贾敬丧事，就是贾赦贾政兄弟俩搀着贾母（第三页末行；第三页下，第一行）。此处三次提起“贾赦贾政”、“赦政”，不可能是笔误，当是添写贾政外放之前的本子，所以贾政仍旧在家。

戚本第六十四回以贾瑞贾珖代替贾赦贾政。庚本缺此回，已卯本也缺，庚本用己卯本抄配的这一回补上，此处是贾赦贾琏父子搀扶贾母。原因很明显，作者发现了全抄本此回的漏洞，贾政不在都中，不能在丧事中出现，因此改为贾瑞贾珖。但是这样一来，主持贾敬丧事的贾赦倒反而靠边站了。由两个族侄孙搀着贾母吊侄儿的丧，也远不及两个儿子搀着亲切动人。于是又改为贾赦贾琏，儿子孙子搀着。但是俞平伯还是指出此处“贾赦贾琏”不大合适，想必因为贾琏这人物太没有份量。

因此第六十四回分甲（全抄本）、乙（戚本）、丙（己卯本抄配）。还有一处歧异，回末贾琏筹备娶尤二姐：

> 又买了两个小丫头。贾珍又给了一房家人，名叫鲍二，夫妻两口，预备二姐过去时服役。
>
> ——甲、乙同

又买了两个小丫鬟。只是府里家人不敢擅动，外头买人，又怕不知心腹，走漏了风声。忽然想起家人鲍二来，当初因和他女人偷情，被凤姐儿打闹了一阵，含羞吊死了。贾琏给了二百银子，叫他另娶一个。那鲍二向来却就合厨子多浑虫的媳妇多姑娘有一手儿，后来多浑虫酒痨死了，这多姑娘见鲍二手里从容了，便嫁了鲍二。况且这多姑娘原也合贾琏好的，此时都搬出外头住着。贾琏一时想起来，便叫了他两口儿到新房子里来，预备二姐儿过来时服侍。那鲍二两口子听见这个巧宗儿，如何不来呢？

——丙

第六十五回贾珍趁贾琏不在尤二姐处，夜访二尤，正与二姐三姐尤老娘谈话。

那鲍二来请安。贾珍便说："你还是有良心的小子，所以叫你来伏侍。日后自有大用你之处，不可在外头吃酒生事，我自然赏你。倘或这里短了什么，你琏二爷事多，那里人杂，你只管去回我，我们弟兄不比别人。"鲍二答应道："是，小的知道。若小的不尽心，除非不要这脑袋了。"贾珍点头说："要你知道。"当下四人一处吃酒，……

一段对白的口吻，显然鲍二是贾珍的人——不然也根本不会特地进来请安，尤其在这亲密的场合——所以贾珍可以向他暗示这份家他自己也有份，也肯出钱维持，代守秘密有赏，将来还要提拔他。

第六十四回甲乙写鲍二是贾珍的仆人，显然是正确的。第六十四回丙改鲍二是贾琏的仆人，当然是因为第四十六回已经有鲍二夫妇，是荣府家人，鲍二家的私通贾琏，被凤姐捉奸，羞愤自杀了。所以此处把贾琏的又一情妇多姑娘捏合给鲍二续弦。第六十五回并没有连带改，回内鲍二之妻仍旧是“鲍二家的”，“鲍二女人”，不称多姑娘。

贾敬丧事，搀扶贾母的人由赦、政改琮、珖，再改赦、琏，显然是作者自改，可见第六十四回丙虽然是抄配的，也可靠，解释鲍二夫妇的这一大段也是作者自改的。

第二十一回描写多姑娘的妖媚淫荡，批注：“总为后文宝玉一篇作引”（庚、戚本）。贾琏与多姑娘幽会，庚本又有眉批：“此段系书中情之瑕疵，写为阿凤生日泼醋回及夭风流宝玉悄看晴雯回作引，伏线千里外之笔也。丁亥夏，畸笏叟。”换句话说，此段透露贾琏惯会偷家人媳妇，埋伏下第四十四回凤姐泼醋，又伏下第七十七回宝玉探晴雯，遇见晴雯的表嫂，厨子多浑虫之妻灯姑娘。前引“后文宝玉一篇”是指第七十七回，“灯姑娘”也就是多姑娘。“灯姑娘”这名字的由来，大概是《金瓶梅》所谓“灯人儿”，美貌的人物，像灯笼上画的。比较费解，不如“多姑娘”用她夫家的姓，容易记忆，而又俏皮。

写第六十四回甲乙的时候，显然第四十四回还不存在。第四十三、四十四回写凤姐生日那天，宝玉私自出城祭金钏儿，凤姐酒后泼醋，误打平儿，宝玉得有机会安慰平儿，这两回结构严密，是个不可分的整体，原来是后添的。加上了这两回之后，才改第六十四回，给丧妻的鲍二配上第二十一回的多姑娘，在这里是寡妇了，多浑虫已死。但是第七十七回多浑虫还在世，不过他妻子还用旧名灯姑娘。

第七十七回王夫人向芳官说："前年我们往皇陵上去"，那是第五十八回的事，在清明前，贾敬死了才回来奔丧，死的时候天气炎热，当是初夏。贾琏服中偷娶尤二姐，两个月后贾珍住在铁槛寺，当然是为了做佛事，百日未满（第六十五回），显然贾敬死后不到一个月就"偷娶"，还是初夏。婚后半年有孕，误打胎后吞金自尽（第六十九回）。七日后下葬，正"年近岁逼"。下年春天起桃花社（第七十回），八月二日贾母生日（第七十一回），第七十五、七十六回过中秋节，第七十七回在中秋后不久，皇陵祭吊是去年春天，"前年"多算了一年，是早本时间过得快些。可见第七十七回写得很早。因此灯姑娘是原名。

第二十一回回末如下：

> 且听下回分解。　　收后淡雅之至。
>
> 正是：
>
> 淑女从来多抱怨　　娇妻自古便含酸　　（二语包尽古今万万世裙钗）

诗联是后加的，显然此回在诗联期——一七五五年左右——改写。原有的回末套语下，有句批语误入正文："收后淡雅之至。"这条批一定很老，由朱批改为双行小字批注，传抄多次后又被误作正文。此回大概也是很早就有了的，一七五五年改写的时候将灯姑娘改名多姑娘。此后添写第四十三、四十四回泼醋，借用鲍二家的名字，当是为了三回后泼醋余波一句谐音妙语：第四十七回又一提鲍二家的，贾母误作赵二家的，鸳鸯纠正她，她说："我那里记得抱着背着的？”

泼醋回提前用了鲍二家的，因此需要改第六十四回的鲍二夫妇，因为鲍二家的已死。于是结果了多浑虫，将他老婆配给鲍二补漏洞，就用她的新名字多姑娘。这是第六十四回丙。

第六十四回乙回末如下：

> 下回便见。正是：
> 只为同枝贪色欲　　致教连理起干戈

“下回便见”是例有的套语，下面的一对诗句是诗联期后加的，因此第六十四回乙是一七五五年定稿。改丙至早也在一七五五年后，距写第七十七回的时候很远，所以忘了多浑虫夫妇又还在探晴雯一场出现。

前面说过，泼醋回用第六十四回的鲍二家的，就为了三回后贾母的一句俏皮话：“我那里记得抱着背着的？”（第四十七回）第四十七回——至少回内这一段——显然是与泼醋二回同时写的。第四十七回改写过，因为回目与内容不符：“冷郎君惧祸走他乡”，但是回内柳湘莲与宝玉在赖家谈话，湘莲告诉他“眼前我还要出门去走走，外头逛个三年五载再回来。”临别宝玉叮嘱：

> “……只是你要远行，必须先告诉我一声，千万别悄悄的走了。”说着便滴下泪来。柳湘莲道：“自然要辞的，你只别和人说就是了。”

从赖家出来，才打了薛蟠，可见不是惧祸逃走，是本来要走的，至多提前动身。回末：

> 薛蟠在炕上痛骂柳湘莲，又命小厮们去拆他的房子，打死他，和他打官司。薛姨妈禁住小厮们，只说柳湘莲一时酒后放肆，如今酒醒，后悔不及，害怕逃走了。薛蟠见如此说了，气方渐平。

惧祸逃走的话，是薛姨妈编造出来哄薛蟠的。“惧祸走他乡”显然是改写前的回目。为什么要改为原定计画旅行，理由很明显。惧祸逃走，后又巧遇薛蟠，打退路劫盗匪，救了薛蟠，迹近赎罪，否则回不了家，成了为自己打算。

庚本第四十八回回前附叶上总批：

> 题曰“柳湘莲走他乡”，必谓写湘莲如何走，今却不写，反细写阿呆兄之游艺。了心却(了却心愿？)湘莲之分(份)内。走者而不细写其走，反写阿呆，不应走而写其走。文牵岐路，令人不识者如此。

这条总批横跨第四十七、四十八回。柳湘莲自称“一贫如洗，家里是没有积聚的”，书中也不止一次说他“萍踪浪迹”，一定说走就走，决不会有什么事需要料理，怎么样“写湘莲如何走”、“细写其走”？难道写他张罗一笔旅费？也不会写上路情形，又不是《老残游记》。“细写其走”只能是指辞别宝玉。湘莲宝玉约定临走要来辞别，不会不别而行。湘莲宝玉那段谈话是在改写的时候加的，因为将惧祸改为原定出门旅行。因此这张回前附叶总批是在这两回定稿的时候批的。

前面说过，第十七、十八合回与第七十五回那两张回前附叶是各自与这两回的最初定稿俱来的。第四十七、四十八回的这一张，原来也是这两回改完了之后现批的。

庚本二十张回前附叶内，只有这三张没有书名“脂砚斋重评石头记”。此处“重评”是狭义的指再评。三张内第七十五回这一张有日期：一七五六年农历五月七日。至少这一张，我们知道它为什么不用“脂砚斋重评石头记”书名，因为已经不是一七五四年“脂砚斋甲戌抄阅再评”的本子，而且批者不是脂砚，也不能算“三评石头记”，因此留出空白，俟定名再填。

有这三张附叶的三回，内中两回埋伏贾赦的罪名，另一回将甄家寄存财物在贾珍处改为贾政处，埋伏下贾政的罪名，显然是三回同时改写，改去预言中的宁为祸首，而贾政的罪行是最后加的，不然元妃这一支还是被连累，比较软弱闪避。

三张无题扉页有一张有日期，一七五六年农历五月初，因此三张都是一七五六年初夏批的。

至于为什么相隔两年就要改变回前附叶格式，而几十年后补录的第二十一回的那一张反倒恪遵原有款式，那是因为那一张是另人补抄的，而这三张是脂评人手笔，所以注重本子先后的区别。

第四十三、四十四回泼醋，与第四十七回内插入的泼醋余波是同时写的；泼醋回用了鲍二家的，就需要改第六十四回的鲍二夫妇，于是有了第六十四回丙；第四十七、四十八回又与第十七、十八合回、第七十五回同时定稿，第七十五回最后。因此以上七回都同时，按着上述的次序，第七十五回最后改。第六十四回丙是一七五五年后写的，而第七十五回是一七五六年初夏誊清。所以这七回都是一七五六年春定稿。

第二十九至三十五这七回，各本几乎全无回内批。庚本只有第三十三、三十四、三十五回各有一两条。此外甲辰本第三十、三十二回各有一条，不见得是脂批。

金钏儿之死，自第三十回起贯串这几回，末了第三十五回写她死后她的妹妹玉钏儿衔恨不理睬宝玉。我们现在知道第四十三、四十四回祭金钏带泼醋是一七五六年春添写的全新的两回。这引起了一个问题：金钏儿这人物是否也是后添的？姑且假定金钏儿是后加的。

第二十九至三十五这七回，前四回有总批。庚本这种典型格式的回前附叶总批都是一七五四年前的旧批——一七五四本废除回前回末一切形式，所以没有总批，但是旧有的总批仍予保留。金钏儿是第三十、三十二这两回的一个重要人物，但是这两回的总批都没有提起她，因为作批的时候还没有这人物。

宝玉挨打后，一批批的人到怡红院去看他，独无史湘云，这很奇怪。如果是因为慰问宝玉没有她的戏，尽可以在跟贾母去的人中添她一个名字。尤其是挨打前她和宝玉最后一次见面，湘云劝他常会见做官的人，谈谈“世途经济的学问”，“宝玉听了道：‘姑娘请别的姊妹屋里坐坐，我这里仔细脏了你知经济学问的。’”难道湘云还在跟他生气？

挨打养伤的这三回内湘云只出现过一次：第三十五回薛姨妈宝钗去探望宝玉，遇见贾母等也在那里。一同出来，“忽见史湘云平儿香菱等在山石边掐凤仙花呢，见了他们走来，都迎上来了。少顷出了园中，王夫人恐贾母乏了，便欲让至上房内坐。”

平儿香菱是贾琏薛蟠的妾侍，大概不便去看宝玉。湘云也不去，且忙着采凤仙花染指甲。贾母等随即在王夫人处用饭，桌上有湘云。宝玉想吃的荷叶汤做了来了，王夫人命玉钏儿送去，这才言归正传，回到挨打余波上。

直到第三十六回回末，湘云才回家去。宝玉挨打事件中，怎么她好像已经回去了，不在场？

第三十六回内王夫人与凤姐谈家务，薛姨妈宝钗黛玉都在场。凤姐讲起袭人还算是贾母房里的人，她的一两银子月费“还在老太太丫头分例上领”。

> 王夫人想了半日，向凤姐道：“明儿挑一个好丫头，送去老太太使，补袭人。把袭人的一分裁了，把我每月的月例二十两银子里拿出二两银子一吊钱来给袭人，以后凡事有赵姨娘周姨娘的，也有袭人的，只是袭人的这一分都也从我的分例上匀出来，不必动官中就是了。”凤姐一一答应了，笑推薛姨妈道：“姨妈听见了？我素日说的话如何？今儿果然应了我的话。”薛姨妈道：“早就该如此。模样儿自然不用说的，他的那一种行事大方，说话见人和气里头带着刚硬要强，这个实在难得。”王夫人含泪说道：“你们那里知道袭人那孩子的好处。〔下略〕”

末句各本批注：“‘孩子’二字愈见亲热，故后文连呼二声‘我的儿’。”

第三十四回王夫人与袭人的谈话中两次叫她“我的儿”，第一次如下：

> 王夫人听了这话内有因，忙问道："我的儿，你有话只管说。近来我因听见众人背前背后都夸你，我只说你不过是在宝玉身上留心，或是诸人跟前和气，这些小意思好，所以将你合老姨娘一体行事，谁知你方才和我说的话全是大道理，正合我的心事。〔下略〕"

"将你合老姨娘一体行事"，指袭人加了月费，与赵姨娘周姨娘同等待遇。这是第三十六回的事，还没发生。可见第三十六回原在第三十四回前面。

第三十三、三十四、三十五这三回写宝玉挨打与挨打余波。第三十六回是湘云回家的一回。显然第三十六回原在这三回前面。换句话说，湘云回家之后宝玉才挨打。

第三十六回回末湘云回家，"众人送至二门前，宝玉还要往外送"，句下批注："每逢此时，就忘却严父，可知前云'为你们死也情愿'不假。"这条批指出一过了二门，再往外去就有遇见贾政的危险。

送湘云的局面倒正与挨打一幕开首相同。既然没有金钏儿这人，不会是听见金钏儿死讯后撞见贾政，而是送湘云去后撞见贾政。正值忠顺王府来人索取琪官——没有金钏儿，当然不是二罪俱发。贾政送客出去，宝玉万分焦急想讨救兵的时候，可能有耳聋的"老姆姆"瞎打岔，但是没有将"要紧"误作"跳井"的一段幽默的穿插。当然也没有贾环告密，火上加油。——今本琪官失踪的故事叙述极简，可能经过删节。——

养伤期间，没有玉钏儿尝汤的事。第三十七回是全抄本的，没有贾政外放一节。第三十六回还在第三十三回前面；回首没有贾母藉口宝玉要多养息几个月，又星宿不利，祭了星，不能见外人，不放他出去。这一段大概是原有的，本来在第三十四至三十五回内。有了这一节，第三十七回开首宝玉终日在园中游荡，不必贾政出门，理由也够充足了。起诗社，发现缺少湘云，派人去接，因此早本的挨打事件嵌在湘云一去一来之间。

宝玉要送湘云出二门，句下那条批注已经是加金钏后的新批，但是里面引的宝玉的话："为你们死也情愿"，今本并无此语。最近似的是第三十四回黛玉来探问伤势：

> ……抽抽噎噎的说道："你从此可都改了罢？"宝玉听说，便长叹一声道："你放心，别说这样话。我便为这些人死了也是情愿的。"

这次黛玉来的时候宝玉正在昏睡。

> 这里宝玉昏昏默默，只见蒋玉菡走了进来，诉说忠顺府拿他之事，一时又见金钏儿进来，哭说为他投井之故。宝玉半梦半醒，都不在意，忽又觉有人推他，恍恍惚惚，听得有人悲泣之声。宝玉从梦中惊醒，睁眼一看，不是别人，却是林黛玉。

"为你们死也情愿"，当然是他在梦中对蒋玉菡金钏儿说的。改为同一场他向黛玉说"为这些人死了也是情愿的"，是表示宝黛二人相知之深。梦中对蒋玉菡金钏儿毫无反应，也更逼真，更像梦境。

己卯本此回回末有：

红楼梦第三十四回终

可见在书名“红楼梦”时期——一七五四本前，约在一七五〇初叶——此回已定稿，上述的一段已经改写过了。加金钏儿这人物还在“红楼梦”期前，大概是在书名“金陵十二钗”前的十载五次增删中。所以改写挨打一场的时候，“老嬷嬷”仍作“老姆姆”，而明义《题红楼梦》诗二十首中已经有玉钏儿尝荷叶汤：

小叶荷羹玉手将，诒他无味要他尝。碗边误落唇红印，便觉新添异样香。

第三十七回诗社取别号，李纨建议宝玉仍用“绛洞花王”旧号，批：“妙极，又点前文。通部中从头至末，前文已过者恐去之冷落，使人忘怀，得便一点；未来者恐来之突然，或先伏一线，皆行文之妙诀也。”关于绛洞花王的前文显已删去。此回宝玉改用怡红公子别号，但是下一回宝玉选择诗题，又署“绛”字。（庚本第八七八页）

海棠社二回显然是早本原有的，回内宝玉仍用绛洞花王笔名。此后改写，第三十七回添写李纨宝玉对白，宝玉不要绛洞花王旧号，改用怡红公子。下一回那“绛”字是漏网之鱼。批李纨宝玉的对白“又点前文”，是改写后批的，但是作批后，关于绛洞花王的前文全都删了，可见这两回改写得很早，原文之老可想而知。海棠社二回上接挨打，挨打事件中很早就插入金钏儿之死。原有的挨打与挨打余波更早了，连着海棠社二回，大概是此书最初就有的一个基层。

金钏儿之死，自第三十回种因，在第三十二回回末发作，着墨不多。加金钏儿的时候，第三十二回回目改了："含耻辱情烈死金钏"，正文添在回末，都是最省装订工的办法，改在一回本的首页与末页。

第三十二回回末与下一回回首后来又改过一次，因此这两回间的过渡有甲乙二种。全抄本是甲，比他本早。第三十二回回末宝钗捐助新衣供金钏儿装殓：

> 一时宝钗取了衣服回来，只见宝玉在王夫人旁（庚本作"傍边"）坐着垂泪，王夫人正在说话（庚本作"说他"），因见宝钗来了，却掩口不说了。宝钗见此景况，察言观（色），早知觉了八分。于是将衣服交割明白，王夫人将他母亲叫来拿了去。宝钗宝玉都各自散了。惟有宝玉一心烦恼，信步不知何往（他本缺这三句），且听下回分解。（庚本作"再看下回便知"。）
>
> ——全抄本

下一回回首此本较简：

> 却说宝玉茫然不知何从，背着手低头一面感叹，一面慢慢的走着，信步来至厅上，……

他本如下：

却说王夫人唤他母亲上来，拿几件簪环，当面赏与，又吩咐请几众僧人念经超度。他母亲磕头谢了出去。原来宝玉会过雨村回来，听见了便知金钏儿含羞赌气自尽，心中早又五内摧伤，进来被王夫人数落教训，也无可说。见宝钗进来，方得便出来，茫然不知何往。（下同）……

全抄本第三十二回回末宝玉宝钗“各自散了。惟有宝玉一心烦恼，信步不知何往，”两句间的接笋生硬而乏，叙事却是合理的。宝玉固然是趁此溜出来，也需要避免见金钏儿的母亲。宝钗也应当走开，免得要人家磕头谢她赏衣服。两人一同出来，也应当各自走散，因为宝钗知道王夫人为了这事责骂他——尽管她只听见王夫人“正在说话”，可见声气如常，是贵妇有涵养，谨慎惯了。但是后来又嫌太含蓄隐晦，所以“说话”改为“说他”。——这时候宝钗不便跟他谈话，否则很窘，而且他心里正难受。

他本删掉回末这几句，提前截断，下一回回首王夫人除了衣服之外又赏首饰装殓，代做佛事超度，周到得多。接写宝玉出来，没提宝钗——想必也只再略坐了坐，金钏儿的母亲还没来就走了，但是避免与宝玉同行——补叙宝玉会见雨村回来，听见金钏儿死讯，进来又被王夫人数落。原文这一段经过与宝玉的心情全用暗写，比较经济、现代化。

第十九回有一处也与此处的改写如出一辙：宝玉要去东府看戏，“才要去时，忽又有贾妃赐出糖蒸酥酪来，宝玉想上次袭人喜吃此物，便命留与袭人了，自己回过贾母，过去看戏。”全抄本没有贾妃赐酪这一段，后文宝玉从东府溜出来，去花家找袭人：

宝玉笑道："你就家去才好呢，我还替你留着好东西呢。"

直到后文宝玉房里的丫头阻止李嬷嬷吃酥酪："那是说了给袭人留着的"，读者才知道是酥酪，极经济流利自然，干净利落。此处庚、戚、己卯本都有批注："过下无痕"。想必是改写前的旧批，否则早先明叙把酥酪留给袭人，此刻再提，接写酥酪事件，十分平凡，似不能称"过下无痕"，也就是说接得天衣无缝。

他本插入元妃赐酪一节，预先解释，手法较陈旧，但是"糖蒸酥酪"想必是满人新年的吃食，所以句下批注："总是新春妙景"。又一点元妃，关照上文省亲。与第三十二、三十三回间的过渡一样，都是改文较周密，而不及原文的技巧现代化。想必在那草创的时代顾虑到读者不懂，也许是脂砚等跟不上，或是他们怕读者跟不上。

第三十至三十五回有关金钏儿之死的六回内，共只四条可靠的脂批，一条是批挨打一场王夫人劝阻（第三十三回），一条是批宝玉命晴雯送手帕给黛玉（第三十四回），还有两条批傅秋芳家里的女仆来见宝玉（第三十五回）。这都是加金钏儿的时候将挨打与挨打余波拆开重排过，部份原文连着批语一同保留了下来。晴雯送帕，黛玉题帕与傅秋芳都是原有的。当然接见傅家女仆一场，宝玉心不在焉泼汤烫了手，端着碗的丫头不会是玉钏儿——有了金钏儿才有玉钏儿。

傅秋芳已经二十一二岁了——全抄本。因为"一二"二字写得太挤，各本误作二十三岁。比十三岁的宝玉大八九岁，她哥哥无论怎样妄想高攀，也没希望聘给宝玉。但是在一七五四本前，第二十五回宝玉比今本大两岁（全抄本），第三十五回也还是这一年。

更早的本子上宝黛的年纪还要大。第三回全抄本多出三句，凤姐“问妹妹几岁了。黛玉答道：‘十三岁了。’又问道：‘可也上过学？现吃什么药？……’”我先以为是有人妄改。但是看了这几个脂本之后的结论，除了有书主或书商为省抄写费删去一大段楔子，从来没人擅改，至多代加“下回分解”，为求一致化。显然黛玉初来的时候本是十三岁。第二回介绍黛玉出场，今本改为五岁，第三回删去黛玉的回答，让凤姐连问几句，略去答话，也更生动自然。全抄本此处漏删这三句。

早本白日梦的成份较多，所以能容许一二十岁的宝玉住在大观园里，万红丛中一点绿。越写下去越觉不妥，惟有将宝黛的年龄一次次减低。中国人的伊甸园是儿童乐园。个人唯一抵制的方法是早熟。因此宝黛初见面的时候一个才六七岁，一个五六岁，而在赋体描写中都是十几岁的人的状貌——早本遗迹。

挨打属于此书基层早本，养伤期间接见傅家来人，宝玉大约十七八、十八九岁，比傅秋芳小不了多少。

贾母与薛姨妈母女在园中遇见湘云香菱平儿采凤仙花，同去王夫人处歇息，就在那里开饭，这一段也是原有的，不过是在宝玉挨打之前，湘云还没回家。第三十六回“绣鸳鸯梦兆绛芸轩”一节内有湘云，本来也是挨打前的事。原文可能就是那次在王夫人处摆饭，饭后贾母回房，王夫人当着薛姨妈母女与湘云，问凤姐家务事，提起袭人的月费，吩咐此后加倍，改由她这里拨给——袭人“渐入金屋”。湘云听了，便去拉黛玉一同去贺袭人，却撞见宝玉午睡，宝钗独坐床上绣鸳鸯。

今本作黛玉与薛姨妈母女在王夫人处吃西瓜，听见王夫人凤姐谈袭人，因此黛玉去拉湘云往贺。

湘云自绣鸳鸯一段后，直到回末才再出现，辞别返家。插入金钏儿之死的时候，有湘云的这两场——游园后吃饭，饭后王夫人凤姐谈袭人事，湘云拉黛玉往贺，撞见绣鸳鸯；湘云回家——分成三段安插在挨打后，因此三段都与挨打毫无关系，使湘云对宝玉显得冷漠，简直像是怪他不听她多结交正经人的忠告，自食其果。

金钏儿这后期人物个性复杂，性感大胆，富于挑拨性，而又有烈性，却写得十分经济，闯祸前只出现过三次，在第二十三、二十五、二十九回，都是寥寥几笔。

全抄本与甲戌本的第二十五回都来自一七五四本，但是二者之间也有歧异。贾环抄经一段，全抄本只有金钏儿彩云两个丫头：

> 那贾环便拿腔做势的坐在炕上抄写，一时又叫彩云倒茶，一时又叫金钏儿剪蜡花。众丫鬟素日原厌恶他，只有彩云还和他合的来，倒了一杯茶递与他，因见王夫人和人说话，他便悄悄向贾环说："你安分些罢，何苦讨这个厌那个厌的。"贾环道："我也知道了，你别哄我。如今你和宝玉好，把我不大理论，我也看出来了。"彩云道："没良心的！狗咬吕洞宾，不识好人心。"

下文宝玉在王子腾家吃了酒回来了，在炕上躺在王夫人身后，与彩霞说笑：

> 只见彩霞淡淡的不大答理，两眼只向贾环处看。宝玉便

拉他的手笑道："好姐姐你也理我理儿，"一面说一面拉他的手只往衣内放。彩霞不肯，便说："再闹我就嚷了。"

这彩霞分明就是上一段的彩云。为什么改名彩霞？拿另一个一七五四本此回一比就知道了：

……一会叫彩云倒茶来，一时又叫玉钏儿来剪剪灯花，一时又叫金钏儿挡了灯影。众丫头们素日厌恶他，都不答理，只有彩霞还和他合的来，倒了一钟茶递与他，……彩霞咬着嘴唇向贾环头上戳了一指头，说道："没良心的！才是狗咬吕洞宾，不识好人心。"

——甲戌本

这情况，显然是全抄本漏改此段一七五四本添写的几处：除了加了个生动的手势之外，主要是添出玉钏儿与彩霞二人。叫彩云倒茶，却是彩霞给他倒了茶来，具体的表现出别的丫头们"都不答理"。戚本此处作：

……一时又叫彩霞倒杯茶来，一时又叫玉钏儿来剪剪蜡花，一时又说金钏儿挡了灯影。众丫头们素日厌恶他，都不答理，只有彩霞还和他合的来，倒了一杯茶递与他，……

大致已经照改，但是戚本的近代编辑没看懂"叫彩云"倒茶而是彩霞倒了来，这其间的暗写，所以把"彩云"改彩霞，变成原是叫彩霞倒茶。

前引宝玉彩霞一段，全抄本已经照一七五四本改了“彩霞”，但是贾环抄经一段还纯粹是一七五四本前的原文，所以与贾环低声谈话的仍旧是“彩云”。全抄本此回是早本《红楼梦》依照一七五四本抽换的，有遗漏。因此书名“红楼梦”时期已经有了金钏儿。加金钏儿是在“红楼梦”时期或更早，这是个旁证。

第二十三回回末的“且听下回分解”句下有一对诗句，可见此回是在一七五五年诗联期改写的，因此宝玉的年龄已经改小了——他的四首即事诗是“荣府十二三岁的公子作的”。

回内金钏儿宝玉一段如下：

> 金钏一把拉住宝玉，悄悄的笑道：“我这嘴上是才擦的香浸胭脂，你这会子可吃不吃了？”彩云连忙一把推开金钏，笑道：“人家心里正不自在，你还奚落他。趁这会子喜欢，快进去罢。”

带写彩云，与金钏儿作对照。第三十九回宝玉探春评彩云为“老实人”，“外头老实，心里有数儿，……凡百一应事都是他提着太太行。连老爷在家出外去一应大小事他都知道。”此回写彩云正是老实而干练，连贾政的情绪都留心到了。王夫人最得力的丫头彩云与贾环恋爱，一七五四本改为彩霞。此处仍作“彩云”，因此前面引的这一段还是一七五四年前的文字，当是加金钏儿的时候追加的。介绍金钏儿出场。

第二十九回极老，回内巧姐儿大姐儿还是两个人，珍珠、鹦哥仍旧是贾母的丫头，还没给宝黛，改名袭人紫鹃。

回内清虚观打醮，王夫人不去看戏，凤姐儿带着自己的丫头，

"并王夫人的两个丫头，也要跟了凤姐儿去的，是金钏儿彩云"，在跟去的婢女花名册上特别突出，显得她们有胆子有地位。彩云仍作"彩云"，显然这一句也是一七五四本前补加的。加金钏儿的时候，同时在以上三回安下根，使我们对她已经有了个印象。

祭钏泼醋二回是一七五六年春新写的。书中添上金钏儿这人物，却在一七五四本前的"红楼梦"期前，大约一七四〇年间。换句话说，写了金钏儿之死，至少七八年后才写祭金钏。为什么中间隔了这么久？

我在《初详红楼梦》里分析全抄本这句异文："晴雯（他本作"檀云"）又因他母亲的生日接了出去了"（第二十四回），也考虑到此处"晴雯"是"檀云"笔误，因为"雯""云"相差不远，再不然就是抄手见檀云名字陌生，妄改"晴雯"。其实这都是过虑，这些脂本的笔误都是一望而知是错字，抄手决不会费心思揣测，去找字形近似的人名，更不会自作主张代改。

当然原文是"晴雯"，否则此处宝玉叫人倒茶，袭人麝月秋纹碧痕，连几个做粗活的丫头不在侧的原因都一一解释过了，独有晴雯没有交代。去替母亲拜寿的如果不是晴雯，那么晴雯到哪里去了？

第三十三回贾环向贾政解释他为什么乱跑："只因从那井边一过，那井里淹死了一个丫头，我看见人头这样大，身子这样粗，泡的实在可怕，所以才赶着跑了过来。"金钏儿被母亲领了回去，投的井在府内，显然父母是荣府家人，住在府中。

第六十三回行"占花名儿"酒令，探春抽的签主得贵婿，众人说"我们家已有了个王妃，难道你也是不成？"显然早本元妃原是王妃，像曹寅的女儿，平郡王纳尔苏的福晋。可见第六十三回写得极早。回内林之孝家的来查夜，反对宝玉叫“这几位大姑娘们”的名字：“虽然在这里，到底是老太太太太的人……”

> 袭人晴雯都笑说：“这可别委屈了他，直到如今，他还姐姐不离口，不过顽的时候叫一声半声名字……”林之孝家的笑道：“这才好呢，……别说是三五代的陈人，现从老太太太太屋里拨过来的，便是老太太太太屋里猫儿狗儿……”

袭人晴雯都是贾母给宝玉的，袭人又改在王夫人处领月费，算王夫人房里的人，这一席话当然是指她们俩。袭人不是“家生子儿”，除非早本不同，但是至少晴雯是“三五代的陈人”，荣府旧仆的子孙。

第二十六回佳蕙向红玉讲起丫头们按等级领赏：“可气晴雯绮霞他们这几个，都算在上等里去，仗着老子娘的脸，众人倒捧着他去。”晴雯的父母职位相当高。

原先晴雯并不是孤儿，十岁卖到赖大家，被赖嬷嬷“孝敬了贾母使唤”。她的出身与金钏儿相仿，而似乎父母地位较高。同是涉嫌引诱宝玉，被逐后一定也是羞愤自杀，因为倘是病死的，病中环境不够凄惨，就也没有探晴雯那样动人心魄的一幕。

晴雯的身世与下场改为现在这样，檀云在第二十四回代替了有母亲的晴雯。全抄本此回的“晴雯”是个漏网之鱼。此后檀云这名字还在第三十四、第五十二回出现过。第三十四回袭人去见王夫人，嘱咐“晴雯麝月檀云秋纹等”守护重伤的宝玉。挨打插入金钏儿事件后改写此回，顺便在宝玉房中婢女花名册上添了个檀云，照应前文，两次都是晴雯金钏儿分裂为二人的当口。

此外只有第五十二回有檀云。第五十二回是晴雯补裘，晴雯"正文"之一，足见檀云这名字与晴雯的故事关系之深。回内晴雯病中宝玉夜间不让她挪出暖阁去，自己睡在外床，薰笼搬到暖阁前，麝月睡在薰笼上。早上麝月怕老嬷嬷们担忧传染，主张先把薰笼搬开。"麝月先叫进小丫头子们来收拾妥了，才命秋纹檀云等进来，一同伏侍宝玉梳洗毕。"晴雯补裘想必是晴雯金钏儿分道扬镳后的新发展，所以又一提檀云，表示确有此人，不是第二十四回现找了个名字来作晴雯的替身。

原先晴雯的故事大概只是第三十一回与袭人冲突，恃宠撕扇；发现绣春囊后有人进谗，被逐自尽。

金钏儿这人物是从晴雯脱化出来的。她们俩的悲剧像音乐上同一主题而曲调有变化，更加深了此书反礼教的一面。

金钏儿死后本来没有祭奠，因为已经有了祭晴雯，祭金钏犯重。但是酝酿多年之后，终于又添写祭钏一回，情调完全不同，精彩万分。

金钏儿嘲宝玉一场，庚本夹批："有是事，有是人。"又批她的对白："活像。活现。""有是事，有是人"这句的语气听上去像是此人只在书中出现这一次。在实生活里，这人后来不会是自杀的。金钏儿的下场本来属于另一个姿态口吻的晴雯。晴雯的下场改了，羞愤自杀的下场就等再找到一个合适的个性作根据，人与故事融合了，故事才活生生起来。此处借用这人的一件小事介绍金钏儿出场，十分醒目。

金钏儿的故事的形成，充分显示此书是创作，不是根据事实的自传性小说。此外还有麝月——第二十回写正月里丫头们都去赌钱了，宝玉晚饭后回来，只有麝月一个人在看家。宝玉问她为什么不去。

麝月道："都顽去了，这屋里交给谁呢？"

庚本夹批："正文。"这就是说，这是麝月的正文。眉批："麝月闲闲无语，令余酸鼻，正所谓对景伤情。丁亥夏，畸笏。"显然麝月实有其人，是作者收房的丫头，曹雪芹故后四五年，她跟着曹家长辈畸笏住。

回内宝玉替她篦头消磨时间，被晴雯撞见。明义《题红楼梦》诗廿首中有两首与今本情节不同，内中第八首如下：

帘栊悄悄控金钩，不识多人何处游。留得小红独坐在，笑教开镜与梳头。

书名"红楼梦"期的抄本中，是替红玉篦头——"篦头"不能入诗。

周汝昌认为这首诗还是写麝月。"按'小红'一词，乃借用泛名，与《红楼梦》中丫鬟林红玉通称小红者无涉。'小红'似始见于《刘梦得文集》卷第十'窦夔州见寄寒食日忆故姬小红吹笙因和之'诗题，后来被借用，如大家习知的姜夔'小红低唱我吹箫'这一句诗，实亦暗用刘禹锡诗题中事，并非范成大赠他的青衣真个叫做小红，元人笔记所纪，也大类痴人说梦。与明义交游唱和的永忠，其《延芬室稿》（乾隆四十四年卷）戏题嬉春古意册（敦诚《四松堂集》卷三有文为此册题记）绝句之七云：'扫眉才子校书家，邺架亲拈当五车；低和紫箫吹澈曲，小红又泼雨前茶。'即借名泛义的用法。又如同时人钱泳《履园丛话》'谭诗'类所引马

药庵赠婢改子诗第三首云：‘多谢小红真解事，金筒玉碗许频餐。’亦正同其例。”（周汝昌著《红楼梦新证》第一〇六九页）

第二十四回宝玉初见红玉，刚巧他房里的丫头都不在，晴雯是她母亲生日接了出去。第二十六回小丫头佳蕙代红玉不平，因为宝玉病后按着等级发赏钱，她没份：“可气晴雯绮霞他们这几个，都算在上等里去，仗着老子娘的脸，众人倒捧着他去。”这两节内的晴雯都不是孤儿，父母在荣府当差，职位相当高，红玉这两场戏显然来自晴雯金钏儿还未一分为二的早本。早本《红楼梦》前已有金钏儿，因此一定有红玉这两场。

初见这一场快完的时候补叙红玉的来历：“原来这小红本姓林，（批注：‘又是个林。’）小名红玉，（批注：‘“红”字切绛珠，“玉”字则直通矣。’）只因‘玉’字犯了林黛玉宝玉，（批注：‘妙文。’）便都把这个字隐起来，便叫他小红。”林红玉这名字影射黛玉，黛玉也是怀才不遇，抑郁不忿。此处的批注庚、戚本都有。庚、戚本相同的批注都是较早的，明义所见的《红楼梦》里大概不会没有。即使没有，书中特别着重解释小红这名字的由来，予人印象特深。有了个小红，又是个突出的人物，明义诗中却用“小红”这典故，称麝月为“小红”，把人搅糊涂了，那太不可思议。

“帘栊悄悄控金钩”，纱罗的窗帘白天用帐钩勾起来，正如竹帘白天卷起来，晚上放下。“不识多人何处游”，不知道到哪里逛去了。这句语气非常自然。显然是白昼，丫头们都出去游园了。红玉“因分入在大观园的时节，把他便分在怡红院中，倒也清幽雅静，不想后来命人进来居住，偏生这一所儿，又被宝玉占了。”她是自有大观园以来就派在怡红院打扫看守，当然各处都逛够了，所以只有她在家。第二十回麝月那一节，宝玉晚上回来，正月里大家都去赌钱，不是不知道到哪里逛去了，与明义诗中的时间与情况都不同。

明义廿首诗中还有更明显的与今本情节不符，如第九首：

> 红罗绣缬束纤腰，一夜春眠魂梦娇。晓起自惊还自笑，被他偷换绿云绡。

夜间袭人的红汗巾换了绿的。今本宝玉借用袭人的绿（“松花”）汗巾，换来蒋玉菡的红汗巾；夜间袭人系着的汗巾——没提什么颜色——被宝玉换了红的。改写的原因之一想必是男用汗巾不应当太鲜艳，所以蒋玉菡的汗巾本来是绿色；改为大红，作为婚礼的预兆更富象征性，小旦的衬里衣着鲜艳点也无妨。显然早本《红楼梦》还没有“茜香罗”这名色——茜草是染大红的颜料。第二十八回总批内的“茜香罗”当是收入一七五四本时改的。

明义的第八首诗是咏红玉，剩下唯一的疑点是廿首诗中只有这一首写书中人直呼其名。这是因为小红刚巧是泛指姬妾婢女的名词，正好用这典故。

第二十四回宝玉晚上回来，也是丫头们都出去了，只有红玉一个人在家，与早本《红楼梦》中红玉篦头，第二十回麝月篦头一节都是相仿的局面。除了白天晚上与众人出游去向的分别，这三段的异同如下：

（一）早本《红楼梦》中，丫头们都出去顽了，红玉独坐。宝玉显然不是初见红玉，否则不会替她篦头。

（二）第二十回：丫头们都出去顽了，麝月独坐。麝月是从小伏侍的，当然不是初见。宝玉替她篦头，被晴雯撞见了，当面讥诮他们。

（三）第二十四回：宝玉初见红玉。丫头们都出去了，为了各各不同的原因，不是游玩。红玉自后院走来代倒茶，被秋纹碧痕撞见了，在宝玉背后责骂她。

各点都是（三）独异，（一）、（二）相同，除了被晴雯撞见这一点，不确定（一）有没有。

三段中（一）、（二）两段犯重，不会同时并存。（二）是今本，显然是根据（一）改写的。原先是（三）、（一），宝玉自从那次初见红玉，又有一次白天回来，只有她一个人看家，长日无聊，替她篦头。今本初见这一场基本上与早本相同，形容她"倒是一头黑鬒鬒的好头发"（戚、全抄本；庚本"鬒"作"真"，缺"好"字），可见这是她最引人注目的一个特征，也是她与宝玉下一场戏中的要角。

替她篦头当然远不及替麝月篦头亲切自然，又有麝月晴雯个性上的对照。如果替红玉篦头也被晴雯撞见了，红玉与晴雯一样尖利，倘若忍让些，也是为了地位有高低。晴雯与麝月地位相等，一样吃醋，对红玉就像是倚势压人，使人起反感。

麝月后来成为实生活中作者的妾。她的"正文"——最能表现她的为人的——却是套用红玉篦头一段，显然是虚构的，不是实事。这是此书是创作不是自传的又一证。

但是麝月晴雯红玉金钏儿到底都是次要的人物，不能以此类推到主要人物上。书中有许多自传性的资料，怎见得不是自传性的小说？

第二十一回总批引"有客题《红楼梦》一律"：

自执金矛又执戈，自相戕戮自张罗。茜纱公子情无限，脂砚先生恨几多！是幻是真空历遍，闲风闲月枉吟哦。情机转得情天破，“情不情”兮奈我何！

末句引《红楼梦》末回情榜宝玉评语。下面又说作这首诗的人“深知拟书底里”。看来批者作者公认宝玉是写脂砚。而个性中也有曹雪芹的成份。第三回王夫人提起宝玉，说“我有一个孽根祸胎”，批“四字是作者痛哭”。

书中的家庭背景是作者与脂砚共有的，除了盛衰的变迁与“借省亲写南巡”，还有以祖母为中心的特点。曹寅死后他的独子曹颙继任江宁织造，两年后曹颙又早死，康熙帝叫曹寅妻李氏过继一个侄子，由他继任江宁织造，以赡养孤寡，因此整个这份人家都是为李氏与曹颙遗孤而设，李氏自然与一般的老院君不同。一说曹颙妻生了个遗腹子曹天佑，那么阖家只有他一个人是曹寅嫡系子孙。脂砚如果是曹天佑，那正合宝玉的特殊身分——在书中的解释是祖母溺爱，又是元妃亲自教读的爱弟。

第九回上学，“宝玉忽想起未辞黛玉”，戚本批注：“妙极，何顿挫之至。余已忘却，至此心神一畅。一丝不走。”没有署名，但是当然是脂砚了，原来黛玉是他小时候的意中人，大概也是寄住在他们家的孤儿。宝钗当然也可能是根据亲戚家的一个少女，不过这纯是臆测。

第二十八回宝玉说药方一段，庚本批：

前“玉生香”回中，颦云他有金你有玉，他有冷香你岂不该有暖香，是宝玉无药可配矣。今颦儿之剂若许材料皆系滋补热性之药，兼有许多奇物，而尚未拟名，何不竟以暖香名之，以代补宝玉之不足，岂不三人一体矣。己卯冬夜。

己卯冬是脂砚批书的时间。甲戌本将这条眉批移到回末，作为总评，下有笔迹不同的一行小字："倘若三人一体，固是美事，但又非石头记之本意也。"《新编红楼梦脂砚斋评语辑校》（陈庆浩撰）将这行小字列入"后人批跋"。

第二十二回贾琏凤姐谈宝玉生日，凤姐告诉他贾母说要替宝钗作生日。下有批注："一段题纲写得如见如闻，且不失前篇惧内之旨。最奇者黛玉乃贾母溺爱之人也，不闻为作生辰，却云特意与宝钗，实非人想得着之文也。此书通部皆用此法，瞒过多少见者，余故云不写而写是也。"似乎是棠村批的，引第十三回批秦氏死后阖家"无不纳罕，都有些疑心"："九个字写尽天香楼事，是不写之写。棠村。"（署名为靖本独有）

第二十二回这一段上有畸笏一条眉批：

将薛林作甄玉贾玉看书，则不失执笔人本旨矣。丁亥夏，畸笏叟。

这条批与贾琏凤姐的谈话无关，显然是批那条双行小字批注。那批注是解释贾母并不是移爱宝钗了，不过替黛玉作生日是意料中的事，所以略去不写。畸笏大概觉得这解释是多余的，钗黛根本是一个人，没有敌对的形势。

第四十二回回前总批也是钗黛一人论：

> 钗玉名虽二个，人却一身，此幻笔也。今书至三十八回时已过三分之一有余，故写是回，使二人合而为一。请看黛玉逝后宝钗之文字，便知余言不谬矣。

可能也是畸笏，批的是早本《红楼梦》或更早的本子，此回回数与今本有点不同。

畸笏编甲戌本第二十五至二十八回，在一七六七下半年或更晚。他移植散批扩充回末总评，此处把脂砚的一个眉批搬了来，后又在下面加小注，批这条批，显然是引他自己近日批第二十二回的一条眉批，“石头记本意”亦即“执笔人本旨”。除了畸笏自己，别人不会知道另一回内有条批可以驳脂砚此批。现存的甲戌本上，这条小注与抄手的笔迹不同，当是另人从别的本子上补抄来的，所以今人误认为后人批语。

脂砚如果不能接受钗黛一人论，也情有可原，因为他心目中的黛玉是他当年的小情人。其实不过是根据那女孩的个性的轮廓。葬花、闻曲等事都是虚构的——否则脂砚一定会指出这些都是实有其事。别处常批“有是语”、“真有是事”，但是宝黛文字中除了上学辞别的一小段之外，从来没有过。

黛玉这人物发展下去，作者视为他理想的女性两极化的一端。脂砚在这一点上却未能免俗，想把钗黛兼收并蓄。如果由他执笔，恐怕会提早把《红楼梦》写成《红楼圆梦》了。

书中有些细节，如贾母给秦钟一个金魁星作见面礼，合欢花酿酒等等，都经批者指出是记实，也有作者自身的经验，例如年纪稍大就需要迁出园去。第七十七回王夫人叫宝玉过了今年就搬出去，庚本句下批注内有：“……况此亦是余旧日亲闻，作者身历之现成文字……”写小说的间或把自己的经验用进去，是常有的事。至于细节套用实事，往往是这种地方最显出作者对背景的熟悉，增加真实感。作者的个性渗入书中主角的，也是几乎不可避免的，因为作者大都需要与主角多少有点认同。这都不能构成自传性小说的条件。书中的“戏肉”都是虚构的——前面指出的有闻曲、葬花，包括一切较重要的宝黛文字，以及晴雯的下场、金钏儿之死、祭钏。

第七十一回甄家送寿礼，庚本句下批注：“好，一提甄事。盖真事欲显，假事将尽。”可见前七十回都是“假事”，也就是虚构的情节。至于七十回后是否都是真事，晴雯之死就不是真的，我们眼看着它从金钏儿之死蜕变出来。

我在《二详红楼梦》里认为第八回的儿副回目是庚本的最晚（全抄本同），因为上联是“比通灵金莺微露意”。而读者并不知道为什么称莺儿为“金莺”——除非是因为宝钗的金锁使她成为“金玉姻缘”中的金，所以她的丫头莺儿也是金莺？——直到第三十五回才知道莺儿姓黄，原名金莺，因此是有了第三十五回之后才有第八回这副回目。我举的这理由其实不充足——较后的一回不一定是后写的。当然我们现在知道第三十五回是在加金钏儿的时候改写的，当时附带加上金钏儿的妹妹玉钏儿，回内叙述莺儿原名黄金莺，以便此回回目上用“黄金莺”去对“白玉钏”。因此金莺这名字与金钏儿姊妹同是后添的，第八回有金莺的回目自然更晚了。

第六至八回属于此书基层，大概在最先的早本里就有这三回。三回一直保留了下来，收入一七五四本的时候改写第八回，第六、七回只略改了几处，下一年诗联期又经畸笏整理重抄，同时作者又在别的本子上修改这三回的语言，使它更北方口语化，但是各本仍旧各自留下一些早本遗迹。所以金钏儿玉钏儿这两个后添的人物虽然加添得相当早，仍旧比第八回晚得多，因此第八回纷歧的回目中是有金莺的最晚。

庚本第二十五回有条眉批："通灵玉除邪，全部百回只此一见，……壬午孟夏，雨窗。"壬午春夏是畸笏批书的时间。戚本第二回回前总批说："以百回之大文，先以此回作两大笔以冒之，诚是大观。"（蒙古王府本同）周汝昌近著《清蒙古王府本石头记》录下此本第三回回末的一条批：袭人劝黛玉不要为宝玉摔玉伤心，"若为他这种行止你多心伤感，只怕伤感不了呢"，旁批：

后百十回黛玉之泪，总不能出此二语。

周汝昌认为这是唯一的一次直截指明全书"百十回"——八十回加"后三十回"——与第二回回前总批的约计不一样（载一九七六年六月二十三日《大公报》）。他忽略了第二十五回畸笏的眉批。虽然文言的数目字常抹去零头，"全部百十回"似乎不能简称"全部百回"。

在第三回称后文为"后百十回"，此处的"百十回"类似"众里寻他千百度"的"千百度"，与"仪态万千"、"感慨万千"的"万千"；"百十"严格的说来也就是"几十上百回"。

第四十二回回前总批内有："今书至三十八回时已过三分之一有余，……"作批的时候此回还是第三十八回。一百回的三分之一是三十三回，到了第三十八回是"已过三分之一有余"。倘是一百另十回，三分之一是三十六七回，到了第三十八回正过了三分之一。

书中七十回后开始写贫穷，第七十二、七十四、七十五回都有荣府捉襟见肘的事。第七十一回贾母做寿，提起甄家的寿礼，庚本批注内有："盖真事欲显，假事将尽。"第四十四回批凤姐生日："……一部书中，若一个一个只管写过生日，复成何文哉？故起用宝钗，盛用阿凤，终用贾母。"宝钗生日在第二十二回。可见第七十一回是个分水岭，此后盛筵难再了。"后三十回"是与前七十回相对而言的。

"后三十回"这名词来自第二十一回回前总批。此回的总批是补录的，内引"有客题《红楼梦》一律"，显然是一七五四本前"红楼梦"时期的旧批。那时候还没有八十回之说。八十回本始自一七六〇本，"庚辰秋月定本"。

脂批只提起过"后三十回"一次，"后数十回"两次，但是不止一次提起"后回"的内容。第二十三回宝玉到贾政房中听了训话出来，"刚至穿堂门前"，庚、戚本批注："妙，这便是凤姐扫雪拾玉处，一丝不乱。"这穿堂门位置在贾政与贾母处之间。贾政的院子比贾母处还要"轩昂壮丽，……是正紧正内室。"（第三回）宝黛入园前虽已分房，仍旧跟着贾母住，所以宝玉回去经过这道门。凤姐的院子就在穿堂旁边（第三回），因此穷了下来之后亲自在穿堂门前扫雪。

曹家在南京任上抄没的时候，继任隋赫德奏摺上说："曹頫家属蒙恩谕少留房屋，以资养赡；今其家属不久回京，奴才应将在京房屋人口酌量拨给。""在京房屋人口"是曹頫在京中的房产奴仆，显然也已经查抄了。如果书中也写皇恩浩荡，查抄后发还一些房屋，决不会是府内房屋，否则旧主人还在，十分碍眼，使新主人非常感到不便。即使在府中拨一所闲房如梨香院给贾家住，也不会是这穿堂附近的心脏地带，邻近“正紧正内室”。因此凤姐在穿堂门前扫雪的时候，仍旧是他们独住全宅。荣府宅第并未抄没。

第七十七回逐晴雯，王夫人说宝玉：“暂且挨过今年，明年一并给我仍旧搬出去心净”，因为今年不宜迁移。庚本句下长批内有：“……若无此一番更变，不独终无散场之局，且亦大不近乎情理。……”因为宝玉大了，还跟姊妹们住在园中，不近情理。“散场”是因为宝玉迁出大观园，不出园就“终无散场之局”，可见后文没有抄家。当然出了事，很快的穷了下来，但是与“散场”无关。

明年迁出，过了年大概总要过了正月才搬，离这时候——中秋后——还有五六个月。第七十九回宝玉刚听香菱讲起薛蟠喜讯后就病了，病了一个月才渐渐痊愈，大夫叫他多养息，过了百日才准出门，五六十日后就急了，薛蟠娶亲也不能去。因此薛蟠结婚约在三个月后。夏金桂会操纵丈夫，“两月之后，便觉薛蟠的气焰渐次矮了下去”（第七十九回）。金桂利用宝蟾离间香菱，“半月光景，忽又装起病来”（第八十回）。这是婚后两三个月。合计正是五六个月。八十回后就该写宝玉出园了。

太虚幻境关于探春的曲词全文如下：

〔分骨肉〕一帆风雨路三千，把骨肉家园齐来抛闪。恐哭损残年，告爹娘，休把儿悬念。自古穷通皆有命，离合岂无缘？从今分两地，各自保平安。奴去也，莫牵连。

探春远嫁，当在贾家获罪前。她唯一不放心的是父母太想念她。

如果已经出了事，她劝他们看开些，“穷通皆有命”，未免残忍。“从今分两地，各自保平安”，倒像是叫他们不要找她帮忙。第七十七回回末王夫人因为“近日家中多故，……且又有官媒婆来求说探春等事，心绪甚繁。”大概一过八十回，也就快了。

第七十八回又点了一笔：“且接连有媒人来求亲，大约园中之人不久就要散的了。”此处宝玉刚发现宝钗搬出园去了，对于他是个大打击，“心下因想天地间竟有这样无情的事。”第六十三回“占花名儿”酒令，宝钗抽到牡丹，签诗是“任是无情也动人”。情榜上宝钗的评语内一定有“无情”二字。宝钗出园，固然是为了抄检不便抄亲戚家，所以她避嫌疑搬出去了，但是抄检也是为了园中出了丑闻，她爱惜名声，所以走了。

明义《题红楼梦》诗关于黛玉之死的一首如下：

> 伤心一首葬花词，似谶成真自不知。安得返魂香一缕，起卿沉痼续红丝？

末两句表示得很清楚，黛玉死的时候宝玉还没有结婚或定亲。

黛玉不死，还不能构成散场的局面，因为宝玉虽然搬出园去了，宝黛跟贾母吃饭，还是天天见面。所以黛玉之死也应在贾家出事前。

看来百回《红楼梦》的高潮是散场。等到贾家获罪，宝玉像在第十六回元春晋封，家里十分热闹得意的时候“独他一个视有若无，毫不曾介意”，多少有点这种惘惘的心不在焉。

散场是时间的悲剧，少年时代一过，就被逐出伊甸园。家中发生变故，已经是发生在庸俗黯淡的成人的世界里。而那天经地义顺理成章的仕途基业竟不堪一击，这样靠不住。看穿了之后宝玉终于出家，履行从前对黛玉的看似靠不住的誓言。

第四十五回蘅芜院的一个婆子告诉黛玉园中值夜赌钱，“一关了园门，就该上场了。”庚本有脂砚一条长批：“几句闲话，将潭潭大宅夜间所有之事描写一尽。虽偌大一园，且值秋冬之夜，岂不寥落哉？今用老妪数语，更写得每夜深人定之后，各处灯光灿烂，人烟簇集，柳陌之上，花巷之中，或提灯同酒，或寒月烹茶者，竟仍有络绎人迹不绝，不但不见寥落，且觉更甚于日间繁华矣。此是大宅妙景，不可不写出。又伏下后文，且又趁出后文之冷落。……”“伏下后文”是第七十三回聚赌事发。衬出“后文之冷落”是宝玉出园“散场”后，还是贾家出事后？

宝钗宝玉先后迁出，迎春探春嫁后，黛玉死后，剩下李纨惜春一定也要搬出去了。但是园子即使空关着，还是需要不止一处有人值夜，夜间来来往往照样热闹。“后文之冷落”只能是奴仆星散后。可见荣府败落了仍住原址，“偌大一园”无人照管。

第七十五回回目“赏中秋新词得佳谶”，指席上贾赦盛赞贾环的中秋诗有侯门气概，“将来这世袭的前程定跑不了你袭呢！”

> 贾政听说，忙劝道：“不过他胡诌如此，那里就论到后事了。”说着便斟上酒，又行了一回令。

句下批注：“便又轻轻抹去也。”可见贾赦一语成谶，死后贾环越过贾琏宝玉头上，袭荣国公世职。

下一回贾赦回去的时候“被石头绊了一下，”扭了筋，是个不祥之兆。尤氏在席上提起她孝服未满，贾母说：“可怜你公公转眼已是二年多了。”（全抄本。庚本缺“转眼”二字。）有批注：“不是算贾敬，却是算赦死期也。”

两年后贾赦死的时候，显然荣国公世职尚在。倘是像续书里一样革去世职，后又开复，由贾政袭职，那就轮不到下一代继承，因为书中并没有贾政死亡的暗示。倘若抄没，不会不革去世职。这是没抄家的又一证。

当然，这都是百回《红楼梦》里的情节。今本只有八十回，还没写到贾家败落，但是我们知道后文有抄家，因为秦氏托梦警告家产要“入官”，探春又说抄检大观园是抄家的预兆，甄家是前车之鉴。

一七五四本改去第五十八回元妃之死，因此元妃托梦改为秦氏托梦，在第十三回。但是此回是一七五五年诗联期改写的，所以回末“且听下回分解”句下又加了一对诗句作结。一七六二年又再改写，删去“秦可卿淫丧天香楼”。因此一七五五年是添写秦氏托梦。一七五四本删去元妃托梦后，显然没有托梦一场。元妃托梦，应当没有产业入官的话，因为后文荣府宅第无恙。

第七十四回探春预言抄园是抄家之兆，也与百回《红楼梦》后文冲突，只能是后加的。

一七五四本改到第七十一回，所以回末没有“下回分解”之类的套语。第七十二回贾环的恋人是彩霞。彩霞原名彩云，一七五四本改彩霞。显然一七五四本也改到了第七十二回。此回贾琏与林之孝的谈话，只说贾政贾珍与贾雨村亲近，而不提贾赦，可见还没有石呆子案这件事。贾赦贾雨村的石呆子案是一七五六年春添写的。第七十二回当是一七五四本将彩云一律改彩霞，只消在回首批一句，指示抄手，所以回末形式不受影响，仍旧有“要知端的，且听下回分解”。

庚本第七十四回有两个“狃”字。“逛”字写作“狃”是一七五四本的特征，也是一七五四本改到这里的迹象。第一个“狃”字在王夫人凤姐谈话的开端。

柳五儿自第六十回出场，就有赵姨娘的一个内侄钱槐求亲不遂，“发恨定要弄取成配，方了此愿。”下一回她为了茯苓霜玫瑰露，涉嫌偷窃，被扣留了一夜。第六十二回宝玉房里的丫头小燕去传命叫五儿进来当差，下一回她告诉宝玉五儿那次被扣押气病了。她本来怯弱多病。第七十回开始：

> ……宝玉因冷遁了柳湘莲，剑刎了尤小妹，金逝了尤二姐，气病了柳五儿，连连接接，闲愁胡恨，一重不了又一重，弄的情色若痴，言语常乱，似染怔忡之症。

第七十三回园中值夜的女仆聚赌，三个大头家内有柳家的之妹。“贾母便命将为首的每人四十大板撵出，总不许再入。”第七十四回园中与柳家的不睦的检举她是妹子后台，凤姐也告诉平儿有人指控柳家的“与妹子通同开局”，但是她不肯多事，“养病要紧”。

第七十七回逐晴雯，王夫人向芳官说：“……前年我们往皇陵上去，是谁调唆宝玉要柳家的五儿丫头来着，幸而那丫头短命死了，不然进来，你们又是连伙聚党，遭害这园子。……”

柳五儿之死如果也是暗写，宝玉连她病了都那样关切，似乎她死了不会毫无反应。她一定死在第七十三、七十四回，聚赌案牵涉她母亲，赵姨娘乘机要挟，逼嫁钱槐。她大概受不了这刺激，病势加剧。

第七十四回开始，凤姐要办柳家的，柳家的去求晴雯芳官跟宝玉说，宝玉因迎春乳母也是大头家，去约迎春同去说情，过渡到平儿镇压了迎春乳母的媳妇，从迎春处出来，回去见凤姐。

接写凤、平谈话，凤姐雷声大，雨点小，说她看开了，从此做好好先生，不受理柳家的罪嫌，结束了这件公案。下接贾琏进来说他向鸳鸯借当的事被邢夫人知道了，勒索二百两作中秋节费用。结果凤姐把她的金项圈押了二百两，贾琏送去给邢夫人。然后王夫人带了春宫香袋来质问凤姐。凤姐第一句对白里就有个“狃”字，一七五四本的标志。

显然一七五四本在凤姐平儿的对话中加了几句，消弭了柳家的事件，又添写一段极深刻的借当余波，过渡到原有的王夫人凤姐的谈话上。柳五儿之死就在这次改写中删去了。她本来死得相当传奇化，有点落套，改为单纯的病卒，全用暗写，包括宝玉的反应。

前面说过，第七十七回王夫人说“前年我们往皇陵上去”应作“去年”。第七十六回贾母向尤氏说：“可怜你公公转眼已是二年多了。”贾敬死在去年夏天，应作“一年多了”，也多算了一年，都是按早本的时间表。

庚本第七十六回回末黛玉湘云枕上夜谈，黛玉说她有失眠症：

> 湘云道：“却（‘都’误）是你病的原故，所以——”不知下文什么。

显然回末有阙文，是一回本末页残破。末句“不知下文什么”是批语误入正文。全抄本此回末句是“不知什么”——下面有后人每回代加的“下回分解。”——可见这条批语是原有的，不过全抄本漏抄二字。

庚本此回中秋宴有批注：“不想这次中秋，反写得十分凄楚。”但是第七十四回正剑拔弩张，抄家在即，第七十五回祠堂鬼魂叹息，批说主“荣府数尽”，第七十六回这条乐观的批语未免使人诧异。

第七十六回残破未补，而且与第七十七回都是早本的时间表，多出一年。第七十八回林四娘故事中有“中都”这名词。辽共有四个都城，内中大定——今热河宁南——称“中京”。金海陵王迁都至燕京，称“中都”。此书“凡例”说：书中都城称长安，“凡愚夫妇儿女子家常口角，则曰中京，是不欲着迹于方向也，盖天子之邦亦当以中为尊，特避其东南西北四字样也。”今本没有“中京”，“中都”也只有此回出现过一次。显然作者因为讳言北京，采用“中京”、“中都”这两个名词，后来才想起来“中京”、“中都”是辽、金的都城，辽金都是东胡，正犯了本朝大忌，弄巧成拙，所以在“凡例”的写作时期后已经废除了，但是第七十八回还有。

抄检大观园后，宝钗避嫌疑迁出，但是庚本第八十回香菱离开了薛蟠，去跟宝钗住，宝钗仍住园中。显然此回是没有抄园这回事的早本。

庚本缺第八十回回目，而第七十九回回目笼罩这两回：“薛文龙悔娶河东狮，贾迎春误嫁中山狼”，其实用作第七十九、八十合回的回目更贴切，次序也对，第七十九回迎春虽然出嫁了，回内全写薛蟠夏金桂的婚姻，直写到下一回中部，却结在迎春身上。看来这两回本是“一大回”，分成两回后，下一回回目尚缺，戚本作“懦弱迎春回肠九曲，娇怯香菱病入膏肓”，大概作者自己不满意，还待另拟。

统观这最后五回，似都是早本旧稿，未经校对，原封不动收入一七六〇本。

前面提起过第七十七回王夫人叫宝玉明年搬出园去，句下长批中有："……若无此一番更变，不独终无散场之局，且亦大不近乎情理。……此一段不独批此，真（'直'误）从抄检大观园及贾母对月兴悲，皆可附者也。"宝玉不迁出大观园，就"终无散场之局"。作批的时候，显然后文没有抄家的事。

"贾母对月兴悲"在第七十六回，闻笛泪下。这陈旧的末五回也不是同一个时期的，内中有从更早的早本里保留下来的。因此写第八十回的时候，书中还没有抄园的事；第七十七回里面提起抄园，而属于一个后文没有抄家的本子。显然早本也没有抄园这件事。如果是先加抄家，后加抄园，第七十七回的这本子就不会有抄园而没有抄家。因此是先加抄园，后加抄家。

第七十四回的第二个"狂"字在王善保家的检举晴雯的时候，王夫人的对白里。回内的抄园是旧有的，此处显经一七五四本改写。当是添写王夫人回想起来看见过晴雯，借王夫人口中初次描写晴雯，而又是贬词，是神来之笔。此段连批"妙妙"，又批"凡写美人偏用俗笔反笔，与他书不同"，批得极是。

此回一七五四本改的两处都在上半回，所以回末仍旧有个"不知后事如何"，没有删去。探春预言抄家的几句沉痛的警句在此回中部，想必也是一七五四本加的。一七五五年添写秦氏托梦预言抄家，但是看来一七五四本已经决定写抄没，不过在作者自己抄过家的人，这实在是个危险的题材，因此一七五四本改到此回为止。直到一七五六年才改下一回——第七十五回——添写贾政收下甄家寄存财物，也只在回首加上一段，惯用的省稿本装钉工的办法。回内漏删贾珍接待两个南京新来的人，却添了一则新批，解释宁府家宴鬼魂叹息不光是叹宁府，誊清时双行小字抄入正文：

> 未写荣府庆中秋，却先写宁府“开夜宴”；未写荣府数尽，先写宁府异兆。盖宁乃家宅，凡有关于吉凶者故必先示之。且列祖祠此，岂无得而警乎？凡人先人虽远，然气远（“息”误？）相关，必有之利（“理”误）也。非宁府之祖独有感应也。

从末句看来，两府都“数尽”。一七五四本加荣府抄没预言，但是没改到第七十五回，因此这一回仍旧是宁为祸首，荣府处分较轻，所以宁府鬼叹。到一七五六才添写贾赦罪行，又在此回回首加了一段贾政犯重罪，与回内的预兆矛盾，批者不得不代为解释宁府是长房，所以祠堂在这边。

此回回前附叶提醒作者回目还缺几个字，又缺中秋诗。回内首页回目已经补全了，中秋诗仍缺，想必因为已经改了荣为祸首，荣国公世职革去，预兆贾环袭爵的中秋诗不适用了。

百回《红楼梦》中贾环袭世职，贾琏失去继承权的原因，想必是被凤姐带累的。十二钗册子上关于凤姐的诗，“一从二令三人木，哭向金陵事更哀”，上句甲戌、戚本批“拆字法”。俞平伯拆出来是“冷来休”。

第七回周瑞家的女儿向她诉说，女婿酒后与人争吵，被人控告他“来历不明”，要递解还乡。

> 原来这周瑞家的女婿便是雨村的好友冷子兴。（批“着

眼。”——甲戌、戚本。）近因古董和人打官司，故遣女人来讨情分。周瑞家的仗着主子的势利（力），把这些事也不放在心上，晚上只求求凤姐儿。

冷子兴与贾家的关系原来如此，与第二回高谈阔论“演说荣国府”对照，有隐藏的讽刺。周瑞家的女儿说是酒后争吵，显然不是实话，是故意说成小事一件。冷子兴是“都中古董行中贸易的”，“因古董和人打官司”可能就是贾赦的石呆子案的前身，且也牵涉贾雨村——冷子兴强买古董不遂，求助于雨村，罗织物主入罪，但是自己仍被牵入，险些递解还乡。所以后来贾雨村削职问罪，这件案子也发作了，追究当初庇护冷子兴的凤姐——当然是拿着贾琏的帖子去说人情的。

在凤姐平生的作为里，冷子兴案是最轻微的，但是一来贾家出事的起因是被贾雨村连累，而这件事与雨村有关。而且唯其因为轻微，可以从宽处分，不至判刑。书中的目的并不是公正——反映人生，人生也很少公正的事——而是要构成她私人的悲剧。夫妇因此感情破裂，但是贾母一天在世，贾琏不敢休凤姐，贾母一死就休妻。

第七十五回尤氏在李纨处洗脸，李纨责备捧面盆的婢女没跪下。“尤氏笑道：‘你们家下大小的人，只会讲外面儿的虚礼假体面，究竟作出来的事都勾使的了。’”庚本句下有两条批注：

按尤氏犯七出之条，不过只是过于从夫四字，此世间妇人之常情耳。其心术慈厚宽顺，竟可出于阿凤之上。时（使）用之明犯七出之人从公一论，可知贾宅中暗犯七出之人亦不少。似明犯者反可宥恕，其什（饰）己非而揭人恶者，阴昧僻谲之流，实不能容于世者也。　　此为打草惊蛇法，实写邢夫人也。

“暗犯七出之人亦不少”，“明犯七出之人”该不止一个。尤氏凤姐都被休了。此回除了回首加的一段与曲解鬼叹的那条后加的批注，回内自一七五四本前没动过。写这条旧批的时候还是宁为祸首，贾珍充军或斩首，尤氏“过于从夫”，收藏甄家寄物她也有同谋的嫌疑，被族中公议休回娘家。

凤姐“哭向金陵”，要回母家，但是气得旧病复发，临终悔悟，有茫茫大士来接引。——第二十五回凤姐宝玉中邪，茫茫大士渺渺真人来救。“原来是一个癞头和尚与一个跛足道人”句下，甲戌、庚、戚本均有批：“僧因凤姐，道因宝玉，一丝不乱。”可见此后凤姐临终，宝玉出家，是一僧一道分别接引。

宝玉没有袭职，是否贾赦死的时候宝玉已经出家？第二十五回通灵玉除邪一段，庚本眉批：“叹不得见宝玉悬崖撒手文字为恨。丁亥夏，畸笏叟。”靖本第六十七回之前总批说：“末回‘撒手’，乃是已悟。此虽眷念，却破迷关。是何必削发？青埂峰证了情缘，仍不出士隐梦。……”可知末回“悬崖撒手”写宝玉削发为僧，在青埂峰下“证了情缘”，如第一回甄士隐梦中僧道叙述的故事。宝玉出家在最后一回，因此他没袭职是被贾环排挤。

第二十一回回前总批开首如下：

有客题红楼梦一律，失其姓氏，惟见其诗意骇警，故录于斯：“自执金矛又执戈，自相戕戮自张罗。……〔诗下略〕”

用“红楼梦”书名的脂批，在“凡例”外只有寥寥两条，此外“红楼梦”这名词只适用于“红楼梦回”，梦游太虚一回，因为回目中有“开生面梦演红楼梦”（甲戌本），“饮仙醪曲演红楼梦”（庚本）。

前面引的这条总批是一七八〇中叶或更晚的时候，另人从别的本子上补录的，显然是书名“红楼梦”时期批的。庚本这些回前附叶总批，格式典型化的都是一七五四本保留下来的百回《红楼梦》旧批，但是此回总批因为与一七五四本情节不合，所以删了，数十年后又由不知底细的人补抄了来。此回总批是关于“后卅回”，一七五四本改荣府抄没，后文需要改，世职革去，也无爵可袭了——“题《红楼梦》一律”中所说的自相残杀显然是指贾环设法夺去宝玉世职。

宝玉有许多怪僻的地方，穷了之后一定饱受指摘——第一回甄士隐唱的歌里有“展眼乞丐人皆谤”，甲戌本批：“甄玉贾玉一干人”——正是给赵姨娘贾环有机可乘。

第十九回宝玉访花家，袭人母兄“齐齐整整摆上一桌子果品来。袭人见总无可吃之物，”句下批注：“补明宝玉自幼何等娇贵。以此句留与下部后数十回‘寒冬噎酸齑，雪夜围破毡’等处对看，可为后生过分之戒，叹叹！”

同回袭人藉口她家里要赎她回去，借此要挟规劝宝玉，庚本眉批：“花解语一段，乃袭卿满心满意将玉兄为终身得靠，千妥万当，故有是。余阅至此，余为袭卿一叹。丁亥夏，畸笏叟。”想必穷了之后宝玉不求进取，对家庭没有责任感，使袭人灰心。正值荣府支持不了，把婢仆都打发了。花家接她回去，替她说亲。她临走说：“好歹留着麝月”，让宝玉宝钗身边还有个可靠的人。“宝玉便依从此话”（各本第二十回麝月篦头一场后批注）。显然宝玉也同意她另找出路。

第二十二回探春灯谜打风筝，庚、戚本批：“此探春远适之谶也。使此人不远去，将来事败，诸子孙不致流散也。悲哉伤哉！”巧姐被“狠舅奸兄”所卖，——太虚幻境曲文——想必是流散后的事，所以被刘姥姥搭救后就跟着下乡去了，嫁给板儿。“狠舅”可能是凤姐的亲信王信，在张华的官司里透消息与察院，与凤姐胞兄王仁同是人字旁单名，当是堂兄——见第六十九回——与贾芹，草字辈族人中唯一的无赖。

分炊后宝玉住在郊外，重逢秦氏出殡途中的二丫头。“寒冬噎酸齑，雪夜围破毡”当是这时期的事。袭人嫁后避嫌疑，只能偶尔得便，秘密派人送东西来，至此不得不向蒋玉菡坦白，说出她的身世。蒋玉菡也义气，把宝玉宝钗接到他们家奉养。所以后来宝玉出家不是为了受不了穷。

第五回十二钗又副册上画着一簇花，一床席子，题词是：

> 枉自温柔和顺，空云似桂如兰。
> 堪羡优伶有福，谁知公子无缘。

末句下注：“骂死宝玉，却是自悔。”

这批语只能是指作者有个身边人别嫁，但是不怪她，是他自己不好。显然袭人这人物也有所本。但是她去后大概至多有时候接济他，书中不过是把她关心他的局面尽量发展下去——写小说的惯技。

甲戌本“凡例”说：“此书只是着意于闺中，故叙闺中之意切，略涉于外事者则简，……凡有不得不用朝政者，只略用一笔带出……”虽然是预防文字狱，自卫性的声明，也是作者兴趣所在。写贾家获罪受处分，涉及朝政，一定极简略，只着重在贫穷与种种私人关系上。问题是荣府拥有京中偌大房地产，即使房子烧了，地也值钱，无论贾环怎样捣乱，一时也不至于落到“噎酸虀”、“围破毡”的地步。这是百回《红楼梦》后廿回唯一的弱点。

遣散婢仆后守着破败的府第过活，这造意本来非常好，处处有强烈的今昔对照。宋淇《论大观园》，说“《红楼梦》几乎遵守了亚里士多德的三一律；人物、时间、地点都集中浓缩于某一个时空中间。”如果能看到原有的后廿回，那真是完全遵守三一律了。但是后来的这局面不是写实的艺术，而是有假想性的。在实生活里，大城市里的园林不会荒废，不过易主罢了。

要避免写抄没，不抄家而骤衰，除非是为了打点官司，倾家荡产。但是书中的“当今”是“仁孝赫赫格天”的圣主，怎么能容许大臣贪赃枉法？书中官吏只有贾雨村“徇情枉法”，巴结上了王子腾贾政贾赦，毕竟后来也丢官治罪。

第六十三回宝玉与芳官谈土（吐）番（蕃）与匈奴：“……这两种人自尧舜时便为中华之患，晋唐诸朝深受其害，幸得咱们有福，生在当今之世，大舜之正裔，圣虞之功德，仁孝赫赫格天，亿兆不朽，所以凡历朝中跳梁猖獗之小丑，到了如今，不用一干一戈，皆天使其拱手俛头，缘远来降。……”显指满清统治蒙藏新疆。将康熙比虞舜，因为顺治出家，等于尧禅位于舜。

以曹家的历史，即使不露出写本朝的破绽来，而表明是宋或明，以便写刑部贪污，恐怕仍旧涉嫌“借古讽今”。所以大概没有选择的余地，为了写实与合理，只好写抄没，不过是抄得罪有应得。

脂砚批第二十七回红玉去伺候凤姐:“奸邪婢岂是怡红应答者,故即逐之。……己卯冬夜。”畸笏七年后批这条批:“此系未见抄没狱神庙诸事,故有是批。丁亥夏,畸笏叟。”又在甲戌本此回回末总评里详加解释:“凤姐用小红,可知晴雯等埋没其人久矣,无怪有私心私情。且红玉后有宝玉大得力处,此于千里外伏线也。”第二十六回他又批:“狱神庙回有茜雪红玉一大回文字,惜迷失无稿,叹叹!丁亥夏,畸笏叟。”脂砚一七五九年冬批书,还没看见狱神庙回。当时此回还没写出来。此外似乎也没有别的抄没文字。一七五四本改到第七十四回为止,回内探春预言抄家;次年又在第十三回由秦氏托梦预言抄家。但是停顿了至少五年才写,可见棘手。

总结一下:

庚本回前附叶总批有三张没有书名,款式自成一家,内容显系现批这三回的最初定稿——第十七、十八合回、第七十五回;另一总批横跨第四十七、四十八回,二回可视作一个单位。

第十七、十八合回有贾赦罪案的伏线,第四十七、四十八回有贾赦罪案,第七十五回有贾政罪案。贾赦贾政犯重罪,都不合宁为祸首的太虚幻境预言。再加上这两个事件与他回间的矛盾,可见是后添的。从这三回间的关连上,看得出是三回同时改写的,贾政的罪行最后写,因为距元妃这一支被连累的原意最远。第七十五回是一七五六年初夏誊清,这三回当是同年季春改写的。

“脂砚斋重评石头记”书名内的“重评”是狭义的指再评。庚本的十六张典型格式的回前附叶来自一七五四本——脂砚斋甲戌再评本。只有这三张没有书名,因为已经不是一七五四年,批者也不是脂砚。

一七五四本延迟元妃之死，目的在使她赶得上看见母家获罪，受刺激而死。但是她与贾珍的血统关系较远，所以为了加强她受的打击，一七五六年又改去宁为祸首，末了索性将贾珍的罪行移到贾政名下，让贾政成为主犯。

第六十四回有甲（全抄本）、乙（戚本）、丙（已卯本抄配）三种，歧异处显然是作者自改。此外鲍二夫妇甲乙同作宁府仆人。

鲍二夫妇的双包案，是因为先有第六十四回甲乙，此后添写第四十三、四十四泼醋二回时，为了泼醋余波内的一句谐音趣语，需要提前用“鲍二家的”这名字。而她既然死在这两回内，后文不能再出现，于是又改写第六十四回补漏洞，将新寡的多姑娘配给丧妻的鲍二。但是第七十七回多浑虫仍旧健在。

第七十七回内，书中去年的事已是“前年”了，是早本多出一年来。

第六十四回乙回末有一对后加的诗句，所以此回是一七五五年诗联期改写的。因此第六十四回丙是一七五五年后改写的，距此书早期隔得年数多了，所以作者忘了第七十七回有多浑虫夫妇。

新添了泼醋二回后，第四十七回插入泼醋余波，带改这一回与下一回，插入贾赦罪案，又在第十七、十八合回加贾赦罪案的伏笔；又更进一步加上第七十五回贾政罪案，一七五六年初夏誊清此回。同时又补了第六十四回关于鲍二夫妇的漏洞——这是第六十四回丙，一七五五年后写的——因此上述一联串改写都是在一七五六年春。

第四十三回祭钏是新添的两回之一，引起金钏儿本身是否也是后加的问题。庚本格式典型化的回前附叶总批都是一七五四本保留的旧批。金钏儿在第三十、三十二回都很重要，而这两回的总批都没有提起她。

第三十六回内王夫人向薛姨妈凤姐等说："你们那里知道袭人那孩子的好处。"句下各本批注："'孩子'二字愈见亲热，故后文连呼二声'我的儿'。""后文"指第三十四回王夫人与袭人的谈话。这是第三十六回原在第三十四回前的一个力证。

第三十三至三十五这三回写宝玉挨打与挨打余波。第三十六回回末湘云回家去了。原先湘云回去之后宝玉才挨打，因此挨打后独湘云未去探视。挨打本来只为了琪官，今本插入金钏儿之死，第三十六回移后，湘云之去宕后，零星的湘云文字也匀了点到挨打三回内，免得她失踪了。三回内，部份原文连批注一同保留了下来；此外这三回一清如水，完全没有回内批。傅秋芳一段是原有的；早本宝玉年纪较大，因此傅秋芳比今本的宝玉大八九岁。

第三十四回有加金钏后又一次改写的痕迹。已卯本此回回末标写"红楼梦第三十四回终"。在一七五四本前，书名"红楼梦"期间，此回显已定稿，加金钏后又改过一次了。因此加金钏还在"红楼梦"期前。

全抄本第二十四回的一句异文透露晴雯原有母亲，下场应与金钏儿相仿。此后晴雯的身世与结局改了，被逐羞愤自杀成为一个新添的人物的故事。但是早在"红楼梦"期前已经加了金钏儿，直到一七五六年才添写祭金钏，因为与祭晴雯犯重，所以本来没有，酝酿多年，终于写了青出于蓝的祭钏。

明义《题红楼梦》诗中咏小红的一首，内容与第二十回麝月篦头一段相仿。周汝昌说就是指麝月那一场，"小红"是借用婢妾的泛名。

第二十四回宝玉初见红玉，第二十六回红玉佳蕙谈话，两节都来自晴雯金钏儿还是一人的早本。百回《红楼梦》前，金钏儿已是另一人，当然这《红楼梦》中已有红玉这两场。初见一场末尾又解释红玉通称小红，因为避讳宝玉黛玉的“玉”字。这样着重介绍小红这名字，明义诗中不可能称麝月为“小红”，混淆不清。而且诗中是白昼，别的丫头们都不知到何处游玩去了；第二十回麝月那一节是晚上，丫头们正月里都去赌钱了，情景也不合。

明义咏袭人被宝玉换系汗巾的一首诗也与今本情节不同。这一首是咏红玉，廿首中只有这一首用书中人名，因为恰合“小红”的典故。

篦头一节是麝月“正文”，却是套用早本红玉篦头。麝月是写曹雪芹的妾，但是她的正传是真人而非实事，也可见书中情事是虚构的，不是自传。

戚本、蒙古王府本共有的一则总批与畸笏的一条批都说此书“百回”。蒙本独有的一条，批第三回袭人劝黛玉不要为宝玉疯疯癫癫摔玉伤感，否则以后伤感不了这许多：“后百十回黛玉之泪总不能出此二语。”“百十回”类似“众里寻他千百度”、“感慨万千”；“百十”、“千百”、“万千”都是约莫的计算法。周汝昌误以为证实全书一百另十回。

八十回本加“后卅回”，应有一百十回。但是“后卅回”这名词只出现过一次，在补录的第二十一回回前总批里。这条批也同时提起“题红楼梦一律”，显然当时书名“红楼梦”。明义所见《红楼梦》已完，因此当时还没有八十回本之说。“后卅回”是对前七十回而言的。

脂批透露百回《红楼梦》八十回后荣府虽然穷困，贾赦的世职未革，宅第也并未没收，显然没有抄家。获罪止于毁了宁府，使尤氏凤姐都被休弃。荣府一度苦撑，也终于“子孙流散”。

书中不但避免写抄没，而且把重心移到长成的悲剧上——宝玉大了就需要迁出园去，少女都出嫁了，还没出事已经散场。大观园作为一种象征，在败落后又成为今昔对照的背景，全书极富统一性。但是这块房地产太值钱了，在政治清明的太平盛世，一时似乎穷不到这步田地。这也是因为文字狱的避忌太多，造成一个结构上的弱点。为了写实，自一七五四本起添写抄没。

宝玉大致是脂砚的画像，但是个性中也有作者的成份在内。他们共同的家庭背景与一些纪实的细节都用了进去，也间或有作者亲身的经验，如出园与袭人别嫁，但是绝大部份的故事内容都是虚构的。延迟元妃之死，获罪的主犯自贾珍改为贾赦贾政，加抄家，都纯粹由于艺术上的要求。金钏儿从晴雯脱化出来的经过，也就是创造的过程。黛玉的个性轮廓根据脂砚早年的恋人，较重要的宝黛文字却都是虚构的。正如麝月实有其人，麝月正传却是虚构的。

《红楼梦》是创作，不是自传性小说。

一九七六年九、十月改写

四详红楼梦
——改写与遗稿

《红楼梦》里的林红玉，大家叫她小红的，她的故事看似简单，有好几个疑问。

她是管家林之孝的女儿。到了晚清，男仆通称管家，那是客气的称呼。管家原是总管，不过像荣国府这样大的场面，上面另有“大总管”赖大。赖大家里“一般也是楼房厦厅”，儿子也是“丫头老婆奶子捧凤凰似的”（第四十五回）。大了捐官，实授知县，正是“宰相家人七品官”。林之孝虽然比赖大低一级，与贾琏谈话，也“坐在下面椅子上”（第七十二回）——坐在下首。

宝玉初见红玉时，她“穿着几件半新不旧的衣裳”，替宝玉倒了杯茶，被秋纹碧痕发现了，秋纹“兜脸便啐了一口，骂道：‘没脸的下流东西，正经叫你催（炊）水〔南京话〕去，你说有事故，倒叫我们去，你可等着做这个巧宗儿。一里一里的这不上来了！难道我们倒跟不上你了？你也拿镜子照照，配递茶递水不配？’”（第二十四回）

回末介绍红玉的出身：“原是荣府的旧仆，他父母现在收管各处房田事务。”当然这不一定与管家的职务冲突。据周瑞家的告诉刘姥姥，周瑞“只管春秋两季的地租子，闲时只带着小爷们出门就完了。”可见收租也可能仍旧在府中兼职。但是管家的职位重要得多，怎么会不提？

第二十六回小丫头佳蕙向红玉说：“可也怨不得，这个地方难站。就像昨儿老太太因宝玉病了这些日子，说跟着伏侍的这些人都辛苦了，如今身上好了，各处还完了愿，叫把跟着的人都按着等儿赏他们。我们算年纪小，上不去，不得我也不抱怨，像你怎么也不算在里头，我心里就不服。袭人那怕他得十分儿，也不恼他，原该的。说良心话，谁还敢比他呢。别说他素日殷勤小心，便是不殷勤小心，也拚不得。可气晴雯绮霞他们这几个，都算在上等里去，仗着老子娘的脸，众人倒捧着他去，你说可气不可气？”

晴雯是孤儿，小时候卖到赖大家，倒反而是“仗着老子娘的脸”，红玉是总管的女儿，反而不归入上等婢女之列，领不到赏钱。——当然，在早本里晴雯还是金钏儿的前身的时候，晴雯也有母亲。

第二十七回红玉在园子里遇见晴雯绮霞等，“晴雯一见了红玉，便说道：‘你只是疯罢！院子里花儿也不浇，雀儿也不喂，茶炉子也不爖，就在外头伲。’”同回稍后，凤姐赏识红玉，李纨告诉凤姐“他就是林之孝之女”，甲戌本夹批：“管家之女，而晴卿辈挤之，招祸之媒也。”但是后来晴雯被逐，是邢夫人的陪房王善保家的向王夫人进谗，与林之孝夫妇无关。

第六十三回宝玉生日那天，林之孝家的到怡红院来查夜，劝宝玉早点睡。

> 宝玉忙笑道：“妈妈说的是，我每日都睡的早，妈妈每日进来，多是我不知道，已经睡了。今儿因吃了面怕停住食，

所以多顽一回。”林之孝家的又向袭人等笑说：“该渍些普洱茶吃。”袭人晴雯二人忙笑说：“渍了一杯子女儿茶，已经吃过两碗了。大娘也尝一尝，都是现成的。”说着晴雯倒了一碗来。林之孝家的又笑道：“这些时我听见二爷嘴里都换了字眼，赶着这几位大姑娘们竟叫起名字来。虽然在这里，到底是老太太太太的人，还该嘴里尊重些才是。……”（中略）袭人晴雯都笑说：“这可别委曲了他，直到如今，他还姐姐不离口，不过顽的时候叫一声半声名字，……（中略）”林之孝家的笑道：“这才好呢，……（中略）别说是三五代的陈人，现从老太太太太屋里拨过来的，便是老太太太太屋里猫儿狗儿，……（中略）我们走了。”宝玉还说再歇歇，那林之孝家的已带了众人，又查别处去了。这里晴雯等忙命关了门，进来笑说：“这位奶奶那里吃了一杯来了，唠三叨四的，又排场了我们去了。”麝月笑道：“他也不是好意（南京话：故意）的，少不得也要常提着些儿，也提防着怕走了大褶儿的意思。”

大家一团和气，毫无芥蒂。林之孝家的所说的“老太太太太的人”指袭人晴雯，本来都是贾母的丫头，袭人“步入金屋”后在王夫人那里领月费，算王夫人的人了。至于“三五代的陈人”，她们俩都不是。花家根本不是荣府奴仆。不过晴雯是金钏儿的前身，金钏儿死后，贾环告诉贾政他刚才从井边过，井里淹死了一个丫头，“我看见人头这样大，身子这样粗，泡的实在可怕，所以才赶着跑了过来。”金钏儿被逐回家，跳的井显然在荣府，因此她家里住在宅内，是仆人。

第六十三回写得极早，回内元妃还是“王妃”——行酒令，探春抽的签主得贵婿，大家说“我们家已有了个王妃，难道你也是不成？”早本似乎据实写曹寅之女嫁给平郡王。在这本子里晴雯的故事还是金钏儿的，所以她是“家生子儿”、“两三代的陈人”。又是贾母给宝玉的，又有宠，林之孝家的是否因此不敢惹她？但是晴雯这样乖觉的人，红玉在怡红院的时候受过她的气，红玉的母亲来了，她理应躲过一边，还有说有笑的上前答话，又代倒茶，不怕自讨没趣？

红玉是林之孝的女儿，显然是后改的。第六十三回是从极早的早本里保留下来的，所以与此点冲突。

第二十四回宝玉初见红玉一段，晴雯还有母亲，因她母亲生日接出去了（全抄本），可见这一节来自早本。所以此段秋纹碧痕辱骂红玉，也与红玉是林之孝之女这一点冲突。

红玉自从那天在仪门外书房里遇见贾芸，次日为了倒茶挨了秋纹她们一顿臭骂，对宝玉灰了心，又听见说明天贾芸要带人进来种树，“心里一动”，当夜就梦见她遗失的手帕是贾芸拾了去，借此与她亲近。次日她在园子里看见贾芸监工种树，“红玉待要过去，又不敢过去”，闷闷的回到怡红院，就躺下了，大家以为她不舒服。此后宝玉中邪，贾芸带着小厮们坐更看守，与红玉“相见多日，都渐渐混熟了。”宝玉病后“养了三十三天”，红玉这些时一直“懒吃懒嗑的”，佳蕙劝她“家去住两日，请一个大夫来瞧瞧，吃两剂药就好了。”红玉不承认有病：“那里的话？好好的家去做什么？”（第二十六回）这一段对话庚本有眉批：“红玉一腔委曲怨愤，系身在怡红不能遂志，看官勿错认为芸儿害相思也。己卯冬。”己卯——一七五九年——冬天是脂砚批书最后的日期。脂砚这条批使人看了诧异。这还不是相思病，还要怎样？当然这是因为对宝玉失意而起的一种反激作用，但是也仍旧是单恋。

第二十四回回目“痴女儿遗帕惹相思”，脂砚想必认为是指惹起贾芸的单相思，但是“痴女儿”显然含有“情痴”的意义。

贾芸在此回初出场，向母舅卜世仁赊冰片麝香不遂，倒是街邻泼皮倪二借了钱给他，回去“贾芸恐他母亲生气，便不说起卜世仁的事来。”庚本夹批：“孝子可敬。此人将来荣府事败，必有一番作为。”倪二称他“贾二爷”，此本又批：“如此称呼，可见芸哥素日行止是‘金盆虽破分两在’也。”倪二喝醉了与贾芸互撞，脂砚也赞赏：“这一节对水浒杨志卖刀遇没毛大虫一回看，觉好看多矣！己卯冬夜，脂砚。”将贾芸比杨志，一个落魄的英雄。贾芸次日买了冰片麝香去见凤姐，说是朋友远行，关店贱卖送人，他转送凤姐。庚本又有脂砚一条嘉许的眉批：“自往卜世仁处已安排下的。芸哥可用。己卯冬夜。”

但是第二十六回贾芸再度出现后，批者对他的评论不一致了。宝玉邀他到怡红院来，袭人送茶来，“那贾芸自从宝玉病了，他在里头混了两天，他却把那有名人口都记了一半，”便站起来谦让。各本都批注：“一路总是贾芸是个有心人，一丝不乱。”接写“那宝玉便和他说些没要紧的散话。”各本又都批注：“妙极是极。况宝玉又有何正紧可说的。”庚本在这双行小字注下又双行小字朱批：“此批被作者偏（骗）过了。”宝玉跟他谈“谁家的戏子好，谁家的花园好，又告诉他谁家的丫头标致，谁家的酒席丰盛，又是谁家有奇货，又是谁家有异物。”句下各本批注：“几个谁家，自北静王公侯驸马诸大家包括尽矣，写尽纨袴口角。”庚本此处多一则批注：“脂砚斋再笔：对芸兄原无可说之话。”显然庚本独有的这两条批注都是脂砚的，论调相同：朱笔的一条代宝玉辩护，表示这不是宝玉的本来面目，是故意这样；墨笔的一条说对贾芸根本没别的可谈。贾芸从这一回起才跟红玉眉目传情起来，脂砚对他的评价也一落千丈。

一七五九年冬脂砚批上两回，还在称赞贾芸，此后似乎没再批过；这两则贬词想必也是这一年冬天的。因为是批正文中的批注，所以也双行小字抄入正文。贾芸红玉的恋爱对于他是个意外的发展，显然是一七五九冬——也就是一七六〇本——新添的情节。

坠儿带贾芸入园的时候，红玉故意当着他问坠儿有没看见她丢了的手帕。贾芸这才知道他拾的手帕是她的，出园的时候就把自己的手帕交给坠儿“还”她。坠儿“送出贾芸，回来找红玉，不在话下。”句下各本批注：“至此一顿，狡猾之甚。”庚本在这一则下又有双行小字朱批：“原非书中正文之人，写来间色耳！”庚本独有的这条朱笔批注显然也是己卯冬脂砚的。至此脂砚不得不承认红玉是爱上了贾芸，随又撇过一边，视为无足重轻，不过是陪衬。

下一回宝钗扑蝶，听见滴翠亭中红玉坠儿密谈，一面说着又怕外面有人，要推开窗槅子。

> 宝钗在外面听见这话，心中吃惊，想道：“怪道从古至今那些奸淫狗盗的人，心机都不错。这一开了，见我在这里，他们岂不燥了？况才说话的语音大似宝玉房里红儿的言语，他素昔眼空心大，是个头等刁钻古怪东西。今儿我听了他的短儿，一时人急造反，狗急跳墙，不但生事，而且我还没趣。〔下略〕”

宝钗不及走避，假装追黛玉，说黛玉刚才蹲在这里弄水。二人以为黛玉一定都听见了，十分恐慌。

庚本眉批："此节实借红玉反写宝钗也，勿得错认作者章法。"又有批语盛赞宝钗机变贞洁，但是此处她实在有嫁祸黛玉的嫌疑，为黛玉结怨。

明义《题红楼梦》诗咏扑蝶的一首如下：

追随小蝶过墙来，忽见丛花无数开。尽力一头还两把，扇纨遗却在苍苔。

今本的蝴蝶"大如团扇"，也不是"过墙来"，而是过桥来到池心亭边。也没有"忽见丛花无数开"。诗中手倦抛扇，落在青苔上，也显然不是桥上。百回《红楼梦》中，此回不过用宝钗扑蝶这美妙的画面来对抗黛玉葬花，保持钗黛间的均衡，似乎原有较繁复的身段与风景的描写。一七六〇本利用扑蝶作过渡，回到贾芸红玉的故事上，当然也带写宝钗的性格，但是并没有深意。

滴翠亭私语一段，脂砚批："这桩风流案，又一体写法，甚当。已卯冬夜。"但是下面接写凤姐赏识红玉，她也表示愿意去伏侍凤姐，脂砚终于按捺不住了，批道："奸邪婢岂是怡红应答者，故即逐之。前良儿，后篆儿，便是却（确）证。作者又不得可也。已卯冬夜。"

第四十九回在芦雪亭，平儿褪下手镯烤鹿肉吃，洗手再戴上的时候少了一只。第五十二回她告诉麝月："我们只疑心跟邢姑娘的人，本来又穷，只怕小孩子家没见过，拿了起来，也是有的，"不料是宝玉房里的坠儿偷的："那一年有个良儿偷玉，……这会子又跑出一个偷金镯子的来了，而且更偷到街坊上去了。”第八回宝玉临睡，袭人把他那块玉褪下来“用自己的手帕包好掇在褥下，次日带时便冰不着脖子。”甲戌本批注：“交代清楚。掇玉一段，又为‘误窃’一回伏线。”良儿“误窃玉”一回，迟至一七五九年末脂砚写那条批的时候还没删去。偷平儿的虾须镯的却是坠儿，不是篆儿。篆儿是邢岫烟的丫头，（见第六十二回，“只听外面咭咭呱呱一群丫头笑了来，原来是小螺翠墨翠缕入画，邢岫烟的丫头篆儿，并奶子抱着巧姐儿，彩鸾绣鸾，八九个人。”）此处犯了偷窃的嫌疑，结果证明并不是她。但是脂砚分明说篆儿也是宝玉房里的，与良儿红玉一样：“奸邪婢岂是怡红应答者，故即逐之。前良儿，后篆儿，便是确证。”

唯一可能的解释是第五十二回原是宝玉的小丫头篆儿偷了虾须镯；一七六〇本新添第二十四、二十六、二十七回内红玉贾芸的恋情后，随即利用他们的红娘坠儿偷虾须镯，因为读者对于怡红院有这么个小丫头已经印象很深。篆儿改为邢岫烟的丫头，因为邢岫烟穷，丫头也被人疑心偷东西。“太贫常恐人疑贼”（黄仲则诗）。这一改改得非常深刻凄凉。

第五十二回平儿告诉麝月这段话，庚本批注：“妙极。红玉既有归结，坠儿岂可不表哉？可知奸贼二字是相连的，故情字原非正道。坠儿原不情，也不过一愚人耳。可以传奸，即可以为盗。二次小窃皆出于宝玉房中，亦大有深意在焉。”“二次小窃”，另一次是良儿偷玉。当然这仍旧是脂砚，时间也仍旧是一七五九年冬。脂砚发现一七六〇本用第二十六回新添的角色坠儿代替此回的篆儿，偷东西被逐，觉得大快人心。

明义《题红楼梦》诗中咏小红的一首，写丫头们都出去逛去了，只剩红玉在家独坐，宝玉回来了，替她梳头——或是像今本第二十回替麝月篦头一样，不过篦头不能入诗。此外早本已有宝玉初见红玉一节，百回《红楼梦》一定有。这一段保存了下来，只需添写红玉告诉宝玉贾芸来见的两句对白。代梳头那次显然已经不是初见了。这一节一七六〇本删去，改为第二十回麝月篦头一节。

红玉与四儿一样，都是偶有机缘入侍而招忌，不过红玉年纪大些,四儿初出场的时候是两个小丫头里较大的一个。在百回《红楼梦》里，红玉是否也被凤姐垂青，还是这也是一七六〇本的新发展?

红玉调往凤姐房中后，只露面过两次：第二十九回清虚观打醮大点名，她列在凤姐的丫头内。此回的花名册上有不少的早本遗迹，但是当然可能后添一个小红的名字。此外还有第六十七回莺儿送土仪给巧姐，见凤姐有怒色，问小红，小红说凤姐从贾母处回来就满面怒容。但是戚本第六十七回没有小红，此处是丰儿自动告诉莺儿的。戚本此回异文奇多。如果是可靠的早本，那就是从前没有红玉去伏侍凤姐的事，一七六〇本添写红玉外调后才把丰儿改小红，免得冷落了红玉。

戚本此回的异文文笔也差，例如宝钗劝黛玉不舒服也要撑着出来走走，散散心：

> “……妹妹别怪我说,越怕越有鬼。”宝玉听说,忙问道:“宝姐姐，鬼在那里呢？我怎么看不见一个鬼。”惹的众人哄声大笑。宝钗说道：“呆小爷，这是比喻的话，那里真有鬼呢？认真的果有鬼，你又该唬哭了。”

虽然宝玉是装傻，博取黛玉一笑，稍解愁绪，病在硬滑稽。又如袭人问知宝钗送黛玉的土产特多，赞宝钗体贴，“宝玉笑说：‘你就是会评事的一个公道老儿。’”袭人随即说要乘贾琏不在家，去探望病后的凤姐。

> 晴雯说：“这却是该的，难得这个巧空儿。”宝玉说：“我方才说，为他议论宝姑娘，夸他是个公道人，这一件事，行的又是一个周到人了。”

“道”、“到”谐音，但是毫不风趣。

不过戚本此回看似可疑，还是可靠。异文中有平儿替袭人倒茶，“袭人说：‘你叫小人们端罢，劳动姑娘，我倒不安。’”“小人”是吴语，作小孩解，此处指小丫头。庚本第五十六回也有“小人”：

> 麝月道：“怪道老太太常嘱咐说小人屋里不可多有镜子，小人魂不全，有镜子照多了，睡觉惊恐作胡梦。……”

全书仅有的一次称都城为“长安”，就在第五十六回，还是照过时的“凡例”规定的，书中的国都在士大夫口中是“长安”，没知识的人称为“中京”。一七五四本以来已经改去。这漏网之鱼在宝玉梦甄宝玉一节，梦醒后麝月的对白内有“小人”这名词。同一个梦中又有个“狂”字——一七五四本“逛”字写作“狂”。

此回下半回甄家派了四个女仆来，发现宝玉活像甄宝玉。宝玉回房午睡，就做了这梦，在回尾。回末没有“下回分解”之类的套语—— 一七五四本的又一标志。因此梦甄宝玉一段兼有两个早本的标志与两个一七五四本的标志。

庚本第五十六回共二十四页，回目是“敏探春兴利除宿弊，时宝钗小惠全大体”。关于甄家的部份共八页，占三分之一，回目中没提到。当然这本身毫无意义，这副回目拟得极工整贴切。

一七五四本将元妃之死改为老太妃薨，第五十四至五十五合回分成两回，在第五十五回回首加上一段老太妃病，作第五十八回死亡的伏笔；显然继续改下去，从早本别处移来甄家这一段，赘在第五十六回下半，在移植中改写了一下，所以有个“狃”字，回末也没有“下回分解”之类的套语。

甄家这一段连着下一回回首，甄家回南才结束。仍旧是照例改写回首回尾，便于撕下一叶，再加钉一叶。

第五十六回本来一定有贾母王夫人等入宫探病，因为第五十八回元妃就死了。入宫探病删去，因此甄家这一段是从别处移来填空档的。

第五十六回回末最后一句下面有批注：“此下紧接‘慧紫鹃试忙玉’。”是批者写给作者的备忘录，提醒他把紫鹃试宝玉的心这一回挪到这里来，作下一回。原有的第五十七回一定是元妃托梦这一回，因为下一回一开始，元妃就像今本的老太妃一样，已经薨逝，诰命等都入朝随祭。托梦一定也是像第十三回秦氏托梦一样，被二门上传事的云板声惊醒，随即有人来报告噩耗，听了一身冷汗。元妃托梦大概是托给贾政，因为与家中大局有关。也许梦中有王夫人在场，似乎不会是夫妇同梦。

第十七回怡红院室内装修的描写，批注有：“一段极清极细。后文鸳鸯瓶、紫玛瑙碟、西洋酒令、自行船等文，不必细表。”紫玛瑙碟在第三十七回，不过已经改为“缠丝白玛瑙”，大概因为紫玛瑙碟子装着带壳鲜荔枝不起眼，犯了色。自行船在第五十七回。书中没有鸳鸯瓶与西洋酒令。八十回后似乎不会有这些华丽的文字，照这条批内列举的次序也应当较早。第五十七回固然是移植的，但是紫鹃试宝玉的心总也不会太在后面。看来鸳鸯瓶西洋酒令都删掉了。有玛瑙碟的第三十七回来自宝玉别号绛洞花王的早本。有自行船的第五十七回该也是早本，从别处移来填空档。

第五十六回回末填空档的甄家一节也来自早本。与它共有吴语“小人”的戚本第六十七回也是早本——在这本子里，宝钗是王夫人的表侄女——想必薛姨妈与王夫人是表姊妹：

> 赵姨娘因环哥儿得了东西，深为得意，……（中略）想宝钗乃系王夫人之表侄女，特要在王夫人跟前卖好儿，……

戚本此回的特点，还有柳湘莲人称“柳大哥”，不是“柳二哥”。上一回他削发出家，跟着跛足道人飘然而去，是往西北去的，因为此回薛蟠得了消息，到处找不到他，“惟有望着西北上大哭了一场。”

第一回甄士隐的歌“保不定日后作强梁”句，甲戌本夹批：“柳湘莲一干人。”削发出家后再落草为盗，那倒像鲁智深武行者了。但是“跟随道士飘然而去，不知何往”，而我们都知道那道士是渺渺真人，似乎绝对不会再去做强盗。最早的第六十六回一定写柳湘莲只身远走高飞，后回再出现，已经做了强盗，有一段“侠文”。这想必是《风月宝鉴》收入此书的时候改的，避免与宝玉甄士隐的下场犯重。但还是原来的结局出家更感动人，因此又改了回来。

第六十七回开头第一句，戚本、全抄本与武裕庵本各各不同：

话说尤三姐自戕之后，尤老娘以及尤二姐尤氏并贾珍贾蓉贾琏等闻之，俱各不胜悲伤，……

——戚本

话说尤三姐自尽之后，尤老娘和二姐贾琏等俱不胜悲痛，……

——全抄本

话说尤三姐自尽之后，尤老娘合二姐儿贾珍贾琏等俱不胜悲恸，……

——已卯本抄配，武裕庵本

为什么要删去贾珍贾蓉尤氏？又为什么要保留贾珍？还是先没删贾珍，末了还是删了？

删去尤氏，理由很明显。照贾蓉说来，尤二姐尤三姐是尤老娘的拖油瓶女儿——第六十四回——与尤氏根本不是姊妹。同回稍后，贾珍做主把尤二姐嫁给贾琏，尤氏劝阻，“无奈贾珍主意已定，素日又是顺从惯了的，况且他与二姐本非一母，不便深管。”不管是尤氏的异母妹还是她继母带来的，这两个妹妹很替她丢脸。死掉一个，未必不如释重负。

删去贾珍贾蓉，是因为尤三姐自刎，珍蓉父子也哀悼，提醒读者她过去与贾珍的关系，与贾蓉也曾经调情，与她悲壮的下场不协调。

关于她与贾蓉，第六十四回贾蓉怂恿贾琏娶尤二姐——

> 却不知贾蓉亦非好意，素日因同他两个姨娘有情，只因贾珍在内，不能畅意，如今若是贾琏娶了，少不得在外居住，趁贾琏不在时，好去鬼混之意。
>
> ——戚本、全抄本

已卯本抄配的这一回缺“两个”二字：“素日同他姨娘有情，”变成专指尤二姐。

全抄本第六十五回贾琏来到小公馆，假装不知道贾珍也来了，在尤老娘尤三姐那边。尤二姐感到不安，“滴泪说道：‘你们拿我们作愚人待，什么事我不知？我如今和你作了两个月夫妻，日子虽浅，我也知你不是愚人。我生是你的人，死是你的鬼，如今既作了夫妻，我终身靠你，岂敢瞒藏一字？我算是有靠，将来我妹子却如何结果？据我看来，这个行（形）景恐非常策，要作长久之计方可。’”这一席话首句他本都没有第二个“们”字。全抄本这句是说他们兄弟俩玩弄她们姊妹俩。他本作“你们拿我作愚人待，”是说贾珍玩了她又把她给了贾琏。看来是作者自己删去这“们”字，使尤三姐与贾珍的关系比较隐晦不确定，给尤三姐保留几分神秘。

再参看第六十三回贾蓉与二尤一场：

> 贾蓉且嘻嘻的望着他二姨娘笑，说：“二姨娘你又来了，我父亲正想你呢。”尤二姐便红了脸骂道：“蓉小子我过两日不骂你两句，你就过不得了，越发连个体统都没了，……（中略）”说着顺手拿起一个熨斗来，搂头就打，吓的贾蓉抱着头

> 滚到怀里告饶。尤二姐便上来撕嘴，（全抄本“二”字有人改“三”）又说：“等姐姐来家咱们告诉他。”贾蓉忙笑着跪在炕上求饶，他两个又笑了。贾蓉又和二姨抢砂仁吃，尤二姐咬了一嘴渣子，吐了他一脸（庚本这两个“二”字有人改“三”）。贾蓉用舌头都舔着吃了。众丫头看不过，都笑说：“热孝在身上，老娘才睡了觉，他两个虽小，到底是姨娘家，你太眼里没有奶奶了。回来告诉爷，你吃不了兜着走！”贾蓉撇下他姨娘（庚、戚本；全抄本缺五个字），便下炕来（全抄本；庚、戚本缺四个字），便抱着丫头们亲嘴：“我的心肝，你说的是，咱们馋他两个。”（庚本作“馋他两个。”）丫头们忙推他，恨的骂：“短命鬼儿，你一般有老婆丫头，只和我们闹。……（中略）”……贾蓉只管信口开河，胡言乱道之间，只见他老娘醒了，……（中略）尤老安人……又问：“你父亲好，几时得了信赶到的？”贾蓉笑道：“才刚赶到的，先打发我瞧你老人家来了，好歹求你老人家事完了再去。”说着又和他二姨娘挤眼。那尤二姐便悄悄咬牙含笑骂：“狠会咬舌头的猴儿崽子，留下我们给你爹作娘不成？”贾蓉又戏他老娘道：“放心罢，我父亲每日为两位姨娘操心，要寻两个又有根基又富贵又年青又俏皮的两位姨爹，好聘嫁这二位姨娘的，这几年总没拣得，可巧前日路上才相准了一个。”尤老娘只当真话，忙问：“是谁家的？”二姊妹（庚本；全抄本、戚本作“尤二姐”）丢了活计，一头笑一头赶着打，说：“妈别信这雷打的！”

尤二姐把熨斗劈头打来，贾蓉“抱着头滚到怀里告饶，尤二姐便上来撕嘴”。此处“上来”指走上前来。贾蓉滚到她怀里，她怎么能又走上前来？当然是尤三姐。贾蓉一跪下，“他两个又笑了”，可见尤三姐并不是不理他。这一段显然修改过，把尤三姐的对白与动作都归在尤二姐名下。全抄本与庚本又各有一处涂改“二”为“三”，那是后人见尤三姐冷场僵在一边，所以代改。

有一句庚、戚本作“贾蓉撇下他姨娘，便抱着丫头们亲嘴”；全抄本作“贾蓉便下炕来，便抱着丫头们亲嘴”。后者多出一个“便”字。庚、戚本显然是原文，“撇下他姨娘”这句，又有一个还是两个姨娘的问题，因此索性删去，改为“便下炕来”，因为他刚才跪在炕上求饶，但是改得匆忙，漏删下句的“便”字，以致“便”字重复。

因此全抄本是此回改本，庚、戚本较早，依照改本逐一修正。戚本此处漏改；庚本有两个漏网之鱼，除了此处的一条，还有后文的“二姊妹”，没改成“尤二姐”。

再看第六十四回贾蓉“同他两个姨娘有情”删去“两个”二字，第六十五回删去尤二姐口中“我们”的“们”字，与此回都是一贯的洗出尤三姐来，当然都是作者自改。

是否曹雪芹自己已经先程本将尤三姐改为贞女？但是第六十六回并没有删去这两句：

> 他小妹果是个斩钉截铁之人，每日侍奉母姊之余，只安分守己，随分过活，虽夜晚间孤衾独枕，不惯寂寞，奈一心丢了众人，只念柳湘莲早早回来，完了终身大事。

既然尤三姐除了贾珍还有许多别人，显然删去贾蓉尤三姐的事，不是为了她不然太滥了，而是因为第六十三回内的贾蓉太不堪——这是唯一的一次他没有家中长辈在场，所以现出本来面目——尤三姐还跟他打打闹闹的，使人连带的感到鄙夷，不像前引的一段里的“众人”，不过人影幢幢，没有具体的形象。

因此第六十七回回首删去贾珍贾蓉悼念尤三姐，后又保留贾珍，因为如果不提贾珍伤感，也不近人情。所以回首这一句是此回的三个本子之间的一个连锁，可知戚本最早，全抄本较晚，已卯本抄配的武裕庵本最晚。

一七六〇本写凤姐把红玉调了去之后，连带改第二十九、第六十七回，免得红玉一去石沉大海。但是“庚辰秋月定本”——一七六〇本——缺第六十四、六十七回。如果作者刚改了第六十七回，郑重其事的最新“定本”似乎不会缺这一回。该是一七六〇年后找到了第六十七回才改的。一七六二年冬作者逝世，因此全抄本此回与武裕庵本都是一七六一、六二间改的。

这两个后期本子的分别在下半回，“闻秘事凤姐讯家童”的对白上。兴儿叙述贾蓉“说把二姨奶奶说给二爷”：

> 凤姐听到这里，使劲啐道：“呸！没脸的忘八蛋，他是你那一门子的姨奶奶？”兴儿忙道：“奴才该死。”凤姐道：“怎么不说了？”兴儿又回道：“二爷听见这个话，就喜欢了，……”
>
> ——全抄本

武本在“奴才该死”句下多出这一段：

> 往上瞅着不敢言语。凤姐儿道：“完了吗？怎么不说了？”兴儿方才又回道：“奶奶恕奴才，奴才才敢回。”凤姐啐道：“放

你妈的屁，这还什么恕不恕了？你好生给我往下说，好多着呢！”

此处显然原意是“奴才该死”句下顿住了，有片刻的沉默，因此凤姐问：“怎么不说了？”这是像莎士比亚剧中略去动作，看了对白，可以意会。但是后来怕读者不懂，加上武本那一段。此回武本是定稿，除了这一段改得有点多余，另添了几节极神妙的润色。

戚本最早，武本最晚的这次序，只有一个矛盾。第六十五回兴儿说他在二门上该班。戚本第六十七回旺儿说“兴儿在新二奶奶那里呢”，贾琏出门，“特留下他在这里照看尤二姐，故此未曾跟了去”——戚本独有的一段对白。泄漏消息的“新二奶奶”“旧二奶奶”的话，戚本是平儿听旺儿在二门上说的；他本是一个小丫头告诉平儿她“在二门里头”听见两个小厮——兴儿喜儿——说的，显然兴儿在二门上当差，与第六十五回吻合。但是武本又多出这两句对白：凤姐讯问偷娶尤二姐的经过，“又问兴儿：‘谁伏侍呢？自然是你了。’兴儿赶着碰头，不言语。”怎么武本兴儿还是在小花枝巷？不过是尤二姐一过门就调去的，戚本是贾琏出门，才留下他去照看那边。其实还是戚本近情理，因为凤姐当他跟着出门了，不会起疑。已卯本抄配的第六十四回曾经说明这一层：“府里家人不敢擅动，”鲍二续娶多姑娘后住在外面，所以叫他们夫妇俩去伏侍尤二姐。

全抄本第六十五回，尤二姐还在说“你们拿我们作愚人待”是较早的本子。此回各本都是兴儿在二门当值。因此全抄本的第六十五、六十七回属同一时期，新改了兴儿在二门值班，前后一致。这两回又都再改过一次，即他本第六十五回与武本。此后作者大概不久就去世了，离上次改又隔了一两年，所以忘了兴儿改二门当值，又派他到小花枝巷了。两次改都带改尤三姐，有限度的代为洗刷。

第六十七回再三提起贾琏出门。回末凤姐定计，预备不等贾琏回来就实行。下一回开始：

> 话说贾琏起身去后，偏遇平安节度巡行在外，约一个月方回。贾琏未得确信，只得住在下处等候，及至回来相见时，事情办妥，回程将是两个月的限了。谁知凤姐心下早已算定，只待贾琏前脚走了，回来传各色匠役，收拾东厢房三间，照依自己正室一样妆饰陈设，至十四日便回明贾母王夫人，说十五一早要到姑子庙进香去，只带了平儿丰儿周瑞媳妇旺儿媳妇四人，……兴儿引路，一直到了二姐门前叩门。

分明是上一回贾琏去平安州前凤姐已经发现了尤二姐的事，回末才送贾琏动身，然后收拾房子去接尤二姐回来。所以戚本第六十七回年代虽早，已经是第六十七回乙。改写第六十七回时，第六十八回没连带改，因此两回之间不衔接。

这第六十七回乙里面，宝黛去谢宝钗送土仪：

> 黛玉便对宝钗说道："大哥哥辛辛苦苦的，能带了多少东西来，搁的住送我们这些，你还剩什么呢？"宝玉说："可是这话呢！"宝钗笑说："东西不是什么好的，不过是远路带来的土物，大家看着，略觉新鲜似的。我剩不剩什么要紧，我如今果爱什么，今年虽然不剩，明年我哥哥去时，再叫他给

我带些来，有什么难呢？”宝玉听说，忙笑道：“明年再带了什么来，我们还要姐姐送我们呢，可别忘了我们。”

薛蟠本来是因为挨了柳湘莲一顿打，不好意思见人，所以藉口南下经商，出门旅行一趟，薛姨妈还不放心，经宝钗力劝，才肯让他去（第四十八回）。怎么宝钗预期他明年再去？听上去他年年都到江南贩货。他本此段如下：

宝玉见了宝钗便说道：“大哥哥辛辛苦苦的带了东西来，姐姐留着使罢，又送我们。”宝钗笑道：“原不是什么好东西，不过是远路带来的土物儿，大家看着新鲜些就是了。”黛玉道：“这些东西我们小时候倒不理会，如今看见，真是新鲜物儿了。”宝钗因笑道：“妹妹知道，这就是俗语说的，物离乡贵，其实可算什么呢？”宝玉听了，这话正对黛玉方才的心事，速忙拿话岔道：“明年好歹大哥哥再去时，替我们多带些来。”黛玉瞅了他一眼，便道：“你要，你只管说，不必拉扯上人。姐姐你瞧，宝哥哥不是给姐姐来道谢，竟又要定下明年的东西来了！”说的宝钗宝玉都笑了。

宝钗那句“明年我哥哥去时”删掉了。但是为了保留黛玉末了那句隽语，不得不让宝玉仍旧说“明年好歹大哥哥再去时”，好在是说笑话，不相干。薛蟠今年去了，也说不定明年还会去。

第四十八回薛蟠去后，香菱进大观园跟宝钗住，庚本有条长批：“细想香菱之为人也，根基不让迎探，容貌不让凤秦，端雅不让纨钗，风流不让湘黛，贤惠不让袭平，所惜者青年罹祸，命运乖蹇，足（卒？）为侧室，且虽曾读书，不能与林湘辈并驰于海棠之社耳。然此一人岂可不入园哉？故欲令入园，终无可入之隙，筹画再四，欲令入园必呆兄远行后方可。然阿呆兄又如何方可远行？曰名不可，利不可，正事不可，必得万人想不到，自己忽一发机之事方可。因此思及情之一字，及（乃）呆素所误者，故借情误二字生出一事，使阿呆游艺之志已坚，则菱卿入园之隙方妥。回思因欲香菱入园，是写阿呆情误；因欲阿呆情误，先写一赖尚华（荣）；实委婉严密之甚也。脂砚斋评。”

如果薛蟠年年下江南，香菱每年都有好几个月可以入园居住，稀松平常；向黛玉讨教，以她的资质与热心，早成了一位诗翁了。因此，要写香菱入园学诗，必须改去薛蟠每年南下，而造成一个特殊的局面，使薛蟠破例南下一次，给香菱一个仅有的机会入园。

各本第六十七回都写薛姨妈感激柳湘莲救过薛蟠性命，当然上一回有柳湘莲打退路劫盗匪，援救薛蟠，前嫌尽释，结拜弟兄一同回来，前文又有戏湘莲、打薛蟠，二人的一段纠葛。戚本与众不同的地方，不过是薛蟠每年下江南，唯有这一次遇盗。改为薛蟠从不出门经商之后，利用原有的蟠柳事件促使薛蟠出外，既紧凑又自然。原来的安排是蟠柳事件促使柳湘莲出外——闯了祸出门避风头，刚巧遇见每年南下的薛蟠——又巧遇贾琏，因此途中草草聘下尤三姐，不及打听——这一点也保留了，直到一七五六年才把“柳湘莲惧祸走他乡”改为原定旅行。

早本薛蟠戏柳湘莲，是否与今本相同，也是在赖大家里？

第五十五回凤姐与平儿谈家事，平儿虑到“将来还有三四位姑娘，还有两三个小爷，一位老太太，这几件大事未完呢。”凤姐说不要紧，宝黛一娶一嫁有老太太出私房钱料理，“二姑娘是大老爷那边的，也不算。剩了三四个（探春、贾兰），满破着每人花上一万银子；环哥娶亲有限，花上三千两银子，不拘那里省一抿子也就勾了。老太太事出来，一应都是全了的……”又庆幸探春能干：“我正愁没个膀背，虽有个宝玉，他又不是这里头的货，总收伏了他也不中用；大奶奶是个佛爷，也不中用；二姑娘更不中用，亦且不是这屋里的人。四姑娘小呢，兰小子更小，环哥儿更是个燎了毛的小冻猫子……”（各本同）

迎春是贾赦之女，“不是这屋里的人”，显然“这屋里”指荣府二房。惜春是宁府的人，怎么倒算进去？此外举出的人全都是贾政的子女媳妇孙子。

贾政这一支男婚女嫁，除了宝玉有贾母出钱之外，凤姐歧视贾环，他娶亲只预备花三千两，此外“剩下三四个”，每人一万两。去掉宝玉贾环，只剩下探春贾兰二人，至多只能说“两三个”，“三四个”显然把惜春算了进去。

两次把惜春视为贾政的女儿，可知惜春本来是贾政幼女，也许是周姨娘生的。今本惜春是贾珍之妹，是后改的，在将《风月宝鉴》收入此书的时候。有了秦可卿与二尤，才有贾珍尤氏贾蓉，有宁府。

第二回冷子兴讲到贾家四姊妹，迎春是“赦老爹前妻所出”（甲戌本）。庚本作“政老爹前妻所出”，当然“政”字是错字，不然迎春反而比元春贾珠大。全抄本作“赦老爷之女，政老爷养为己女。”书中只有“大老爷”“二老爷”，并没有“赦老爷”“政老爷”的称呼。“老爹”在《儒林外史》里是通用的尊称。“爷”字与庚本的“政”字同是笔误。

戚本此处作“赦老爷之妾所出”，“爹”也误作“爷”了；妾出这一点，大概是有正书局的编辑根据第七十三回改的，回内邢夫人说迎春“你是大老爷跟前人养的”，与“前妻所出”冲突。至于是否作者自改，从前人不大兴提妾，“赦老爷之妾所出”这句在这里有突兀之感，应当照探春一样称为“庶出”，而探春“也是庶出”。

因此这句四个本子各各不同，其实只分两种：(一)“赦老爹前妻所出”(甲戌、庚本)；(二)“赦老爹之女，政老爹养为己女”(全抄本)。

全抄本这句异文很奇怪，贾政不是没有女儿，为什么要抱养侄女？不管邢夫人是她的继母还是嫡母，都应当由邢夫人抚养。当然这反映出邢夫人个性上的缺陷，但是贾政也不能这样不顾到嫂嫂的面子。“养为己女”这句如果是妄人代加的，也没谁对迎春的出身这样有兴趣。

这句的目的当然是解释迎春为什么住在贾政这边——贾赦另住，来回要坐骡车上街，经过荣府正门，进另一个大门。——但是这一段介绍四姊妹完毕后，总结一句：“因史太夫人极爱孙女，都跟在祖母这边一处读书，”有了这句，就用不着“政老爹养为己女”了。所以各本都没有，只有全抄本那句是个漏网之鱼。想必作者也觉得贾政领养迎春不大合理，所以另找了个解释，删去此句，只剩下“赦老爹之女”，又怕人误会是邢夫人生的——因为直到第七十三回才自邢夫人口中说出她没有子女——所以改为“赦老爹前妻所出”。在第七十三回又改为姬妾所生，那纯粹是为了邢夫人那段独白，责备迎春不及探春，迎春的生母还比赵姨娘聪明漂亮十倍。倘是正室就不好比。

因此“史太夫人极爱孙女”这两句是后加的。其实这两句也有问题。惜春是侄孙女，也包括在孙女内。这是因为加史太夫人句的时候，惜春还是贾政的女儿。当然在大家族制度里，侄孙女算孙女，叔婆算祖母，勉强可以通融，因此史太夫人句没改。

归结起来，介绍三姊妹一段的改写程序如下：

（一）原文："二小姐乃赦老爹之女，政老爹养为己女，名迎春。"下句应当像这样：三小姐四小姐乃政老爹之庶出，名探春惜春。

（二）加史太夫人句。迎春改为贾赦前妻所出。删贾政养为己女。

（三）惜春改为贾珍之妹。

很明显的，如果惜春本来就是贾珍的妹妹，那就不会采取第一个步骤，使贾政领养迎春，因为即使领养了她，宁府的惜春为什么也在贾政这边，仍旧需要解释。

第五十五回里面，惜春还是贾政的女儿。第五十四、五十五回本是一大回，到一七五四本才分成两回。这两回显然来自早本。

前面说过，第五十六回甄家一节是从早本别处移来的。此回本身与上一回同是写探春宝钗代凤姐当家，一献身手。第五十五回既是早本，第五十六回是否也是早本，还是后来扩充添写的一回？

第五十六回内探春讲起去年到赖大家去，发现赖家园子里的花果鱼虾除供自己食用外，包给别人，一年有二百两的利润，因与李纨宝钗议定酌量照办，"在园子里所有的老妈妈里拣出几个本分老成能知园圃事的"经管花木，省了花匠工钱，利润归她们自己，园中杂费与园中人的花粉钱由她们出，一年可以省四百两开支。平儿也在场，老妈妈们"俱是他四人素习冷眼取中的"，第一个选中老祝妈专管竹林，她丈夫儿子都是世代管打扫竹子，内行。凤姐病中李纨探春宝钗代管家务，凤姐是一过了年就病倒了的，商议园子的事在“孟春”。

第六十七回是同年新秋。第六十七回乙（戚本）有个祝老婆子在葡萄架下拿着掸子赶蚂蜂，抱怨今年雨水少，果树长虫子，显然是专管果树的。袭人教她每串葡萄上套个冷布（夏布）口袋，防鸟雀虫咬。

> 婆子笑道：“倒是姑娘说的是。我今年才上来，那里就知道这些巧法儿呢？”

祝老婆子既不管竹子，又不内行。正二月里探春等商议园子的事的时候，她也甚至于还没有入园当差，可见她不是她们“素习冷眼取中的”。一七六一年左右改写此回乙，“今年才上来”这句改为“今年才管上，”比较明白清楚，也更北方口语化，但是语意上换汤不换药，显然并没发觉祝老婆子与第五十六回的老祝妈似是而非。

二尤的故事在第六十三至六十九回。二尤来自《风月宝鉴》，因此第六十七回甲是收并《风月宝鉴》的时候的，乙又要晚些，已经进入此书的中古时代了。第五十六回继早本二回之后，回末甄家一段又来自早本，是一七五四本移植的一条尾巴，但是它本身是否同属早本，不得而知。它与第六十七回乙不论孰先孰后，显然相隔多年。老祝妈——除非是先有祝老婆子——已经走了样了。它与第六十七回丙也相隔多年——迟至一七六一年写第六十七回丙的时候，还是不记得第五十六回的内容。

第五十六回只能是属于最早期。第五十四至五十六回形成最早的早本残留的一整块。

第五十六回探春提起到赖大家去，就是第四十七回庆祝赖尚荣得官，贾家阖第光临，吃酒看戏，薛蟠调戏柳湘莲，因而挨打。所以早本最初已有第四十七回，后来另加香菱入园学诗，添写第四十八回一回。

第四十五回初提赖尚荣得官。此回黛玉自称十五岁，反而比宝玉大两岁，是早本的时间表。既然最早的早本已有赖尚荣，得官一段该也是此回原有的。

一七五六年新添了第四十三、四十四凤姐泼醋二回，又在第四十七回插入泼醋余波，带改第四十七、四十八两回。

根据脂砚那条长批，蟠柳事件与赖尚荣都是为香菱入园而设。其实调戏挨打与赖尚荣都是旧有的，现成的。并不是脂砚扯谎，他这条长批是非常好的文艺批评，尽管创作过程报导得不尽不实——总不见得能把改写的经过都和盘托出。

一七六〇本写红玉调往凤姐处，此后将第六十七回的丰儿改小红；这时候早已有了第四十八回香菱入园，薛蟠已经改为难得出门一次，因此把第六十七回内宝钗所说的薛蟠明年再南下的话删掉了。

红玉与贾芸恋爱是一七六〇本新添的，那么贾芸是否一个新添的人物？批者不止一次提起百回《红楼梦》“后卅回”“后数十回”的内容。庚本第二十四回批贾芸：“孝子可敬。此人将来荣府事败，必有一番作为。”纯是揣测的口吻，显然没看见过今本八十回后贾芸的事，可见本来没有贾芸这人，也是一七六〇本添出来的。

除了第二十四、二十六、二十七回，还有第三十七回也有贾芸，送了宝玉几盆秋海棠，附了一封俚俗可笑的信，表示他这人干练而没有才学，免得他那遗帕拾帕的一段情太才子佳人公式化。这一段近回首，一回本上最便改写的地方——首叶或末叶——该也是一七六〇本添写的。

醉金刚倪二借钱给贾芸一段，庚本有畸笏眉批："余卅年来得遇金刚之样人不少，不及金刚者亦不少，惜书上不便历历注上芳讳，是余不是心事也。壬午孟夏。"这条批畸笏照例改写移作总批："醉金刚一回文字，伏芸哥仗义探庵。余卅年来得遇金刚之样人不少，不及金刚者亦复不少，惜不便一一注明耳。壬午孟夏。"（靖本回前总批）"仗义探庵"一节可能原是另一条批，合并了起来。到了壬午，一七六二年，显然"荣府事败"后贾芸的"一番作为"已经写了出来，就是会同倪二"仗义探庵"。

贾芸初见红玉，也是红玉初次出场，是他在仪门外书房等宝玉。焙茗锄药两个小厮在书房里下棋，还有四五个在屋檐上掏小雀儿顽，贾芸骂他们淘气，就都散了。焙茗去替他打听宝玉的消息。贾芸独自久候。

> 正在烦闷，只听门前娇声嫩语的叫了一声"哥哥"。贾芸往外瞧时，却是一个十六七岁的丫头，生得倒也细巧干净。那丫头见了贾芸，便抽身躲了出去。恰巧焙茗走来，见那丫头在门前，便说道："好，好！正抓不着个信儿。"贾芸见了焙茗，也就赶了出来问怎么样。焙茗道："等了这一日，也没个人儿过来。这就是宝二爷房里的。好姑娘，你进去带个信儿，就说廊上二爷来了。"

红玉在门前叫了声“哥哥”，读者大概总以为她是找茗烟——改名焙茗——因为他是宝玉主要的小厮，刚才又在这书房里。她叫他“哥哥”,而他称她为“姑娘”？除非因为是当着人。这样看来，无私有弊。书中从来没有丫头与小厮这样亲热的。茗烟又是有前科的，宝玉在宁府小书房里曾经撞见他与丫头卍儿偷情。固然那是东府乱七八糟，在荣府也许不可能。贾芸也完全不疑心。脂砚在一七五九年冬批过此回，也并没骂“奸邪婢”。那么红玉是叫谁哥哥?

全抄本此回回末缺一大段，正叙述红玉的来历，“他父母现在收管各处房田事务。且听下回分解。”末句是此本例有的,后人代加。原文戛然而止，不像是一回本末页残缺，而是从此处起抽换改稿，而稿缺。

他本下文接写红玉的年龄，分配到怡红院的经过，以及今天刚有机会接近宝玉又使她灰心，听见人提起贾芸，就梦见他。

脂砚对红玉的态度唯一不可解的一点，是起先否认红玉爱上了贾芸。如果回末的梦是后加的，还有下一回近回首，红玉去借喷壶，遇见贾芸监工种树，想走过去又不敢——此书惯用的改写办法，便于撕去一回本的首页或末页，加钉一叶——脂砚一七五九年批书的时候还没有这两段，那就难怪他不知道了，不然脂砚何至于这样武断。

红玉是“家生子儿”，不一定是独生子。原文此回回末写到她父母的职务就斩断了，下句应当是她哥哥在仪门外书房当差，她昨天去找他，想不到遇见贾芸。但是作者隔了一两年改写加梦的时候，忘了这是补叙她在书房门前叫“哥哥”的原因，所以删了这一段，免得重复。

下一回开始，翌晨她在扫院子，宝玉正在出神，想把昨天那红玉调到跟前伺候，又有顾忌，在几个扫院子的丫头里不看见昨天那个，终于发现隔着棵海棠花的倚栏人就是她。此处各本批注："余所谓此书之妙皆从诗词中泛出者，皆系此等笔墨也。试问观者，此非'隔花人远天涯近'乎？可知上几回非余妄拟也。"

宝玉被碧痕催他进去洗脸，"只得进去了，不在话下。却说红玉正自出神，"被袭人招手唤去，叫她到潇湘馆借喷壶。"隔花人远天涯近"，但是镜头突然移到远在天边的隔花人身上，忽远忽近，使人有点头晕目眩，或多或少的破坏了那种咫尺天涯无可奈何的感觉。这是因为借喷壶一节是添写的，原文从宝玉的观点一路到底，进去洗脸，当天到王子腾家拜寿，晚上回来被贾环烫伤了脸，养伤期间又中邪病倒，叫红玉上来伺候的事当然搁下了。改写插入借喷壶一段，红玉回来就躺下了。

> 众人只说他一时身上不快，都不理论。原来次日就是王子腾夫人的寿诞，那里原打发人来请贾母王夫人的，王夫人见贾母不去，自己也便不去了。倒是薛姨妈同凤姐儿，并贾家三个姊妹，宝钗宝玉，一齐都去了，至晚方回。

"原来"二字是旧小说通用的过渡词之一，类似"不在话下。却说……""……不表。且说……"。书中改写往往有这情形，如第三十二、三十三回之间添写了一段王夫人给金钏儿首饰装殓，做佛事超度：

他母亲磕头谢了出去。原来宝玉会过雨村回来听见了，便知金钏儿含羞赌气自尽，心中早又五中摧伤，进来被王夫人数落教训，也无可回说，见宝钗进来，方得便出来，……

原文自宝钗听见金钏儿死讯，去安慰王夫人写起，第二次再去送装殓的衣服，王夫人正在责备宝玉，于是从宝钗的观点过渡到宝玉身上，就一气呵成，镜头跟着宝玉来到大厅上，撞见贾政（全抄本）。添写的一节使王夫人更周到些，也提醒读者宝玉是出去见了贾雨村回来的，不然是要忘了。但是与第二十五回回首一样，插入加上的一段，就不得不借助于传统的过渡词："原来"、"不在话下。却说……"

第二十四、二十五回间没加红玉的梦与借喷壶一节之前，红玉的心理较隐晦，第二十六回回首见贾芸拿着的手帕像她丢了的那块，"待要问去，又怕人猜疑"，仿佛正大光明。"蜂腰桥设言传心事"，心事只是女孩子家的东西不能落在人手里，需要取回。但是等到坠儿把贾芸的手帕给她看是不是她的，她竟一口承认是她的，使人吃一惊之余，有点起反感。而且她的手帕刚巧给贾芸拾了去，也太像作者抨击最力的弹词小说，永远是一件身边佩戴的物件为媒，当事人倒是被动的。——那当然是为了企图逃避当时道德观的制裁，诿为天缘巧合。——加梦与借喷壶一节，后文交换信物就没有突兀之感，很明显是红玉主动了。

红玉的梦写得十分精彩逼真，再看下去，却又使人不懂起来。两回后宝玉病中她与贾芸常见面，她才看见他的手帕像她从前丢了的那块，怎么一两个月前已经梦见她丢了的手帕是他拣了去，竟能前知？当然，近代的ESP研究认为可能有前知的梦。中国从前也相信有灵异的梦。但是红玉发现这梦应验了之后，怎么毫无反应？是忘了做过这梦？

是否这梦不过表示她下意识里希望手帕是他拾的？曹雪芹虽然在写作技巧上走在时代前面，不可能预知佛洛依德“梦是满足愿望的”理论。但是心理学不过是人情之常，通达人情的天才会不会早已直觉的知道了？

要答覆这问题，先要看一看一个类似的例子。第七十二回贾琏向鸳鸯借当，想把贾母用不着的金银器偷着运一箱子出来，暂押千数两银子。这是中秋节前的事，提起八月初贾母做寿用了几千银子，所以青黄不接。但是第五十三回贾蓉已经告诉贾珍：

> “果真那府里穷了。前儿我听见凤姑娘和鸳鸯悄悄的商议，要偷出老太太的东西去当银子呢。”贾珍笑道：“那是你凤姑娘的鬼，那里就穷到如此。他必定是见去路太多了，实在赔得狠了，不知又要省那一项的钱，先设出这个法子来，使人知道，就穷到如此了。我心里却有个算盘，还不至如此田地。”

第五十三、五十四回写过年，到第六十九回回末又是年底，第七十二回下年中秋节前，距第五十三回不止一年半。是否凤姐一两年前已经跟鸳鸯商量过，此刻再由贾琏出面恳求？既是急用，决不会耽搁这么久。

借当后凤姐与旺儿媳妇谈到家中入不敷出：“若不是我千凑万挪，早不知过到什么破窑里去了。……今儿外头也短住了，不知是谁的主意，搜寻上老太太了。……”难道是撇清，否认借当是她出的主意？那也不必跟她自己的心腹仆妇说这话。显然借当的打算来自贾琏那方面，也许是外面管事的替他想的办法。凤姐是当天才听见的。

再看贾琏向鸳鸯开口后，鸳鸯的反应：

> 鸳鸯听了笑道："你倒会变法儿，亏你怎么想来？"

她也是第一次听见这话。贾蓉怎么会一两年前就听见凤姐跟她商议借当？

贾琏正与鸳鸯谈话，贾母处来人把鸳鸯叫了去。

> 贾琏见他去了，回来瞧凤姐。谁知凤姐早已醒了，听他合鸳鸯借当，自己不便答话，只躺在炕上。听见鸳鸯去了，贾琏进来，凤姐因问道："他可应了？"贾琏笑道："虽然未应准，却有几分成手，须得你晚上再合他一说，就十分成了。"

第七回写刘姥姥去后的这一天。"至掌灯时分，凤姐已卸了妆，来见王夫人，回说'今儿甄家送了来的东西，我已收了，……'"回了几件事。"当下李纨迎探等姊妹们亦曾定省毕，各自归房无话。"这是她们每天的例行公事，晨昏定省，傍晚到贾母王夫人处去过以后，各自回房，姊妹们跟着王夫人吃过了晚饭了——宝黛是跟贾母吃——凤姐在自己房里吃饭，所以晚饭后是个机密的议事时间。贾母安歇后，鸳鸯也得空过来。周瑞家的女婿冷子兴的官司，"晚间只求求凤姐儿便了。"

第六回凤姐接见刘姥姥的时候，贾蓉来借玻璃炕屏，去了又被凤姐叫了回来：

> 贾蓉忙复身转来，垂手侍立，听何示下。那凤姐只管漫漫的吃茶，出了半日神，方笑道："罢了，你且去罢，晚饭后你再来说罢。这会子有人，我也没精神了。"

贾蓉是东府的联络员，因此有机会听见凤姐与鸳鸯商议借当。显然那就是贾琏向鸳鸯提出要求的同日晚间，因为贾琏托凤姐晚上再跟鸳鸯说，虽然凤姐拿跻，结果他答应她抽个头。

本来先有借当，然后贾蓉才告诉他父亲，应当也在中秋节前。第七十五回上半回写宁府因在服中，提前一天过节，尽有机会插入父子谈话。大概后来改写第五十三回，触机将这段对话安插在那一场：年底庄头乌进孝送钱粮来，报了荒，贾珍抱怨说他这里还可以将就过着，"那府里这几年添了许多花钱的事，……省亲连盖花园子，你算算，那一注共花了多少，就知道了。"乌进孝认为"有去有来，娘娘和万岁爷岂不赏的？"贾珍笑他们乡下人不懂事。"贾蓉又笑向贾珍道：'果真那府里穷了，前儿我听见凤姑娘和鸳鸯……'"等等。

此处插入借当，再妥贴也没有，因为在说笑话的气氛中闲闲道出。贾珍不信，认为是凤姐弄鬼装穷，借此好裁掉某项费用。本来借当在前，读者明知实有其事，他们自己人倒不信，可见醉生梦死，而且紧接着夜宴闻祠堂鬼叹。但是珍蓉父子谈话移前，读者就不知道有没有这事了。听贾珍说得入情入理，他又是个深知凤姐的人。正在花团锦簇的办年事，忽然插入刺耳惊心的一笔——七十回后写贫穷的先声——便又轻轻抹去了。等到看到第七十二回借当，只记得早就有过这话，贾蓉告诉过他父亲。贾珍不信，不过是“只缘身在此山中”，比原来的讽刺浑厚，更有真实感。虽然前后颠倒，反而错得别有风味，也许因此作者批者读者都没有发现这漏洞。

红玉的梦同是次序颠倒，应当是她先看见贾芸手里的手帕像她丢了的那块，才梦见他告诉她是他拾了去，这是因为一七六〇本添上红玉贾芸恋爱后，隔了一两年，脂砚已故，才又补加了两段写红玉内心，忽略了她还没看见贾芸拿着的手帕。同时又误删她哥哥的职务，以及她昨天到那书房去是去找他，忘了这是解释她叫的一声“哥哥”。

此回的漏洞还不止这些。贾芸初见红玉那天，送了冰片麝香给凤姐。红玉叫他明天再来找宝玉，次日他来了，遇见凤姐乘车出去，叫住了他：

> 隔窗子笑道：“芸儿，你竟有胆子在我跟前弄鬼，怪道你送东西给我，原来你有事求我。昨儿你叔叔才告诉我说你求他。”

于是她派他在园内监工，“后儿就进去种花”。他当天领了银子，次日一早出西门到花匠家里去买树。

他与红玉初会的次日晚间，红玉告诉宝玉贾芸昨天来找他，她知道他没空，叫贾芸今天再来，想不到他又到北静王府去了一天。随即有老嬷嬷来传话，凤姐吩咐明天小心不要乱晾衣裙，有人带花匠进来种树。其实翌日贾芸还在买树，中间跳掉了一天。这种与改写无关的漏洞，根本不值一提。

庚本第二十七回脂砚骂红玉“奸邪婢”，畸笏在旁解释：“此系未见抄没狱神庙诸事，故有是批。丁亥夏，畸笏。”说得不够清楚，所以稍后编甲戌本第二十五至二十八回的时候又在此回添上一则回末总评："凤姐用小红，可知晴雯等埋没其人久矣，无怪有私心私情。且红玉后有宝玉大得力处，此于千里外伏线也。"

上一回脂砚批红玉佳蕙的谈话："红玉一腔委曲怨愤，系身在怡红不能遂志，看官勿错认为芸儿害相思也。"畸笏知道脂砚再看下去就会发现他的错误，就急于代红玉辩护，在旁批道："狱神庙有茜雪红玉一大回文字，惜迷失无稿，叹叹！丁亥夏，畸笏叟。"这条批与红玉佳蕙的谈话内容毫不相干，当然是为脂砚这条批而发。

当时脂砚与作者早已相继病殁。写狱神庙回在一七五九年冬脂砚批书后，一七六二年冬作者逝世前。脂砚以为跟了凤姐去就结束了红玉的故事，竟没想到前面费了那么些笔墨在贾芸红玉的恋史上，如果就此不了了之，这章法也太奇怪了。

畸笏所说的"抄没狱神庙诸事"，应加标点为"抄没、狱神庙诸事"。赵冈先生认为"狱神庙不是家庙，不可能随贾家宅第同被藉没。再说，即令是家庙，按例是不被抄没的，此点在可卿给凤姐的托梦中已言明。显然没有'抄没'狱神庙的事。脂批中的'抄没'两字，应是'抄清'两字被钞手误写。其意等于'誊清'。也就是该脂批意思是：'此系未见到狱神庙诸回的誊清文稿，故有是批。'认为宝玉入狱，红玉茜雪探监，则更是不合理。宝玉没有理由入狱，而丫头探监尤其令人难以相信。"（见《红楼梦新探》第二五五页。）

从前的寺观兼营高级旅店，例如书中的水月庵。祀奉狱神的庙宇应在监狱场院内，不适于作临时官邸或"下处"，用作特殊性质的临时收容所却有种种便利。

续书写抄家，荣府只抄长房贾赦贾琏父子的住屋，因此只叫女眷回避，一阵翻箱倒笼，登记多少张多少件，就“覆旨去了”。贾赦的房舍上了锁，丫头婆子们锁在几间屋内。东府则是将女眷圈在一间空屋内——没上锁，因为她们不是财产。焦大口中的“那些不成材的狗男女”是奴仆，“都像猪狗是的拦起来了”，因为人多，几间屋里关不下，像牲畜一样用栅栏圈在户外，听候发落，充公发卖还是赏人。

其实这样大的宅第，当天绝对抄不完。家属关在空房里，食宿也成问题，因为仆人都分别禁闭起来了。虽然这些人没有罪名，衙役只管抄检，不会送茶送水。因此狱神庙回内荣府查抄，宝玉与女眷等都被送到狱神庙，作为临时羁留所，并不是下狱。

茜雪当初是怎样走的，书中没有交代。第十九回李嬷嬷吃了留给袭人的酥酪，与一个丫头争吵起来。另一个丫头调解，说：“宝玉还时常送东西孝敬你老去，岂有为这个不自在的？”

> 李嬷嬷道：“你们也不必妆狐媚子哄我。打量上次为茶撵茜雪的事我不知道呢！”

句下各本批注：“照应前文。又用一撵字，屈杀宝玉。然在李媪心中口中毕肖。”

那次在薛姨妈家，李嬷嬷扫兴，拦阻宝玉吃酒。他喝醉了回来，喝茶的时候问起早上沏的一碗枫露茶：

> “……我说过那茶要三四次后才出色的，这会子怎么又沏了这个来？”茜雪道：“我原是留着的，那会子李奶奶来了，

他要尝尝，就给他吃了。”宝玉听了，将手中的茶杯只顺手往地下一掷，豁郎一声打个粉碎，泼了茜雪一裙子的茶，又跳起来问茜雪道：“他是你那一门子的奶奶，你们这么孝敬他？不过是仗着我小时候吃过他几日奶罢了，如今逞的他比祖宗还大。如今我又吃不着奶了，白白的养着祖宗似的，撵了出去，大家干净！”说着立刻要去回贾母撵他乳母。原来袭人并未睡着，……遂连忙来解释劝阻。……又安慰宝玉道：“你立意要撵他也好，我们也都愿意出去，不如趁势连我们一齐撵了，我们也好，你也不愁没有好的来伏侍。”宝玉听了这话，方无了言语。

——第八回

宝玉只要撵李嬷嬷，而且就连醉中也已经被袭人劝住了，酒醒后决不会再闹着要撵茜雪。显然是茜雪负气走的。——当然也没这么容易，她要走就走。也许是她设法让她家里赎她出去，也许是要求宝玉打发她出去。

醉酒那天晚上宝玉闹了一场就睡了。茜雪求去，应当在次日。但是“次日醒来，就有人回那边小蓉大爷带了秦相公来拜，宝玉忙接了出去，领了拜见贾母。”接写秦钟回家，秦氏姊弟的来历，以及秦钟上学的事，下一回写入塾，茗烟闹学。再下面第十、十一回写秦氏病，第十三回秦氏死，第十四至十六回秦氏出殡，秦钟送殡，与智能发生关系，智能逃走，来找他，导致秦钟之死。第十七、十八回大观园落成，元妃省亲，直到第十九回才再写到宝玉的丫头们。因此第十九、二十回接连两次提起茜雪之去，都是在李嬷嬷口中。

要不是那句批语（“又用一撵字，屈杀宝玉”），读者的印象是宝玉酒醒后仍旧迁怒于茜雪，回贾母把她打发了出去，全用暗写；尽管这与宝玉的个性不合，给人一种模糊混乱的感觉。似乎不应当这样简略。醉酒一回后，虽然一连九回都没机会插入茜雪之去，内中第十、十一回是删天香楼后补写秦氏有病，一七六二下半年改写的。这两回内原有的薛蟠戏秦钟，贾琏因事出京都删了。因为添写秦氏病，又原有贾敬生辰凤姐遇贾瑞，背景一直在宁府，无法插入茜雪的事，所以茜雪之去也删了。

第二十回李嬷嬷诉说“当日吃茶，茜雪出去，与昨日酥酪等事，”庚本眉批：“茜雪至狱神庙方呈正文。袭人正文标昌（“目曰”误）：‘花袭人有始有终。’余只见有一次誊清时，与狱神庙慰宝玉等五六稿，被借阅者迷失，叹叹！丁亥夏，畸笏叟。”狱神庙“茜雪红玉一大回”回目内想必有“狱神庙慰宝玉”。此回是一七六〇至六二年间写的。当时如果知道茜雪走得不明不白，似乎无法写她“狱神庙慰宝玉”。这时候一定还没删茜雪之去。换句话说，写狱神庙回的时候还没删天香楼，没连带改写第十、十一回。这也是个旁证，可知删天香楼之晚，补加秦氏病更晚。

茜雪只在第七、八两回出现。第七回宝玉听说宝钗病了，叫人去问候，茜雪答应着去了。第六至八回来自早本，但是迟至一七五五年左右才定稿，在那时期回末都用一副诗联作结。第八回回目各本纷歧，有一副从极早的早本保留下来的，“拦酒兴李奶母讨恹，掷茶杯贾公子生嗔”，可见早就有了迁怒茜雪的事。

此外还有第四十五回也提起茜雪：

鸳鸯红了脸，向平儿冷笑道：“这是咱们好。比如袭人琥珀素云和紫鹃彩霞玉钏儿麝月翠墨，跟了史姑娘去的翠缕，死了的可人和金钏儿，去了的茜雪，连上你我这十来个人，从小儿什么话儿不说……”

第五回宝玉房里的四个大丫头内有个漏删的“媚人”，与袭人麝月晴雯并列。似乎早本有“人”字排行的丫头：袭人媚人可人，大概都是宝玉房里的，是他代改的名字，否则丫头决不会叫这样的名字。可人只有此处一见，看来也是早本遗迹。但是彩霞是一七五四本才由彩云改彩霞，所以此段是一七五四年或一七五四年后改写过的，因此无法从而判断茜雪之去是否旧有的。

如果早本迁怒茜雪一节还有下文，也是茜雪走了，然后在荣府势败后“慰宝玉”，“慰宝玉”也不会在狱神庙。在这阶段，狱神庙只是巧姐巧遇刘姥姥的场所——第四十二回刘姥姥替巧姐取名，靖本眉批内有：“……狱神庙相逢之日，始知‘遇难成祥，逢凶化吉’实伏线于千里。……”——卖巧姐应在凤姐死后。贾家获罪后凤姐还有个时期支撑着门户——“薛宝钗借词含讽谏，王熙凤知命强英雄。”——见第二十一回回前总批。——此后贾母逝世，凤姐被休病故，荣府“子孙流散”。卖巧姐也许引起纠纷，巧姐被扣留在狱神庙作人证，类似甄英莲之被牵入葫芦案。

因此八十回后的情节有两条路线，百回《红楼梦》的与改抄家后的。不过后者独有的只有茜雪红玉狱神庙回与贾芸探庵。茜雪红玉那一回也可能是根据原有的茜雪“慰宝玉”改写扩充。凤姐不会在狱神庙，她与贾赦贾政贾珍贾琏等犯官一同被拘捕了。改抄家后，荣府二老的罪名加重，但是凤姐的下场还是她个人的悲剧——被休弃。抄家抄没了她的私房钱，更彻底的毁了她，但是官司方面不会更严重，仍旧是间接的被贾雨村带累，与贾琏同是涉嫌替雨村好友冷子兴说情。

第二十七回红玉去替凤姐传话回来报告，太复杂了李纨听不懂，“李氏道：‘嗳哟哟，……’”句旁甲戌本夹批：“红玉今日方遂心如意，却为宝玉后伏线。”下句是说红玉去伏侍凤姐，是使她以后在狱神庙能帮助宝玉。当然，凤姐处是全家神经中枢，总比在怡红院做粗活有施展的余地。红玉是林之孝的女儿，就是此处对白中提起的。为什么要改为林之孝之女？是否使她在抄家的时候更有机会帮助宝玉？

曹頫抄家的时候，先奉召进京，雍正下令查抄家产，谕旨上有“伊闻知织造官员易人后，说不定要暗遣家人到江南送信，转移家财。倘有差遣之人，着令〔江南总督〕范时绎严拿讯去的原因，不得怠忽。”继任江宁织造隋赫德的奏摺中也提起“总督范时绎已将曹頫家管事数人拿去，夹讯监禁。”当然书中不见得这样写，上夹棍刑讯这种惨酷的纪实正是需要避免的。但是赖大林之孝不免被拘押问话，做林之孝的女儿似乎占不了什么便宜。不过女儿也许可以去探监，顺便探望狱神庙里主人的家属。

改为林之孝之女，是否抬高红玉的身分，使她能嫁给贾芸为妻？周瑞的女儿嫁了古董商人冷子兴。贾芸虽穷，是贾家族人，地位比冷子兴高。林之孝的地位也比周瑞高，但还是不可能。贾芸的舅舅劝他“便下个气和他们的管家或是管事的人嬉和嬉和，弄个事儿管管”，庚本夹批：“可怜可叹，余竟为之一哭。”管家正是林之孝。

改为林之孝之女，其实更没希望了——林之孝一定反对红玉嫁贾芸为妻。当然荣府势败后林之孝失去靠山，情形又不同了。

但是红玉似应在抄没前嫁给贾芸，离开荣府，否则势必与其他的奴仆同被圈禁，失去自由。那就除非凤姐代为撮合——贾芸也是她赏识的人。贾芸为了派差使的事来见凤姐，也许被凤姐看出他与红玉的神情，成全了他们。

凤姐不见得这样宽容。这是最严重最犯忌的事。

这都是难免的推测，但是只要再一想，返顾第二十四回宝玉初见红玉，害她挨秋纹碧痕一顿骂这一节内，晴雯还有母亲；第二十六回红玉佳蕙的谈话中，晴雯还仗父母的势——“可气晴雯绮霞他们这几个，都算在上等里去，仗着老子娘的脸”——二者都来自早本，一七六〇本添写红玉与贾芸恋爱，伏下狱神庙回，改写这两节，一加贾芸连日来见的报告，一加借笔描花样，因而遇贾芸，但是这两场的红玉都与林之孝之女的身分不合，显然还没改为林之孝的女儿。可见是直到第二十七回凤姐红玉的谈话中，方才触机改为林之孝之女，在后文情节上并不起作用。红玉向凤姐说：“我妈是奶奶的女儿，这会子又认我作女儿”，不但俏皮，也反映这些管家娘子巴结凤姐，认这样年轻的干娘——这时代距《金瓶梅》中奴仆称主人为爹娘还不远——又使凤姐诧异林之孝夫妇生得出这样的女儿，无非极写凤姐激赏红玉。

凤姐问红玉可愿意去伺候她，红玉回答：“跟着奶奶，我们也学些眉眼高低，出入上下大小的事也得见识见识。”甲戌本夹批：“且系本心本意——狱神庙回内。”细味这条批语，只能是说宝玉在狱神庙向红玉表示歉意，他与凤姐一样识人，而不能用她；但是红玉告诉他她是自己愿意跟凤姐去历练历练，长些见识。

如果红玉已经嫁了贾芸，不算侄媳也是侄儿房里人，宝玉就不便再提从前这些话。看来红玉还在凤姐房中。这小妮子神通广大，查抄期间竟能外出活动——可能由于凤姐带病下狱，设法获准送药急救——也不会绝对违法,如行贿。这是天子脚下,还不比外省,又是圣主，又是钦案。

贾芸红玉并没在凤姐处重逢——难怪红玉自第二十八回一去影踪全无，除了清虚观打醮大点名点到她，只在第六十七回莺儿口中提起过一声，直到第八十回都没露面，要到狱神庙回才重新出现。一到凤姐处就此冷藏起来，分明只是遣开她，使人不能不想起宋淇在《论大观园》一文中指出的：像秦可卿就始终没机会入园——大观园还没造她已经死了；以及所引的第七十三回的批语："大观园何等严肃清幽之地"。红玉一有了私情事,立即被放逐,不过作者爱才，让她走得堂皇，走得光鲜，此后在狱神庙又让她大献身手，捧足了她，唯有在大观园居留权上毫不通融。到底脂砚是曹雪芹的知己："奸邪婢岂是怡红应答者，故即逐之。"畸笏纠正他，是只看表面。固然脂砚以宝玉自居，而比宝玉有独占性，火气太大了些，也是近代人把红玉贾芸与司棋潘又安的恋爱视为截然不同的两件事，所以不以为然。

茜雪虽然不是被逐，是宝玉亏待过的唯一的一个丫头，红玉是被排挤出去的。偏偏是她们俩在患难中安慰他，帮助他，这种美人恩实在难以消受，使人酸甜苦辣百感交集，满不是味。这一章的命意好到极点。

茜雪红玉也像晴雯与金钏儿一样，是音乐上同一主题而曲调有变化。将两个平行的故事大胆的安排在一回内，想必有个性上的对照。宝玉发脾气的时候茜雪一句话都没有，事后却执意要走——在宝玉房里她小时候跟袭人麝月好，想必她们一定极力劝解——她似乎性格比较"焖"，反应较慢，当然不像红玉是个人才。

写抄没，却从这两个故人身上着眼，有强烈的今昔之感，但是我们可以确定写抄家本身极简略，没有惊天动地的抄家的一幕。“此书只是着意于闺中，故叙闺中之事切，略涉于外事者则简，……凡有不得不用朝政者，只略用一笔带出，盖实不敢用写儿女之笔墨唐突朝廷之上也。”（甲戌本“凡例”）写甄家抄家就根本没说出原因来。由于作者的家史，抄没是此书禁忌的中心，本来百般规避，终于为了故事的合理化，不得不添写藉没。百足之虫，死而不僵，又值书中歌颂的治世，不抄家还真一时穷不下来。但是自从一七五四本加上探春预言抄没，次年又补加秦氏托梦预言抄没，直到一七六〇至六二上半年之间才写了狱神庙回，难产时间之长与选择的角度——从两个多少是被摒弃的丫头方面，侧写境遇的沧桑——显然经过慎重的考虑，仍旧是一贯的“写儿女之笔墨”，绝对不会有碍语或是暴露性的文字。

前面引过畸笏一七六七年的一条批：“……袭人正文标目曰：‘花袭人有始有终。’余只见有一次誊清时，与狱神庙慰宝玉等五六稿，被借阅者迷失，叹叹！丁亥夏，畸笏叟。”完全是旁观者的口吻，是说“花袭人有始有终”这一回他只看过一次，是作者生前定稿后着人誊清的时候，与茜雪红玉狱神庙回等“五六稿”由作者出借，被人遗失了。看来也没再补抄一份，如果原稿还留着的话。曹雪芹逝世四五年后，畸笏多少成为遗稿的负责人，因此声明这件事与他无干。

“狱神庙慰宝玉”是一大回，所以这“五六稿”是五六回。内中应有贾芸“仗义探庵”，因为贾芸是一七六〇本新添的人物，当时还没写到荣府败落后他怎样“有一番作为”。红玉虽然还没嫁给贾芸，他们的故事有关连，探庵这一回该也是差不多的时候写的。

畸笏在一七六二年初夏将他新近的一条眉批移作回前总批(靖本第二十四回)，加了一句:“醉金刚一回文字，伏芸哥仗义探庵。”似乎是刚看了探庵回，而这一回还没有遗失。前面说过，“五六稿”内的狱神庙回写在一七六二下半年删第十、十一回内茜雪之去以前，因为读者如果不知道茜雪是怎么走的，作者也无法写她重新出现“慰宝玉”。看来这“五六稿”就在一七六二年初夏誊清，当时畸笏看了“花袭人有始有终”与其他的几回，随即出借，久假而不归，才知道遗失了。

探庵是去救谁?

第四十一回写妙玉的洁癖，靖本眉批错字太多，《新编红楼梦脂砚斋评语辑校》(陈庆浩撰)只校出断断续续的两句:“……所谓过洁世同嫌也。……他日瓜洲渡口劝惩……”贾家获罪后，妙玉当然回苏州去，路过瓜洲渡口，遇见歹人——上了黑船?还是从前迫害她的权贵?第六十三回邢岫烟告诉宝玉，妙玉在荣府寄居是求庇护:“闻得他因不合时宜，权势不容，竟投到这里来。”妙玉的仇家显然不是地头蛇之类，而是地位很高的新贵。书中人对当代政治表示不满，这是仅有的一次。“不合时宜”四字很大胆，因为曹家几代在悠长的康熙朝有宠，一到雍正手里就完了，另有一批新贵。

太虚幻境第七支曲词首句“气质美如兰”，甲戌本夹批:“妙卿实当得起。”下有:“到头来依旧是风尘肮脏违心愿，好一似无瑕白玉遭泥陷，又何须王孙公子叹无缘?”末句是说他们可以去嫖。她被卖入妓院。这是百回《红楼梦》里的情节。当然加抄家后也可能改写。探庵是否变相妓院的尼庵?但是贾芸邀请当地的泼皮倪二同去探庵，当然是在本地，不是江苏。

书中的老尼都不是好人，水月庵的净虚之外，数十回后又有“水月庵的智通”。净虚的徒弟有智善智能，智通想必是她圆寂后接管的大徒弟。智通与“地藏庵的圆信”听见芳官藕官蕊官要出家，“巴不得又拐两个女孩子去，好作活使唤。”（第七十七回）但是此回回目“美优伶斩情归水月”，显然是芳官的结局。芳官不会再在书中出现。

书中一再预言惜春为尼。百回《红楼梦》里宁府覆亡，惜春出家是顺理成章的事。

第二十一回回前总批引“有客题《红楼梦》一律”，批者认为作诗者“深知拟书底里”，当然诗中的“自相戕戮自张罗”是有所指。探春预言抄家，也说“必须先从家里自杀自灭起来，才能一败涂地呢。”探春这一席话是一七五四本加抄家的时候添写的，比较大胆。在这之前，百回《红楼梦》中只用甄家抄家来影射曹家。但是如果曹頫抄家是有曹家自已人从中陷害，书中绝对不会敢影射这件事，因为反映在雍正帝身上，显得他听信小人。书名“红楼梦”时期，题诗所说的自相残杀，也只能改头换面改为贾环争夺世职。

书中深贬东府，但是百回《红楼梦》中宁府获罪惨重，对荣府除了带累，当然并没有加害。自一七五四本起，改荣府罪重，第七十五回一七五六年定稿誊清时新添了一条批注，解释回内大体原封不动的百回《红楼梦》原文，宁府家宴，祠堂鬼魂夜叹：“未写荣府庆中秋，却先写宁府开夜宴。未写荣府数尽，先写宁府异道（兆）。盖宁乃家宅，凡有关于吉凶者故必先示之。且列祖祠此，岂无得而警乎？几（凡）人先人虽远，然气远（息）相关，必有之利（理）也。非宁府之祖独有感应也。”从末句看来，显然荣府抄没的时候宁府也倒了。改抄家后荣国公世职势必革去，贾环无爵可争，也仍旧没改由东府来自相残杀。

两府齐倒，惜春为尼更理由充足了。她这不像妙玉宦家小姐带发修行，自然被优遇。再碰上书中典型的老尼，被奴役外还要“缁衣乞食”——第二十二回惜春制灯谜批语——抛头露面。有人打听出她的来历，对她发生好奇心，买通老尼，那就需要贾芸倪二探庵打救了。

值得注意的是探庵与狱神庙慰宝玉两回的背景都不在贾家。显然作者还没有解决荣府充公后的住的问题。其实安排一个地方让他们住还不容易？难在放弃冷落的大观园的景象，那是作者与脂砚从小萦思结想的失乐园，在心深处要它荒芜下来殉葬的。这凄凉的背景大概像主题歌一样时作时辍，贯串百回《红楼梦》的最后十来回。

明义《题红楼梦》诗二十首，这是最后一首：

> 馔玉炊金未几春，王孙瘦损骨嶙峋。青蛾红粉归何处？惭愧当年石季伦。

首句有点语病，“未几春”属于下一句，是说没过几年苦日子已经骨瘦如柴了。末二句指袭人比不上绿珠，宝玉应在石崇前感到惭愧。可知百回《红楼梦》里也是袭人嫁蒋玉菡。

第二十八回回前总批有：

> 茜香罗红麝串写于一回，盖琪官虽系优人，后回与袭人供奉玉兄宝卿得同终始者，非泛泛之文也。

庚本这些回前附叶总批，格式典型化的都是一七五四本保留的百回《红楼梦》旧批。“得同终始”也就是有始有终。批中所说的“后回”，我们几乎可以确定回目也是“花袭人有始有终”。畸笏不会没看见过百回《红楼梦》里“花袭人有始有终”一回。但是畸笏一七六七年批说他只在有一次誊清的时候看过这一回，随即一共五六回被借阅者遗失。现在我们知道内中有两回是新写的：小红茜雪狱神庙回与贾芸探庵。时间在作者生前最后两年内，可能是一七六二年初夏。

作者自承“增删五次”，但是批者都讳言改写——除了删天香楼一节情形特殊。——例如脂砚关于香菱入园的那条长批，分析得那么精密透彻，而纯是理论，与事实不符——专为香菱入园而设的薛蟠“情误”事件与赖尚荣这人物都是早本原有的，不过在改写中另起作用。

因为绝口不提改写，批者径将定稿的一回视为此回唯一的本子。所以畸笏只在一七六〇初叶看过一次的“花袭人有始有终”一回是新改写的，百回《红楼梦》中的这一回根本不算。

袭人与蒋玉菡供奉宝玉宝钗夫妇，应在荣府“子孙流散”后，才接到家中奉养。所以改写“花袭人有始有终”一回，因为此回也是背景不在荣府。此外同时遗失的两三回，想必也是百回《红楼梦》中原有的，经过改写。其余的写巨变后的若干回，情节或情调太与荣府的背景分不开，因此没动。所以这五六稿不会连贯。就连新写的狱神庙回与探庵回大概也不连贯，因为抄没后惜春出家，此后总还要经过一段时间，贾芸才去“仗义探庵”。“五六稿”被借阅者遗失后，如果原稿还在，也没再补抄，除了心绪关系，可能因为仍旧举棋不定，背景问题还没解决。

第二十一回宝玉不理袭人等，“便权当他们死了，毫无牵挂，反能怡然自悦。”庚、戚本批注：

> 此意却好，但袭卿辈不应如此弃也。宝玉之情，今古无人可比固矣，然宝玉有情极之毒，亦世人莫忍为者，看至后半部，则洞明矣。此是宝玉（第）三大病也。〔按：上两条批有宝玉第一第二大病。〕宝玉看（“有”误）此世人莫忍为之毒，故后文方能“悬崖撒手”一回。若他人得宝钗之妻，麝月之婢，岂能弃而为僧哉？玉一生偏僻处。

靖本第六十七回回前总批如下：

> 末回“撒手”，乃是已悟。此虽眷念，却破迷关。是何必削发？青埂峰证了情缘，仍不出士隐梦。而前引即秋三中姐。（“中秋三姐”？——续书人似乎看过这条批，因此写宝玉重游太虚幻境的时候是尤三姐前引。）

靖本第七十九回批《芙蓉诔》有一条眉批：“观此知虽诔晴雯，实乃诔黛玉也。试观‘证前缘’回黛玉逝后诸文便知”。“证前缘”也就是“证了情缘”。百回《红楼梦》末回回目中有“悬崖撒手”与“证前缘”。

第二十五回宝玉凤姐中邪，癞头和尚与跛足道士来禳解，各本都批：“僧因凤姐，道因宝玉，一丝不乱。”因此凤姐临终应有茫茫大士来接引，但是宝玉出家，显然并不是渺渺真人来度化他，而是正式到佛寺削发为僧，总做了些时和尚才有一天跟着个跛足道士飘然而去，到青埂峰下证了情缘。这样宝玉比较主动。

宝玉那块玉本是青埂峰下那大石缩小的。第十八回省亲，正从元妃眼中描写大观园元宵夜景，插入石头的一段独白，用作者的口吻。石头挂在宝玉颈项上观察记录一切，像现代游客的袖珍照相机，使人想起依修吴德的名著《我是个照相机》——拍成金像奖歌舞片“Cabaret”。

八十回后那块玉似乎不止一次遗失，是石头记载的故事快完了，所以石头跃跃欲试的想回去。因此丢了玉并不使宝玉疯傻，像续书里一样，而是他在人间的生命就要完了。所以一再失玉有一种神秘的恐怖。贾家出事后，凤姐“扫雪拾玉”，显然是丢了玉又给找了回来。省亲元妃点戏，有一出《仙缘》，注：“《邯郸梦》中。伏甄宝玉送玉。”甄家抄了家，甄宝玉流为乞丐，出家得了道，把宝玉再次丢了的玉送了回来，点醒了他。宝玉不久就削发为僧，人与玉一同走了。终于由渺渺真人带他到青埂峰下，也让石头“归位”。

第十八回介绍妙玉一段，庚本有畸笏极长的批注，计算十二钗已出现的人数，“又有又副删（“册”误）三断（段？）词，乃情（晴）雯袭人香菱三人而已，”又推测副册、又副册还有些什么人。上有眉批：“树处引十二钗总未的确，皆系漫拟也。至末回警幻情榜，方知正副、再副及三四副芳讳。壬午季春，畸笏。”这条批第一个字有人指为“前”误，俞平伯、周汝昌都接受这读法。但是宋淇遍查草字，二字字形仅有一部份相似，极为勉强，所以认为“树”字应作“数”字，是音误，不是形误。我也觉得对。

“末回警幻情榜”来自早本，情榜上“又副”作“再副”。“再副”改“又副”的时候，不预备情榜上再有“三四副”了。第五回警幻明言正册外只有“下边二厨”——“写着‘金陵十二钗副册’，又一个写着‘金陵十二钗又副册’”——“余者庸愚之辈，则无册可录矣。”“三副册、四副册”已经改去，但是显然没有连带改最后一回。

这《红楼梦》的第一百回是从更早的早本里保留下来的。“末回警幻情榜”与“末回‘撒手’”并不冲突——“悬崖撒手”一回内有情榜。回目内有“悬崖撒手”，也许没有“情榜”。

第二十五回通灵玉除邪一段，庚本眉批：“叹不能得见宝玉悬崖撒手文字为恨。丁亥夏，畸笏叟。”

一七六二年，作者在世最后一年的季春，畸笏已经看过百回《红楼梦》末了的“悬崖撒手”回，发现他从前拟的十二钗副册、又副册人名错误，但是五年后又慨叹他看不到“悬崖撒手”一回了。当然这是因为此回改写过，他没看过的是此回定稿。这改写的“撒手”回也遗失了。也许不在那“五六稿”内，否则他似乎不会没看到。

宝玉出家，是从蒋玉菡袭人家里走的。改写过了“花袭人有始有终”一回，理应带改“悬崖撒手”回，照应前文。此外就我们所知，末回情榜早就该删十二钗三副册、四副册了。榜上女子归入十二钗分等次，男子除了宝玉，不会没有柳湘莲秦钟蒋玉菡，大概还有贾蔷，因为画蔷的龄官一定在榜上。一七六〇初叶改写，可能添上贾芸。不过十二钗都是薄命司，贾芸红玉多半是结局美满的，那就榜上无名了。

此回宝玉去过青埂峰下后，该到警幻案下注销档案，再回西方赤瑕宫去做他的神瑛侍者。此后还要接写宝钗的事，因为第一回甄士隐的歌词有“说什么粉正浓，脂正香，如何两鬓又成霜？”

甲戌本夹批："宝钗湘云一干人"。写到她们老了，只能是在此处，除非宝玉做了十廿年或更久的和尚，考验他的诚意。宝钗作《十独吟》，可能是被遗弃后，也可能是以前流散乡居的时候。那时候有宝玉，这时候也还有袭人作伴。因此最大的可能性还是自第八十一回起的"散场"局面中，宝玉出园，探春远嫁，黛玉死了。宝钗虽然早已搬出园去，各门各户另住，也不会常与宝玉见面。这时候写"十独吟"，是"黛玉逝后宝钗之文字"（见第四十二回总批）。

末回除了宝钗湘云，还写到李纨贾兰与族人贾菌。第一回甄士隐的歌词有"昨怜破袄寒，今嫌紫蟒长"，甲戌本夹批："贾兰贾菌一干人"。太虚幻境关于李纨的曲文如下：

> 镜里恩情，更那堪梦里功名。那美韶华去之何迅！再休提绣帐鸳衾，只这戴珠冠，披凤袄，也抵不了无常性命。虽说是人生莫受老来贫，也须要阴骘积儿孙。气昂昂头戴簪缨，簪缨；光闪闪胸悬金印；威赫赫爵禄高登，高登；昏惨惨黄泉路近。……

李纨没受到"老来贫"的苦处，但是儿子一发达她就死了。宝玉二十几岁出家——十五岁（比今本大两岁）的时候"尘缘已满大半了"。——见全抄本第二十五回——贾兰比他小几岁，如果已经有了功名，不会不资助他，因此是在他出家后才发迹。所以也是在末回叙述贾兰接连高中，仿佛是武举，立了军功，挂了帅印，封了爵，像祖先一样。但是李纨没享两天福就死了。

第一回贾雨村"对月寓怀"一诗，甲戌本眉批中有"用中秋诗起，用中秋诗收。”当然不一定两次都是雨村作诗。

第二回雨村很欣赏一个破庙里的一副对联：“身后有余忘缩手，眼前无路想回头。”心里想“其中想必有个翻过筋斗来的”，进去看见一个老和尚，“那老僧既聋且昏，(甲戌本夹批：‘是翻过来的。’)齿落舌钝，（又批：‘是翻过来的。’）所答非所问，雨村不耐烦，便仍出来。”又有眉批：“毕竟雨村还是俗眼，只能识得阿凤宝玉黛玉等未觉之先，却不识得既证之后。”

同回冷子兴谈荣府，讲到宝玉的怪论与奇特的行径，雨村代宝玉辩护，认为有一种兼秉灵秀之气与邪气而生的人物，一方面聪俊过人，而乖僻邪谬不近人情。这就是雨村“能识阿凤宝玉黛玉等未觉之先”。“却不识得既证之后”,“证”是“青埂峰证了情缘”，在“末回‘撒手’”内。显然全书结在雨村身上。末了的中秋诗也是他写的。

雨村丢官治罪，充军期满后，“眼前无路想回头”，到荒山修行，看见青埂峰下一块大石上刻着情榜，但是他并不欣赏榜上那些“情不情”、“情情”的考语。这就是他“却不识得既证之后”。当然大石上也刻着全部《石头记》，否则他光看各人的考语，不知道因由，也无从了解起。

这样看来，宝玉跟着渺渺真人来到青埂峰的时候，石头一“归位”就已经刻着《石头记》全书，包括情榜，否则如果本来没有，不会二三十年后石上又现出许多文字来。因此宝玉“证了情缘”就是看这部书，明白了还泪的故事，大彻大悟后，也不想“天上人间再相见”了，所以绛珠仙子并没出现。

除了这“五六稿”——如果“撒手”回不在内，就是六七稿——还有一回也遗失了。第二十六回冯紫英一段，庚本有两条一七六七年的眉批："写倪二紫英湘莲玉菡侠文，皆各得传真写照之笔。丁亥夏，畸笏叟。""惜卫若兰射圃文字迷失无稿，叹叹！丁亥夏，畸笏叟。"

第三十一回回末湘云把她拾来的宝玉的金麒麟给他看，各本都有回后批："后数十回若兰在射圃所佩之麒麟，正此麒麟也。提纲伏于此回中，所谓草蛇灰线在千里之外。"

下一回开始：

> 史湘云笑道："幸而是这个，明儿倘或把印也丢了，难道也就罢了不成？"宝玉笑道："倒是丢了印平常，若丢了这个，我就该死了。"袭人斟了茶来与史湘云吃，一面笑道："大姑娘，听见前儿你大喜了。"史湘云红了脸吃茶不答。袭人道："这会子又害臊了！你还记得十年前咱们在西边暖阁住着，晚上你同我说的话儿，那会子不害臊，这会子怎么又害臊了？"史湘云笑道："你还说呢，那会子咱们那么好，后来我们太太没了，我家去住了一程子，怎么就把你派了跟二哥哥，我来了你就不像先待我了？"

此段宝玉告诉湘云他珍视这麒麟，当然她知道他是爱屋及乌，因为像她那只麒麟。他不会不知道她定了亲的消息，但是仍旧向她示爱，是他一贯的没有占有欲的爱悦。袭人提起的十年前的夜话，似乎是湘云小时候说要跟袭人同嫁一个丈夫，好永远不分开。——十年前当然是早本的时间表。按照今本，宝玉这一年才十三岁，黛玉比他小一岁，湘云又比黛玉小，十年前至多是一两岁的婴儿。

第二十一回湘云初次出现：“湘云仍往黛玉房中安歇”句下批注：

> 前文黛玉未来时，湘云宝玉则随贾母。今湘云已去，黛玉既来，年岁渐成，宝玉各自有房，黛玉亦各有房，故湘云自应同黛玉一处也。

显然早本写贾家不是从黛玉来京写起的，还有“前文”，写湘云宝玉小时候跟贾母住一间房，也像后来宝黛一样。第十九回袭人自述：“自我从小儿来了，跟着老太太，先伏侍了史大姑娘几年，”可见湘云一住几年，死了母亲才回去了一趟，像第十二回黛玉回扬州一样。想必她家在江南，但是父母双亡后跟叔婶住，“小史侯家”在京中，所以到贾家来也不能长住了。她的地位为黛玉取代，所以总有点含酸。早本大概湘云文字的比重较多，与袭人西边暖阁夜谈等事都是实写的。

射圃是否在大观园，不得而知。第二十六回贾兰演习骑射，是在山坡上射鹿。宁府请客练习弓箭，是在天香楼下箭道上。大观园内如果有个射圃，男宾入园不便，连各处的丫头都要回避。当然，这是“后数十回”了——第十九回批注中有“下部后数十回‘寒冬噎酸虀，雪夜围破毡’等处”，指荣府败落后宝玉的苦况。射圃回也在“后数十回”，当时园中人早已散了，难得有客来访，一时兴起，没有理由不到荒园中习射。

第五十二回宝玉到王子腾家去，有许多随从与排场，庚本批注：“总为后文伏线。”“后数十回”当有荣府衰落后宝玉出门应酬的惨状，作为对比。也可能就是应邀演习弓箭，不在王子腾或小史侯家——护官符上的王史薛三家与贾家“一损皆损，一荣俱荣”——而是在依然富贵的亲戚故旧家中，对照才更强烈。湘云的未婚夫是谁，始终没有透露，也许就是卫若兰。不然就是湘云家里穷了之后对方悔婚，另许了卫家。这时候还没过门。若兰比箭热了脱下外衣，露出佩戴的金麒麟，宝玉见是他卖掉的那只，辗转落到卫家，觉得真是各人的缘份，十分惆怅。——当然，也许完全不是这么回事。

太虚幻境关于湘云的画册与曲词都预言早寡，与第三十一回回目“因麒麟伏白首双星”冲突，一直是一个疑案。

第十二回跛足道人向贾瑞介绍他那只镜子：“这物出在太虚玄境空灵殿上，警幻仙子所制。”庚本眉批：

与红楼梦呼应幻

“红楼梦”指“红楼梦回”，即第五回，因为回目有“开生面梦演红楼梦”（甲戌本），“饮仙醪曲演红楼梦”（庚本）。这条眉批小字旁注“幻”，是指示下一个抄本的抄手，“玄境”应改“幻境”。这一回是关于贾瑞的，《风月宝鉴》内点题的故事，来自作者旧著《风月宝鉴》。搬到这部书里来的时候，此处有没有改写，把太虚幻境——原名“太虚玄境”——写了进去？倘是这样，第一回、第五回连批语在内提起太虚幻境好多次——有时候光称“幻境”——怎么从来没有一个本子有个漏网之鱼的“玄境”？看来贾瑞的故事里的“太虚玄境”是从《风月宝鉴》里原封不动搬来的。

移植到此书内的《风月宝鉴》，此外只有二尤的故事里间接提起过太虚幻境一次。第六十九回尤二姐梦见尤三姐“手捧鸳鸯宝剑前来”，劝她“将此剑斩了那妒妇，一同归至警幻案下，听其发落”，没有用太虚幻境名称，否则一定也是“太虚玄境”。

自从《风月宝鉴》收入此书后，书中才有太虚幻境，一采用了就改“玄”为“幻”，所以第一、第五回内都是清一色的“幻境”。

还有个理由令人怀疑太虚幻境或玄境是此书一直就有的。太虚幻境的预言与第二十二回的灯谜与第六十三回的“占花名”酒令有点犯重，尤其是关于贾家四春与袭人的预言。第六十三回来自极早的早本，回内元妃还是个王妃。是否因为太虚幻境是后加的，隔得年数多了，所以有重复的地方？第二十二回如果也是极早的早本，那么太虚幻境就是跟着《风月宝鉴》一起搬来的，与最初的《石头记》中这两回相隔太久，以至于有些地方重复。

庚本第二十二回未完，到惜春的灯谜为止，上有眉批：“此后破失，俟再补。”似乎是编纂者发现此回的一回本末页残破，预备从别的本子上补抄来，但是结果没找到，只在背面加钉一叶，补抄了两条批。第一段是作者生前的备忘录：

> 暂记宝钗制谜云：朝罢谁携两袖烟？……〔七律。诗下略。〕
>
> 此回未成而芹逝矣，叹叹！丁亥夏，畸笏叟。〔靖本多一“补”字，作“未补成”，署名缺“叟”字。〕

到了现存的庚本，当然已经由同一个抄手一路抄下来了，因此笔迹相同。

回内贾政请贾母赏灯。

> 地下婆娘丫头站满。李宫裁王熙凤二人在里间又一席。

贾政因不见贾兰，便问“怎么不见兰哥？”地下婆娘忙进里间问李氏。李氏起身笑着回道：“他说方才老爷并没去叫他，他不肯来。”婆娘回覆了贾政，众人都笑说：“天生的牛心古怪。”贾政忙遣贾环与两个婆娘将贾兰唤来。

《水浒》《金瓶》里似乎都有“婆娘”这名词，是对妇人轻亵的称谓，带骂人的口吻。此处应作“婆子”，指较年老的仆妇，因为有男主人在座，年轻的家人媳妇不便上前。书中“嬷嬷”大都是保姆。至于职位低的“老妈妈们”，那是下江人的普通话，“婆子”是北方话。接连四次称“婆娘”，可见不是笔误。戚本也是一样。

戚本此回是完整的，有宝钗制谜，那首七律，没说出谜底。贾政猜谜，先看了元春的：

贾政道：“这是爆竹嗄（庚本作‘吓’）？”

后来看到惜春的诗谜：

贾政道：“这是佛前海灯嗄？”（庚本自此二句起缺）

“嗄”读音介于“价”与“娇”之间，是道地苏白，《海上花列传》等吴语小说里都通用。早期白话将“呀”写作“吓”，如曲文中的“相公吓！”“夫人吓！”“嗄”改“吓”是此书改去吴语的一例。此处第二个“嗄”字再加上“婆娘”充分显示戚本此回可靠，是最早的早本，有时候夹着吴语，白话常欠通顺，戚本独有的回末一节文言更多。

回内宝钗生日演戏，有一个小旦。

> 凤姐笑道："这个孩子扮上，活像一个人，你们再看不出来。"宝钗心里也知道，便一笑。宝玉也猜着了，亦不敢说。史湘云接着笑道："倒像林妹妹的模样儿。"
>
> ——庚、戚本同

看来早本湘云比黛玉大，在第二十、第三十二回就已经改为"林姐姐"了，此处是个漏网之鱼。宝钗生日是正月二十一，次日贾政请贾母赏灯，在上房"贾母贾政宝玉一席，下面王夫人宝钗黛玉湘云又一席，迎探惜三个又一席。……李宫裁王熙凤二人在里间又一席。"可以没有贾赦贾琏，似乎不能没有邢夫人。如果因为不是正式过节，只拣贾母喜欢的人，连贾环也在座。

早本贾家家谱较简，《风月宝鉴》收入此书后才有宁府。原先连贾赦都没有，只有贾政这一房——贾琏可能是个堂侄，因为娶了王夫人的内侄女，所以夫妇俩都替贾政管家。——因此贾政不过官居员外郎，倒住着"上房"，"正紧正内室"，荣国公贾赦倒住着小巧的别院，沿街另一个大门出入。早先俞平伯在《红楼梦研究》里仿佛就说过他们住得奇怪。

第二十二回筹备宝钗生日，"贾母……次日便先送过衣服玩物礼去，王夫人凤姐黛玉等诸人皆有随分不一，不须多记。"送礼吃酒看戏都没提邢夫人。贾母叫黛玉点戏，"黛玉因让薛姨妈王夫人等"，也许可能包括邢夫人在内，但是似应作"让薛姨妈邢夫人等"，不能越过她的大舅母，只把二舅母姊妹并提。——全抄本此回据程乙本抄配，此处作"让王夫人等"，大概是因为贾母的一段对白：

黛玉因让薛姨妈王夫人等。贾母道："今日原是我特带着你们取笑，咱们只管咱们的，别理他们。我巴巴的唱戏摆酒，为他们不成？他们在这里白听白吃，已经便宜，还让他们点呢！"说着，大家都笑了。

贾母口中的"你们""他们"将钗黛凤姐等与她们的上一代对立，连薛姨妈都包括在内，是贾母的风趣。程本认为对亲戚不能这么不客气，因此删去"薛姨妈"。

宝钗生日邢夫人似有若无，但是贾母拿出二十两银子来给宝钗做生日的时候，与凤姐有一段对白，末了贾母说：

"……你婆婆也不敢强嘴，你和我梆梆的。"凤姐笑道："我婆婆也是一样的疼宝玉，我也没处去诉冤，倒说我强嘴。"

此处一提凤姐的婆婆邢夫人，是有了贾赦之后改写过，不像下半回赏灯猜谜是纯早本。

自甲辰本到程本，此回都缺惜春谜，又把宝钗制谜移作黛玉的，打"香"或"更香"，另添宝玉宝钗二谜。俞平伯说："甲辰本叙事略同程甲本而甚简单，自'更香'一谜直至回末，作：

贾政道："这个莫非是香？"宝玉代言道："是。"贾政又看道：南面而坐，北面而朝。象忧亦忧，象喜亦喜。打一物。贾政道："好，好！大约是镜子。"宝玉笑回道："是。"贾政道："是谁做的？"贾母道："这个大约是宝玉做的。"贾政就不言语，往下再看道是：有眼无珠腹内空，荷花出水喜相逢。梧桐叶落分离别，恩爱夫妻不到冬。打一物。贾政看到此谜，明知是竹夫人，今值元宵，语句不吉，便佯作不知，不往下看了。于是夜阑，杯盘狼藉，席散各寝。后事下回分解。

这是从脂庚到程甲的连锁，所补当比较早。今《红楼梦稿》这回既据程乙本抄配，自在甲辰本之后……”（见《谈新刊〈乾隆抄本百廿回红楼梦稿〉》,《中华文史论丛》第五辑,第四四一至四四二页）

俞平伯没提起戚本此回与甲辰、程本这系统的关系。从表面上看来，是甲辰本续成庚本未完的这一回，程甲本又参看戚本添补加长，加上戚本这两段：贾政回房伤感失眠；贾政去后宝玉宝钗凤姐一场生动的小戏——但是改宝钗为黛玉。程甲本没发觉此处凤姐的对白与甲辰本所加的宝玉谜语冲突：“刚才我忘了为什么不当着老爷撺掇叫你也作诗谜儿。”分明宝玉并没有制灯谜。

此外甲辰本“时值元宵”句日期错误，程甲本改了。

其实甲辰本也是根据戚本增删改写的，与庚本无干。删惜春谜，大概因为与第五回犯重，而又排列得较死板，四春顺序下来。删去贾政失眠一段，想必因为太娘娘腔多愁善感。删去回末那场精彩的小戏，正是因为凤姐的对白与甲辰本新添的宝玉制谜冲突。程甲本又把后两段都恢复了。

甲辰本并没说竹夫人谜是谁的，因为这流行的民间谜语太粗俗了，一说穿是宝钗的，就使人觉得不像，宝钗怎么会写得出“恩爱夫妻不到冬”这种话？甲辰本这一段相当技巧,程本却给添上“宝钗的”。

但是甲辰本宝黛钗三人制谜下有批注：“此黛玉一生愁绪之

意”，“此宝玉之镜花水月”，“此宝钗金玉成空”。大概也就是改写此回的人自批，免得读者不懂。批语与正文中明点又不同些，因为不过是批者的意见，读者可以恍恍惚惚将信将疑。

改这一回的，如果不是作后四十回的续书人，至少有续书的计画，而且也是写宝玉娶宝钗后出家。他不是梦觉主人，因为此本的“梦觉主人序”是这样结束的：

> 书之传述未终，余帙杳不可得；既云梦者，宜乎留其有余不尽，犹人之梦方觉，兀坐追思，置怀抱于永永也。

不是蓄意续书者的话。

这篇序开始说：

> 辞传闺秀而涉于幻者，故是书以梦名也。夫梦曰红楼，乃巨家大室儿女之情，事有真不真耳。红楼富女，诗证香山；悟幻庄周，梦归蝴蝶；作是书者藉以命名，为之“红楼梦”焉。

显然书名“红楼梦”，通篇没提“石头记”。而且此本目录前、每回前后、每叶中缝都标明“红楼梦”三字（见周汝昌著《红楼梦新证》第一〇二五页）。迄今误作“甲辰本‘石头记’”，大概是因为当时（一七八四年）“石头记”脍炙人口，“红楼梦”没人知道，书商见是同一部书，另加题页，采用“石头记”书名。

当然，续书人也用“红楼梦”这名字。这一个巧合，与甲辰本改第二十二回的人与序之间的矛盾，有一个可能的解释：此本是续书人的前八十回，后四十回还没写完，或是起初不被接受，但是此书的八十回本是有市价的，十分昂贵，所以已经传抄了出去，成为一个独立的单位，辗转落到梦觉主人手中。

戚本贾政猜惜春制谜后，自忖四姊妹制谜都是不祥之兆，个别分析，这一段太露骨，破坏了预言应有的神秘气氛，文笔也乏弱。下接宝钗制谜。庚本在惜春的谜语后截断，回后附记宝钗制谜，不管是作者自己还是批者写给作者的备忘录，都是摘录删文中保留的一个谜语，并非摘录一回本背面破损的阙文，其理甚明。因此庚本此回与全抄本第二十四回同一情形，都是回末改写抽换，而缺改稿。

畸笏似乎不会没看过原有的第二十二回，但是因为一贯的不提改写，只说“此回未补成而芹逝矣”，“补”可能是指回尾破失，也可能是未完待续，完全无视于戚本此回的存在。

第二十二回与第六十三回同是从最早的早本里保留下来的，而太虚幻境的预言写得比较晚，相隔的年数太久，因此一部份与这两回的预言重复。太虚幻境在此书是后进，再加上贾瑞的故事中的线索，可知太虚幻境是跟着《风月宝鉴》一起搬过来的，原名“太虚玄境”，吸收入此书后改名太虚幻境。这是在十载五次增删中。有了太虚幻境，才有金陵十二钗簿籍，有红楼梦曲。因此“增删五次”后，书名改为“金陵十二钗”，畸笏又主张用“红楼梦”为总名。

金陵十二钗都属于薄命司，因此预言湘云早寡。本来她是与卫若兰白头偕老的。“因麒麟伏白首双星”是从早本保留下来的回目。这大概就是“白首双星”的谜底。

一七六七年畸笏惋惜“后数十回”内的卫若兰射圃文字遗失了，显然“后数十回”其他的部份尚在。次年一七六八，乾隆三十三年，永忠作“因墨香得观红楼梦小说吊雪芹”诗三首。墨香名额尔赫宜，是曹雪芹的朋友敦诚敦敏兄弟的叔父，但是比敦诚还小十岁（见赵冈著《红楼梦新探》第一三四页）。他没有“庚辰秋月定本”的八十回本《石头记》，只有一七五四本前的百回《红楼梦》，里面想必缺卫若兰射圃回，像“庚辰秋月定本”之缺第六十四、六十七回。

百回《红楼梦》里贾家没有抄家，获罪后荣府仍聚居原址，“散场”在获罪前，宝玉迁出园去，探春远嫁，黛玉死了。迎春之死大概也在这时候。太虚幻境预言迎春婚后“一载赴黄粱”，“叹芳魂艳魄，一载荡悠悠。”她是秋天出嫁的。合看第二十六与第七十九回批语，后文有潇湘馆“落叶萧萧，寒烟漠漠”，是黛玉死后“对境悼颦儿”。“落叶萧萧，”又是秋天了。

自一七五四本添写抄家，一七六〇初叶写狱神庙，关于“抄没、狱神庙诸事”，代替原有的获罪一回。八十回后获罪前的几回不受影响，不需要改。这几回其实是百回《红楼梦》的高潮。因为避讳抄家，写荣府受的打击较轻，而将重心移到时间的悲剧上，少年时代一过，都被逐出乐园。此后祸发，只毁了宁府，荣府的衰落不过加速与表面化。第七十二回林之孝已经在说“家道艰难”，建议遣散一部份婢女奴仆，出事后实行遣散，导致袭人之去。去后终于与蒋玉菡一同奉养宝玉宝钗夫妇，成为末一二十回的一条主线。

直到一七六八年，作者逝世后五六年，自八十一回起的这几回定稿还保存在百回《红楼梦》里，结果竟失传了。

在长期改写中，早先流传出去的抄本一直亦步亦趋，跟着抽换改稿。为了节省抄工，各本除了甲戌本都可以称为百衲本，回为单位，或是两回为单位，原是一大回；也有几回连在一起的整大块早本，早本中又有保留下来的更早的本子。连甲戌本也原封不动收编了一册搭一回的一七五四本——头五回。

早本陆续抽换，一一变成今本，只有百回“红楼梦”也许因为是较晚的本子中唯一完工的，有些书主舍不得拆成八十回本，所以迟至一七六〇末叶还有。八十回后的几回定稿，与改抄家后有问题的几回，以及“花袭人有始有终”、“撒手”诸回的初稿，都保存在百回《红楼梦》里，而终于散失，不能不归罪于畸笏等一两个还在世的人。畸笏只在忙着收集散批为总批，大字抄作正文，抬高批者的地位，附骥流传。

因此遗稿分三批：（一）一七六〇初叶写的“五六稿”：茜雪红玉——有别于巧姐的——狱神庙回——至迟也在一七六二下半年前——与贾芸探庵回；“花袭人有始有终”等改写的三四回；为借阅者遗失。改写的末回“悬崖撒手”大概不在内，那就一共遗失了六七回。

（二）自八十一回起数回，定稿。

（三）自八十几至九十几回，除获罪一回为茜雪红玉狱神庙回取代，写荣府败落后仍住府中，与“五六稿”不连贯。内有“薛宝钗借词含讽谏，王熙凤知命强英雄”一回。

第二、三两项在百回《红楼梦》里，一七六八年尚在。

永忠一七六八年写的“因墨香得观红楼梦小说吊雪芹”的诗收在他的《延芬室集》中，上有瑶华眉批：“第红楼梦非传世小说，余闻之久矣，而终不欲一见，恐其中有碍语。”出诗集距作诗，中间又隔了一段时间。瑶华所说的《红楼梦》恐怕已经是三十年后的刻本了——抄本出名的是《石头记》。永忠明义所见的《红楼梦》

抄本“世鲜知者”。瑶华不会“闻之久矣”。

八十回本《石头记》出了名，而未完，很神秘，书中又暗示后文有抄家，当然引起种种传说，以为是后部有问题，被删去，或是作者家里人不敢拿出来。瑶华甚至于都不敢看，怕里面有碍语。作此批的时候永忠如果还在世，就可以告诉他百回《红楼梦》里贾家并没有抄家。其实加抄家后内容也绝对无碍。

来总结一下：

一七五四本前，书名“红楼梦”时期已有林红玉，一个怡红院的丫头，难得有机会接近宝玉。第二十四回宝玉初见红玉一节内，晴雯有母亲，是晴雯与金钏儿的故事还没分裂为二的早本，因此宝玉初见这一场是旧有的。此外明义《题红楼梦》诗中咏小红的一首写宝玉替她梳头，这一场今本改为第二十回麝月篦头一段。

一七六〇本改写红玉与贾芸恋爱，脂砚在一七五九年冬批书，显然感到意外。有个批者推测贾芸“后来荣府事败，必有一番作为”，可见原有的“后卅回”“后数十回”内没有贾芸，是一七六〇本新添的一个人物。

红玉调往凤姐房中，也是个新发展。调去后只有第二十九回清虚观打醮大点名与第六十七回莺儿口中提到她。戚本第六十七回此处作丰儿，没有红玉。戚本此回异文既多又坏，但是异文中的吴语“小人”与第五十六回相同，所以戚本此回还是可靠的。显然是一七六〇本添写红玉去伏侍凤姐之后，才把此回的丰儿改为红玉。但是“庚辰秋月定本”缺第六十四、六十七两回，因此是一七六〇年后改的。一七六二年冬作者逝世前，此回又改写过一次，而且已经忘了上次兴儿改在二门上当值，总至少隔了有一两年。丰儿改红玉该是一七六一年左右。

第六十七回分甲（失传）、乙（戚本）、丙（全抄本）、丁（武裕庵本，已卯本抄配）四种。甲衔接今本第六十八回，回内凤姐发现偷娶尤二姐时，贾琏还没到平安州去。

参看此回与第六十三、六十五回各本歧异处，可知作者生前最后两年在提高尤三姐的身分，改为放荡而不轻浮。

第五十六回有一点与第六十七回乙矛盾。此点经第六十七回丙改写，而仍旧与第五十六回矛盾。第五十六回显然与第六十七回乙、丙都相隔很久。第六十七回是二尤的故事。《风月宝鉴》收入此书之后才有二尤。收入之后，此回又还改写过一次，由甲变为乙，因此第六十七回乙已经不很早了。丙更晚——一七六一年左右才改写的。第五十六回在时间上与二者相距都远，只能是最早的早本。

第五十五回内凤姐平儿谈话中两次将惜春算作贾政的女儿。戚本第二回介绍迎春的一句异文，“政老爹养为已女”，是解释迎春为什么住在贾政这边。但是因为贾政领养迎春不大合理，所以另加解释，是贾母“极爱孙女，都跟在祖母这边一处读书”，删去贾政领养迎春，只有全抄本漏删。此后惜春改为贾珍之妹，但是勉强还可以归入贾母孙女之列。显然惜春本来是贾政幼女，否则贾政领养迎春这句变得毫无目的——还有个宁府的人更需要解释。

看来早本贾家家谱较简，《风月宝鉴》收入此书后才有宁府，才将惜春改为贾珍之妹。第五十四、五十五回原是一大回，至一七五四本分作两回，所以第五十四至五十六这三回同属早本。

一七五四本改去第五十八回元妃之死，删去第五十六回贾母等人宫探病，这一回不够长了，因此在回末加上甄夫人来京一节，横跨回尾与下一回回首——装钉最便的改写法。甄家一段从早本别处移来，移植中改写过，因此梦甄宝玉一节兼有早本与一七五四本的特征：吴语“小人”、“长安都中”；“狃”、回末没有“下回分解”之类的套语。

下一回元妃托梦也删了，所以庚本第五十六回末句下批注：“此下紧接‘慧紫鹃试忙玉’”提醒作者移植另一回填空档。

第五十六回内探春提起到赖大家去的事，指第四十七回赖家庆祝赖尚荣得官。第五十六回来自早本，因此早本原有第四十七回薛蟠在赖家戏柳湘莲。

第四十八回脂砚有一条长批，说明香菱这人物不可不入园，以及赖尚荣与戏湘莲都是为了香菱入园而设。但是第六十七回乙的异文透露薛蟠本来每年下江南经商。其实香菱随时可以入园。添写第四十八回香菱入园这一回，才把薛蟠改为向不出门，并利用原有的戏湘莲事件，促使薛蟠南下一次，造成香菱入园的唯一的一个机会。脂砚那条长批不过是理论，并不根据这一个事例里的事实，因为此书批者都绝口不提改写——删天香楼是例外。

一七六〇本又添了个坠儿替红玉贾芸穿针引线，后文就利用坠儿偷虾须镯，代替另一个怡红院小丫头篆儿。篆儿改为疑犯，邢岫烟的丫头。

第二十四回回末红玉梦贾芸，与下一回回首借喷壶途中遇贾芸，是在一七六〇本后添写的，脂砚一七五九年冬批书的时候还没有这两段，因此否认红玉“为芸儿害相思”。全抄本第二十四回缺回末红玉的梦，是一七六〇本经过改写抽换，而缺改稿。截断处正在叙述她父母的职务，下句应是她哥哥在仪门外书房该班，以及昨日寻兄遇贾芸的事。改写加梦的时候误删此句，忘了这是补叙她在书房门口叫“哥哥”的原因。

红玉第二十六回才看见贾芸拿着的手帕像她丢了的那块，第二十四回倒已经梦见她遗失的手帕是他拾了去。这梦能前知，与第五十三回贾蓉已经知道第七十二回鸳鸯借当的事，同是改写中误将次序颠倒。

一七六七年，畸笏指出脂砚在一七五九年冬不知道后文有“狱神庙回”——“茜雪红玉一大回文字”，写“抄没、狱神庙诸事”，茜雪“狱神庙慰宝玉”，红玉“有宝玉大得力处”。此回与“花袭人有始有终”等“五六稿”在作者生前被借阅者遗失了。

第十九回批李嬷嬷的话“上次为茶撵茜雪的事”：“又用一‘撵’，屈杀宝玉。……”但是读者怎么知道茜雪是自动走的？书中只字不提，未免太不清楚。茜雪只在第七、八两回出现，两回回末都有诗联，属诗联期，约在一七五五年定稿。第八回内写宝玉掷茶杯发脾气后，岔开去写秦钟伴同入塾的事，下两回是闹学与闹学余波，接写秦氏病、死、出丧、秦钟的恋爱与死亡，元妃省亲，直到第十九回才有机会提起茜雪已去。

一七六二年春删第十三回“秦可卿淫丧天香楼”一节，下半年在第十、十一回补加秦氏病，挤出这两回原有的内容：薛蟠戏秦钟。贾琏有事出门也连带的删了。第十或第十一回一定原有茜雪求去，这两回经过改写，因为秦可卿的病，背景一直在东府，无法插入茜雪的事，只好也删了。

写狱神庙回的时候，茜雪之去想必还没删，不然读者不知道她怎么走的，无法接写她“慰宝玉”。因此写狱神庙回在一七六〇至六二上半年之间。

第八回有早本回目“掷茶杯贾公子生嗔”，可见早本已有迁怒茜雪的事。但是如果发展下去也有“慰宝玉”，不会在狱神庙，因为抄家才把家属暂时寄押在狱神庙中。巧姐在狱神庙重逢刘姥姥，大概也与买卖人口的官司有关。一七五四本添写抄没，到一七六〇初叶才把茜雪红玉写在一回内，提前借用狱神庙作背景，从这两个不念旧恶的丫头身上写出破家的辛酸。

畸笏暗示狱神庙中宝玉红玉的谈话内容，听上去红玉还没嫁给贾芸。显然红玉去凤姐处后，直到此回方才重新出现。原来红玉外调不过是遣她出园，正如脂砚批的“奸邪婢岂是怡红应答者，故即逐之”，也符合宋淇关于大观园的理论。畸笏代红玉辩护：“凤姐用小红，可知晴雯等埋没其人久矣，无怪有私心私情”，照当时的观点看来，是把才德混淆了。

红玉是林之孝的女儿这一点，与她在怡红诸鬟间的地位不合，与晴雯对林之孝家的态度也不合，显然是后改的。第二十四回宝玉初见红玉一节内，第二十六回红玉佳蕙的谈话中，晴雯都不是孤儿，二者都是早本，经一七六〇本改写，但这两场的红玉都与林之孝之女的身分不合。显然直到第二十七回凤姐红玉的谈话中方才触机将红玉改为林之孝的女儿，纯粹为了对白的效果，并与狱神庙回的情节无关。

畸笏一七六二年初夏的一条总批提起贾芸仗义探庵，因此探庵写成的下限是一七六二年初夏。探庵营救的女尼不会是妙玉或芳官，情形都不合，淘汰下来唯一的可能是惜春。由于贾芸红玉的关系，此回应在“五六稿”内，与狱神庙回同是一七六〇初叶写的。探庵、狱神庙回的背景都不在荣府。看来抄没后的背景仍旧成问题，没有能代替破败的大观园的。

一七五四本保留下来的第二十八回旧总批提及后回袭人与蒋玉菡供奉宝玉宝钗夫妇，“得同终始”，可见百回《红楼梦》中这后回回目也就是“花袭人有始有终”。畸笏不会没看过这一回，但是作者去世后，畸笏声称“花袭人有始有终”这一回他只有一次誊清后看到，随即“五六稿”都被借阅者遗失了。当是指一七六〇初叶改写的“花袭人有始有终”回，因为批者讳言改写，从脂砚批香菱入园的态度上可以看出来。

袭人夫妇迎养宝玉宝钗，当在荣府“子孙流散”后，所以背景也不在荣府。“五六稿”内，其余的大概也是改写败落后背景不在荣府的两三回。

根据有关的脂批，《红楼梦》第一百回“悬崖撒手”写宝玉出家是先削发为僧，然后才经渺渺真人带到青埂峰下“证了情缘”。同回稍后，贾雨村流放期满入山修行，见青埂峰大石上刻着“情榜”，也并不欣赏。他在第二回大谈秀气所钟的人物可能乖僻邪谬，似是宝玉的知己，但是“只能识得阿凤宝玉黛玉等未觉之先，却不识得既证之后”。情榜当然是与《石头记》全书合看的，否则就不能怪他不了解。因此宝玉来的时候也已经都刻在石上了。“证了情缘”就是看《石头记》。

一七六二年季春，畸笏已经看过了“末回情榜”，榜上有正副、再副、三四副十二钗人名。百回《红楼梦》中金陵十二钗分类显然与今本不同；第五回的十二钗册子只分正副、又副册——由六十人减为三十六人。一七六七年畸笏又慨叹看不到末回“撒手”了，当然是指改写的末回。此回大概不在“五六稿”内，但是也丢了。

此外畸笏只说还有卫若兰在射圃的一篇“佚文”遗失了，在“后数十回”，似是荣府败落后，写宝玉那只金麒麟落到卫若兰手里，因为若兰与湘云姻缘天定。第三十一回“因麒麟伏白首双星”回目与太虚幻境关于湘云早寡的预言冲突。第十二回贾瑞的故事里有“太虚玄境”，庚本眉批内注应改“幻”。这来自《风月宝鉴》的故事，如果是搬入此书的时候将原名“太虚玄境”的太虚幻境写了进去，怎么别处从来没有一个漏网之鱼的“太虚玄境”？看来此段是原封不动搬过来的；《风月宝鉴》中原有“太虚玄境”，吸收入此书的时候方才改名太虚幻境。

太虚幻境的预言与第二十二、第六十三回的预言有一部份叠床架屋。第六十三回来自元妃还是王妃的早本。第二十二回是否也是极早的早本，与后加的太虚幻境相隔太久，所以重复？

庚本第二十二回未完，戚本此回已完，回内同将“婆子”误作“婆娘”。戚本此回有两个吴语“嗄”字，第一个“嗄”庚本已改为早期白话的“吓”字，第二个“嗄”在戚本独有的回末一节内。因此戚本这一回也可靠，来自半文半白、间有吴语、最早的早本。

庚本此回回后的备忘录记下宝钗制谜，是保留删文的一部份，显然删去戚本回末一节预备另写。畸笏向不提改写，所以只说“此回未补成而芹逝矣”，戚本此回根本不算。

甲辰本此回由另人增删戚本回末一节——程甲本根据甲辰本而参看戚本，又恢复了删去的两节——预言宝玉娶宝钗后出家。显然计画续书。此人不是梦觉主人——甲辰本“梦觉主人序”的结论是此书未完反而“有余不尽”，回味无穷。

梦觉主人是为《红楼梦》作序，此本回首回末与每叶骑缝中又都有“红楼梦”三字，因此甲辰本原名“红楼梦”，书商改名“石头记”。后四十回的作者也用“红楼梦”书名，这是甲辰本改第二十二回的人与续书人之间的又一连锁。

第二十二回与第六十三回同属极早的早本，与太虚幻境显然相隔年数太久，以致有重复。《风月宝鉴》收入此书的时候，书中始有太虚幻境。金陵十二钗都属薄命司，因此湘云改为早寡。“因麒麟伏白首双星”是保留下来的极早的回目。

遗稿除了遗失的“五六稿”——不包括末回“撒手”就是六七回——还有八十回后贾家获罪前数回，定稿，写宝玉迁出大观园，探春远嫁黛玉死；获罪后数回，背景在荣府，待改；以及“花袭人有始有终”、“撒手”诸回的初稿。以上都在一七六八年左右永忠所见的《红楼梦》里。只缺卫若兰射圃回。但是这本子终于失传了。

流行的八十回本《石头记》未完，不免引起种种猜测，以为后文写抄家有碍语，不能面世。其实加抄家前后的两条路线都安全，症结在有一点上二者无法妥协，不然这部书也不会未完。

五详红楼梦
——旧时真本

欣赏《红楼梦》，最基本最普及的方式是偏爱书中某一个少女。像选美大会一样，内中要数史湘云的呼声最高。也许有人认为是近代人喜欢活泼的女孩子，贤妻良母型的宝钗与身心都病态的黛玉都落伍了。其实自有《红楼梦》以来，大概就是湘云最孚众望。奇怪的是要角中唯独湘云没有面貌的描写，除了"醉眠芍药茵"的"慢起秋波"四字，与被窝外的"一弯雪白的膀子"（第二十一回），似乎除了一双眼睛与皮肤白，并不美。身材"蜂腰猿背，鹤势螂形"，极言其细高个子，长腿，国人也不大对胃口。她的吸引力，前人有两句诗说得最清楚："众中最小最轻盈，真率天成讵解情？"（董康《书舶庸谭》卷四，题玉壶山人绘宝钗黛玉湘云"琼楼三艳图"，见周汝昌著《红楼梦新证》第九二九页。）她稚气，带几分憨，因此更天真无邪。相形之下，"任是无情也动人"的宝钗，宝玉打伤了的时候去探望，就脉脉含情起来，可见平时不过不露出来。

前引董康那首七律，项联如下：

> 纵使期期生爱爱（云幼时口吃，呼二哥为爱哥），从无醋醋到卿卿。

上句把咬舌——又称大舌头——误作口吃，而且通常长成后还有这毛病。下句也不正确，黛玉不是不吃醋，吃得也有点道理。第二十二回黛玉跟宝玉呕气，宝玉没有分辩，“自己转身回房来”，句下批注：“颦儿云与你何干，宝玉如此一回则曰与我何干可也，口虽未出，心已误〔‘悟’误〕矣……”回房袭人提起宝钗还要还席，“宝玉冷笑道：‘他还不还，管谁什么相干？’”批注：“……此相干之语,仍是近文,与颦儿之语之相干也。上文来〔‘未’误〕说，终存于心，却于宝钗身上发泄。素厚者惟颦云，今为彼等尚存此心，况于素不契者，有不直言者乎？……”宝玉与宝钗向不投契，黛玉妒忌她一大半是因为她人缘太好了，又有金玉姻缘之说。湘云倒是宝玉确实对她有感情的。但是湘云对黛玉有时候酸溜溜的，仿佛是因为从前是她与宝玉跟着贾母住（见《四详》），有一种儿童妒忌新生弟妹夺宠的心理。她与宝黛的早熟刚巧相反。

第五十七回湘云要替邢岫烟打抱不平，黛玉笑她“你又充什么荆轲聂政？”这些人里面是湘云最接近侠女的典型，而侠女必须无情，至少情窦未开，不然只身闯荡江湖，要是多情起来那还得了？如果恋爱，也是被动的，使男子处于主动的地位，也更满足。侠女不是不解风情就是“婊子无情”，所以“由来侠女出风尘”。

前几年我在柏克莱的时候，有一次有个漂亮的教授太太来找我，是美国人读中国史，说她的博士论文题目是中国人的侠女崇拜——兼“中国功夫”与女权运动两个热门题材——问我中国人这样注重女人的幽娴贞静，为什么又这样爱慕侠女。

这问题使我想起阿拉伯人对女人管得更紧，罩面幕，以肥胖为美，填鸭似的在帐篷里地毯上吃了睡，睡了吃。结果他们鄙视女人，喜欢男色。回教国家大都这样。中国人是太正常了，把女人管得笔直之后，只另在社会体系外创造了个侠女，也常在女孩子中间发现她的面影。

那天我没扯得这么远，也还在那间狭小的办公室里单独谈了三刻钟模样。她看上去年纪不上三十，身材苗条，头发眼睛近黑色，面貌是差不多的影星都还比不上她，芳名若克三·卫特基（报上译为罗莎妮·卫特克，一作洛克沙尼·惠特基，又作薇特玑）；寄了本《毛泽东革命性的不朽》给我，作为报酬，也只好笑纳了，也没道谢。大概他们夫妇俩都是新左，一两年后双双去北平见毛泽东，她访问江青，我也是最近才在报上看见，也在电视上看见她。中共“两报一刊”指控四人帮“维持非法的对外关系，出卖国家与党的重要机密……”“传说政治局的报告称：江青在一九七二年后接受美国学者罗莎妮·卫特克的访问中泄漏了党政秘密。它说，江青安排了此项访问，希望卫特克能写一本书，建立江青的声望，以方便她最后的‘篡党夺权’。”（《华盛顿邮报》）“四人帮之一的姚文元曾陪同江青接受访问。那一系列访问历时一周，前后达六十小时。……”（《纽约时报》）“……美国学者洛克沙尼·惠特基相信，江青是一个女人仍然生活在男人支配的世界中，她已受到伤害。”（《纽约时报》）末句是公式化的女权运动论调，将江青视为被压迫的女性，令人失笑。

言归正传，且说史湘云，由于我国历来的侠女热，多数读者都觉得她才是宝玉的理想配偶。传说中的“旧时真本”内宝玉最后与湘云结合，我一向暗笑这些人定要把他们俩撮合成了才罢，但是《四详红楼梦》后，看法不同了。

《四详》发现早本不自黛玉来京写起，原有黛玉来之前，湘云小时候长住贾家，与宝玉跟着贾母住一间房——介绍湘云的时候大概有容貌的描写——都删掉了，包括湘云袭人暖阁夜话——第三十一回在二人谈话中追叙——湘云当时说的“不害臊的话”——有关婚事，因为是在袭人贺她定亲时提起的；也与她们俩过去深厚的交情有关，因为湘云接着就说：“你还说呢，那会子咱们那么好……”“不害臊的话”当然是湘云说但愿与袭人同嫁一个丈夫，可以永远在一起。如果湘云真与袭人一同嫁给宝玉，结果袭人倒走了，嫁了蒋玉菡，还是不能在一起。预言的应验含有强烈的讽刺，正像许多神话里有三个愿望一一如愿，而得不偿失，使人啼笑皆非。

是否因为结局改了，所以同事一夫的伏笔也删了，连同宝玉湘云青梅竹马的文字以及湘云相貌的描写？

第三十一回的金麒麟使黛玉起疑。回前总批说：“金玉姻缘已定，又写一金麒麟，是间色法也，何颦儿为其所惑？”周汝昌认为此回回目“因麒麟伏白首双星”指宝玉最后与湘云偕老。他这样解释这条总批：

> 论者遂谓此足证麒麟与宝玉无关。殊不思此批在此只说的是对于“木石”来讲，“金玉”已定。若麒麟的公案，那远在“金玉”一局之后，与“木石”并不构成任何矛盾。当中尚隔着一大层次，所以批者语意是说黛玉只当关切金玉，无庸再管麒麟的事。
>
> ——《红楼梦新证》第九二四页

这当然是强辞夺理。黛玉怎么会不关心宝玉将来的终身伴侣是谁，何况也是熟识的，与自己一时瑜亮的才女，即使他们的结合要经过一番周折。

但是一直有许多人相信“白首双星”回目是指宝玉湘云。因此脂批又代分辩，批回末一节：“后数十回若兰在射圃所佩之麒麟，正此麒麟也。提纲伏于此回中，所谓草蛇灰线在千里之外”，表示这兆头应在卫若兰身上。

八十回内卫若兰只出现过一次，在第十四回秦氏出丧送殡的行列中。秦可卿的故事来自《风月宝鉴》。《风月宝鉴》收入此书后，书中才有秦氏大出丧，才有卫若兰其人。问题是秦氏丧事写进此书时就有卫若兰了，还是后添的，在吊客名单末尾加上个名字。

《风月宝鉴》一收入此书，书中就有了太虚幻境。太虚幻境的册子与曲文都预言湘云早寡：“展〔即‘转’〕眼吊斜辉，湘江水逝楚云飞。”“厮配得才貌仙郎……终久是云散高唐，水涸湘江。”已经是“斜辉”，夕阳西下了，而且“终久”，显然并没有再婚。如果当时还没有卫若兰这人物，那么她嫁的还是宝玉——“才貌仙郎”不会是无名小卒。但是从来没有宝玉早死之说，而且曲文明言金玉姻缘成就，若是婚后宝钗早卒，续娶湘云后宝玉也早死，成了男女主角三人都早死。所以还是只能是《风月宝鉴》一搬过来就添写了个短寿的卫若兰，作湘云的配偶。从此湘云的命运就是早寡守节，不能与任何人偕老。“白首双星”显然是早本回目，因此冲突。这早本没有卫若兰，已有第三十一回，“因麒麟伏白首双星”当然就是指此回的宝玉湘云。

——《四详》认为“白首双星”原指卫若兰与湘云偕老，书中有了太虚幻境之后，十二钗都属薄命司，才改湘云早寡，是错误的。——

显然早本有个时期写宝玉湘云同偕白首，后来结局改了，于是第三十一回回目改为“撕扇子公子追欢笑，拾麒麟侍儿论阴阳”（全抄本），但是不惬意，结果还是把原来的一副回目保留了下来，后回添写射圃一节，使麒麟的预兆指向卫若兰，而忽略了若兰湘云并未白头到老，仍旧与“白首双星”回目不合。脂批讳言改写，对早本向不认账，此处并且一再代为掩饰。

畸笏嗟叹“卫若兰射圃文字迷失无稿”，该是整个一回本遗失，类似已卯本、庚本的第六十四、六十七回，都是写得相当早的，编十回本时找不到了，与借阅者遗失的那“五六稿”不同，不是遗稿。

第二十二回“宝玉悟禅机”，黛玉看了他写的偈与词，告诉袭人“作的是顽意儿，无甚关系”。庚、戚本句下批注：“黛玉说无关系，将来必无关系。余正恐颦玉从此一悟则无妙文可看矣，不想颦儿视之为漠然，更曰‘无关系’，可知宝玉不能悟也。盖宝玉一生行为，颦知最确，故余闻颦语则信而又信，不必定玉而后证之方信也。”看这一段的语气，批者是初看此书，还不知道结局怎样。第二十二回来自极早的早本，这条批该是初名“石头记”时批的。

稍前宝玉填了词，“中心自得，便上床睡了。”庚、戚本句下批注：“前夜已悟，今夜又悟，二次翻身不出，故一世堕落无成也。”在这最初第一个早本里，显然宝玉后来并未出家。

与湘云白头偕老，自然是没有出家。如果晚年丧偶后出家，那是为了湘云，不是为了黛玉了。

出家的预兆在第三十、三十一回，两次都是宝玉用半开玩笑的口吻说“你死了我做和尚”，一次向黛玉说，一次向袭人说。第二十九至三十五回这七回是在书名“红楼梦”期前或更早，加金钏儿的时候改写的，除了几段保留下来的原文，都没有回内批。出家的预兆是否这时候插入的，不得而知，因为这几回后来又还改写过一次。反正预言出家这两段是后添的。

此书初名“石头记”，改名“情僧录”。第一回甄士隐抱着女儿站在门口，街上来了一僧一道，“看见士隐抱着英莲，那僧便哭起来”。甲戌本批：“奇怪。所谓情僧也。”情僧原来是茫茫大士，二仙之一。这与楔子冲突。楔子里空空道人把青埂峰下大石上刻的一部书抄了来，看了此书“因空见色，由色生情，传情入色，自色悟空，遂易名为情僧，改‘石头记’为‘情僧录’。”情僧是空空道人觉悟后的禅号。

空空道人入山“访道求仙”，似乎是个道士，而不是随便取的别号。道士改名情僧，非常奇怪。但是我们一旦知道情僧本来是茫茫大士，就恍然了。最初楔子较简短，石上刻的文字是茫茫大士录了去的，因此书名一度改为“情僧录”。此后添写空空道人这人物，与石头问答，借石头口中发挥此书与一般才子佳人的小说不同处。但是改由空空道人抄录“石头记”，不得不牺牲“情僧录”书名，因此使空空道人改名情僧，“情僧录”就仍旧保留在那一系列书名内。

先后两次“情僧录”都是指情僧作的记录。如果双关兼指情僧的故事，即宝玉为情削发为僧的故事，也是书名改为“情僧录”之后的事了。初名“石头记”的第一个早本内，宝玉没有出家。

楔子末尾那一系列书名，按照时序重排，是初名“石头记”，改名“情僧录”，十年五次增删后又改名“金陵十二钗”；增删时将《风月宝鉴》收入此书，棠村就主张叫“风月宝鉴”；最后畸笏建议总名“红楼梦”，但是到了一七五四年，脂砚又恢复“石头记”原名（见

《二详》)。十年改写期间,大概前期仍旧书名“石头记”,后期已改“情僧录”。

楔子里后加的空空道人一节，内有：

> 空空道人听了此话,思忖半晌,将这“石头记”本名再细阅一遍。

加空空道人时，书名仍是“石头记”，但是作此批时，书名已改“情僧录”或“金陵十二钗”或“红楼梦”，因此在“石头记”下注明“本名”。但是此回回首还提起过“石头记”，并没有批注“本名”：

> 此开卷第一回也。作者自云因曾历过一番梦幻之后，故将真事隐去，而借通灵之说，撰此《石头记》一书也。故曰甄士隐云云。

劈头第二句，批者决不会错过此处的“石头记”。唯一可能的解释是作批时还没有这一段。

第一、二回甄士隐贾雨村的故事是不可分的。显然自述一节起初并没提甄士隐贾雨村，而是这样：——括号内文字是后加的——

> 此开卷第一回也。作者自云〔因曾历过一番梦幻之后，故将真事隐去，而借通灵之说，撰此《石头记》一书也。故曰甄士隐云云。但书中所记何事何人？自又云〕今风尘碌碌，一事无成，忽念及当日所有之女子，一一细考较去，觉其行止见识皆出于我之上。……当此则自欲将已（以）往所赖天

恩祖德，锦衣纨袴之时，饫甘餍肥之日，背父兄教育之恩，负师友规谈之德，以至今日一技无成，半生潦倒之罪，编述一集，以告天下人。我之罪固不免，然闺阁中本自历历有人，万不可因我之不肖，自护己短，一并使其泯灭也。虽今日之茅椽蓬牖，瓦灶绳床，其晨夕风露，阶柳庭花，亦未有防（妨）我之襟怀笔墨。〔虽我未学，下笔无文，又何妨用假语村言，敷演出一段故事来，亦可使闺阁昭传，复可悦世之目，破人愁闷，不亦宜乎？故曰贾雨村云云。〕

初名“石头记”，就是指青埂峰下大石上刻的记录。所以那篇楔子是一直就有的。楔子前的这段作者自述却与楔子冲突——楔子里这部书没有作者，是凭空出现，刻在大石上的。自述一节当是隔了个时期添写的，此后发觉矛盾，因又插入一段解释：是将真事隐去，所以“借通灵（玉）——即石头——之说”自譬。加解释的时候，已经添写了甄士隐贾雨村两个人物，趁此说明二人命名由来。畸笏把这篇自述收入“凡例”内，大概就是为了隔离作者自述与楔子，因为一旦隔开了，楔子是作者所著小说的一部份，楔子内此书出现的奇迹当然是虚构的，不必另加解释，因此删去“借通灵之说”这句，成为：“故将真事隐去，而撰此《石头记》一书也。故曰‘甄士隐梦幻识通灵’。”（甲戌本）

甄士隐梦游太虚，《风月宝鉴》收入此书后始有太虚幻境，因此是收并《风月宝鉴》后才加了甄士隐贾雨村二人。

第一个早本没有第一、二回，只有楔子；写贾家不似今本自黛玉来京写起，而先写湘云幼年长住贾家。今本自甄士隐贾雨村的故事上引渡到雨村送黛玉进京。第一个早本显然是从贾家的观点写黛玉入京，没有另起炉灶写江南那边。

《四详》分析第二回介绍三姊妹一段的改写经过，加了“因史太夫人极爱孙女，都跟在祖母这边读书”这两句，才删去贾政将迎春“抚为己女”句，因为不复需要解释迎春为什么住在贾政这边；但是此后又将惜春改为贾珍之妹——当然是因为有了宁府——以至于侄孙女也归入“孙女”之列。因此是先加贾赦夫妇，后加宁府。

甄宝玉家出现在下列诸回，各回定稿年份如下：

第二回（一七五四年——回末无套语或诗联，一七五四本特征）

第七回（一七五五年左右——回末诗联作结）

第十六回（一七五四年——回末无套语或诗联）

第十七、十八合回（一七五五年左右——回末诗联作结）——仅只小字批注提起。元妃点戏，“仙缘”“伏甄宝玉送玉”

第五十六回（一七五四年——回末无套语或诗联）

第七十一回（一七五四年——同上）

第七十四回（一七五四年——回内有“狃”字，一七五四本特征）

第七十五回（一七五六年——回前附叶有日期）

有甄家的这几回都定稿很晚，但是第五十六回梦甄宝玉一节有“长安都中”这名词，早本特征之一。这是因为甄家文字分两个阶段，本来用甄家抄家影射曹家，贾家并未抄没，自一七五四本起才改为甄家抄家是贾家抄家的预兆。

甄家是否书中一直就有的？

有甄家的八回，内容如下：

第二回：甄士隐贾雨村的故事。

第七回："送宫花周瑞叹英莲　谈肄业秦钟结宝玉"（甲戌本回目）——秦钟来自《风月宝鉴》。显然是《风月宝鉴》收入此书后新写此回；香菱一节涉及甄士隐贾雨村故事。

第十六回："贾元春才选凤藻宫　秦鲸卿夭逝黄泉路"——《风月宝鉴》收入此书后新写的。回内又有香菱一节。

第十七、十八合回：省亲——与王妃归宁不同，元春改皇妃后新写的。

第五十六回：第五十四至五十六回来自极早的早本，但是甄家一节是第五十六回回末一个后添的尾巴，一七五四年自早本他处移来（见《四详》）。

第七十一回："嫌隙人有心生嫌隙　鸳鸯女无意遇鸳鸯"——"嫌隙人"指邢夫人陪房女佣。书中加贾赦邢夫人后新写此回。

第七十四回："惑奸谗抄检大观园　矢孤介杜绝宁国府"——抄园是后加的情节（见《三详》）；宁府也是后加的。

第七十五回："开夜宴异兆发悲音　赏中秋新词得佳谶"——上半回写宁府，下半回回目指贾赦视贾环的中秋诗为袭爵之兆。加贾赦与宁府后始有此回。

除移植第五十六回的一节无法判断外，其他七回在第一个早本的时候都还不存在。因此第一个早本没有甄家。

贾雨村是贾家获罪的媒介。第七十二回贾琏怕雨村贬降会连累他们，林之孝也担忧贾政贾珍与他太接近。凤姐又代雨村的好友冷子兴说过情。贾赦古扇案也是雨村经手的。太虚幻境的曲文画册又指出宁府是罪魁祸首："箕裘颓堕皆从敬"、"造衅开端实在宁"。此外还有贾政收藏甄家寄存财物，代隐匿籍没的家产。

第一个早本没有宁府贾赦，没有贾雨村，也没有甄家。所有贾家犯事的伏线都不存在，可知此本贾家并未获罪。

此本宝玉湘云白头偕老，家里又没出事，是否结局美满？《红楼梦》起初并不是个悲剧？

周汝昌的《红楼梦新证》增订本中有"旧时真本"的资料（第九二七至九四〇页）。我把它整理归纳了一下，分列出来，代加着重点：

（一）平步青著《霞外捃屑》卷九：《石头记》原本内湘云嫁宝玉，故有"因麒麟伏白首双星"回目；宝钗早寡，故有"恩爱夫妻不到冬"谜语。此本与程本先后出刻本，程本畅销，此本遂湮。平氏在北京琉璃厂的书店买到一部，被同年朱味莲携去。

（二）蒋瑞藻《小说考证》卷七引《续阅微草堂笔记》：戴诚夫曾见一旧时真本，"后数十回文字皆与今本绝异。"荣宁籍没后皆极萧条，宝钗亦早卒，宝玉无以作家，至沦为击柝之流，湘云则为乞丐，后乃与宝玉仍成夫妇。

臞蝯《红楼梦佚话》：同。

赵之谦《章安杂记》（咸丰十一年稿本）引"涤甫师"言：《红楼梦》〔按：显指八十回本《石头记》〕本尚有四十回，至宝玉作看街兵，史湘云再醮与宝玉，方完卷。想为人删去。

（三）董康《书舶庸谭》卷四："先慈尝语之云：幼时见是书原本，

林薛夭亡，荣宁衰替，宝玉糟糠之配实维湘云，此回目中所以有‘因麒麟伏白首双星’也。”

王伯沆批王希廉本《红楼梦》，引濮文暹（字青士）言：“都中《痴人说梦》云：宝玉系娶湘云，后贫苦。……——又似拾煤渣时光景。”（批“贫穷难耐凄凉”）“宝玉实娶湘云，晚年贫极，夫妇在都中拾煤球为活云。”（批第二十一回）“……曾在京师见《痴人说梦》一书，颇多本书异事，如宝玉所娶系湘云，其后流落饥寒，至栖于街卒木棚中云云。”（批第四十九回）周汝昌按：甲戌本后有濮文暹跋语。苕溪渔隐著《痴人说梦》、二知道人著《红楼梦说梦》、梦痴学人著《梦痴说梦》中皆无所引之八十回后事。此或濮氏误称，或王氏误记，必系另一书。

（四）启功《记传闻之红楼梦异本事》引画家关松房述陈弢庵言：光绪初曾见南京刻版旧本，宝钗产后病死，湘云寡，再醮宝玉。宝玉曾沦为看街人，住堆子中——昔日街口例有小屋，为看街人居住守望之处，俗称堆子。——北靖〔“静”误〕王路过，未出侍候，为仆役捉出，将责打，王闻宝玉呼辩，认出声音，延入王府。作者自云当时也在府中，同住宾馆，遂得相识，闻述身世，乃作此书。

周汝昌按：王梦阮著《〈红楼梦索隐〉提要》云：乾隆索阅，将为禁书，曹雪芹乃一再修改；内廷进本取吉祥，因此使鳏寡的宝玉湘云结合。此说如属实，亦必已写宝湘贫极为丐，方可撮合二人，适足证明此本非他人所补撰。纵非真原本，亦当是真本迷失之后有知其情节而循拟以为续补者。

（五）《红楼梦补》犀脊山樵序：曾见京中原本，仅八十回，叙至金玉联姻，黛玉谢世而止。金玉联姻，盖奉元妃之命，宝玉无可如何而就之，黛玉因此抑郁而亡。

（六）境遍佛声著《读红楼梦劄记》（载一九一七年三月《说丛》第一期）：相传旧本末卷作袭人嫁琪官后家道兴隆，既享温饱，不复忆故主。一日大雪，扶小婢出庭中赏雪，忽闻门外诵经化斋声甚熟悉，而一时不能记忆为谁，遂偕小婢自户审视，化斋者恰至门前，则门内为袭人，门外为宝玉，彼此相视，皆不能出一语，默对许时，二人因仆地而殁。

（七）《石头记集评》卷下，引傅钟麟言：闻有抄本，与坊本不同，宝玉走失后甄宝玉始进京，至贾府，人皆错认为宝玉。莺儿窃窥之，深替宝钗后悔，不若嫁与此人，亦是一样。甄宝玉梦宝玉已为僧，告以出家原因，并云神游太虚，闻黛玉乃神女，已归位。……〔按：甄宝玉进京至贾府，宝玉走失，以及神游太虚闻黛玉云云，皆程本情节，显系程本出版后据以改写的一个抄本。〕

（八）万松山房丛书本《饮水诗词集》唯我跋：曾见《石头记》旧版，不止一百二十回，结局有湘云流为女佣，宝钗黛玉沦落教坊。某笔记云乾隆幸满人某家，适某外出，检书籍，得《石头记》，挟其一册而去。某归大惧，急就原本删改进呈。乃付武英殿刊印，书仅四百部，故世不多也。今本即当时武英殿删削本也。见原本始知钗黛沦落等事确犯忌。

（九）一九四二年冬，日籍哲学教授儿玉达童告北大文学系学生张琦翔云：日本有三六桥百十回《红楼梦》，内容有宝玉入狱，小红探监；小红与贾芸结缡；宝钗难产而卒，宝玉娶湘云；探春远嫁——“杏元和番”；妙玉为娼；凤姐被休弃。三六桥即蒙人三多，清末官至库伦办事大臣，未尝至日本。或云此本仍在上海。张琦翔《读红楼梦札记》（载一九四三年六月《北大文学》）中提及三六桥本，后卅回误作四十回。

（十）褚德彝跋《幽篁图》（曹雪芹画像题记，传抄本）：宣统年间在京见端方藏《红楼梦》抄本，宝玉湘云有染，及碧痕同浴处，多媟亵语。八十回后黛死娶钗同今本；但“婚后家计日落，流荡益甚，逾年宝钗以娩难亡，宝玉更放纵，至贫不能自存。欲谋为拜堂阿（无品级之管事人，钱粮略高于步兵，提升可补笔帖式），以年长格于例”，甚至充任拨什库（佐领下掌管登记档册发饷之兵丁，须识满汉字，亦服杂役如糊饰宫殿、扫雪除草等。周汝昌疑与“拜堂阿”颠倒）。湘云新寡，“穷无所归”，遂为宝玉续弦。蒋玉菡脱乐籍后拥巨资，在外城设质库，宝玉屡往告贷，终欲令铺兵撵逐，袭人斥之方罢。一日大雪，市苦酒羊胛，与湘云纵饮赋诗赏雪，强为欢乐。九门提督路过，以失仪为从者所执，视之乃北靖王也。王念旧，赒赠有加，送入銮仪卫充云麾使，迄潦倒以终。

上列十项，（一）是根据“恩爱夫妻不到冬”谜语写宝钗早寡——当然是嫁了别人，不是宝玉，宝玉在此本内与湘云白头偕老。宝钗制竹夫人谜是甲辰本代补的，谜下批：“此宝钗金玉成空。”此本是看了批语全删的甲辰本续书的，再不然就是为了迁就“因麒麟伏白首双星”回目，不管这句批语。这刻本与程本先后出版，即使在程本后，似乎不会是看了程本，改写后四十回。

（七）是根据程本改写的。（八）的记载中引乾隆携去一册的轶事，书主急删改进呈，删削本即程本。但是我们知道程本的来历并不是这样。当然这是附会的传说。不过既然说程本是此本删削而成，可见这部“旧版《石头记》”的内容大部份与程本相同，显然是添改程本的又一刻本。第三十二回湘云在家里已经操劳，替叔婶做针线，不难联想她帮佣，但是当时的仆人都是卖身为奴，当然是抄家的另一面，惊心动魄，钗黛入教坊，更杀馋过瘾，是清末林黛玉艳帜的先驱。周汝昌似也欣赏此本的构想，不过入教坊色情气氛太浓厚，不合“社会主义的写实主义”的要求，因此只推测八十回后史家抄没时——根据“自传说”，周汝昌认为史家影射曹雪芹的舅公李煦家，与曹家先后籍没——湘云与其他妇女同被发卖“为奴为‘佣’”，并举出雍正二年李煦事败后，总管内务府的一道奏摺为例：

> 准〔“淮”误〕总督查弼纳来文称李煦家属及其家仆钱仲璇等男女并男童幼女共二百余名口，在苏州变卖迄今将及一年，南省人民均知为旗人，无人敢买。现将应留审讯之人暂时候审外，其余记档送往总管内务府衙门，应如何办理之处，并经具奏，奉旨：依议，钦此。经派江南理事同知和升额解送前来等因，当经臣衙门查明：在途中病故男子一、妇人一及幼女一不计外，现送到人数共二百二十七名，其中有李煦之妇孺十口，除交给李煦外，计仆人二百十七名，均交崇文门监督五十一等变价。其留候审讯钱仲璇等八人，俟审明后，亦交崇文门变价等因，为此缮摺请旨。……
>
> ——《红楼梦新证》第九二〇页

明朝对大臣最酷虐，动不动庭杖，抄家不知道是否也有时候妻女入教坊，家属发卖为奴。清朝没有。但看李煦这件案例，“李煦家属及其家仆”送到北京，共二百二十七人。减去“李煦之妇孺十口”——交给李煦了——还剩“仆人二百十七名，均交崇文门监督五十一等变价”。仆人按男女年貌体力技能，分五十一个等级定价变卖。周汝昌误认“五十一”为音译人名，崇文门监督的名字，满清政府绝对不会译得这样滑稽，嘲弄自己满人。

（一）、（七）、（八）都是续书，十种“旧本”剔去三项后，（五）、（六）两种与史湘云无关，也先搁过一边再说。

剩下（二）、（三）、（四）、（九）、（十）这五项，内中（九）看似可信性最高——“三六桥百十回红楼梦真本”。周汝昌也非常重视，因为“所述情节，与近今研究者推考所得的结果，颇有吻合之点”。当是指下列数点：（一）蒙古王府本第三回有条批：“后百十回黛玉之泪，总不能出此二语。”周汝昌认为证实全书一百十回——八十回本加“后卅回”。（我在《三详红楼梦》里解释过，此处的“百十”与“千百”、“万千”同是约计，并不能推翻第二十五回畸笏批的“全部百回”与第二回戚本、蒙本总批“以百回之大文……”）（二）“因麒麟伏白首双星”回目似指宝玉湘云偕老，而回前总批说：“金玉姻缘已定，又写一金麒麟，是间色法也，何颦儿为其所惑？”周汝昌曲解总批为中间还隔着金玉姻缘，将来湘云的事黛玉不必管。（前面说过，“白首双星”是从早本保留下来的回目，结局已改，因此冲突，批者代为遮盖辩护。）（三）俞平伯把十二钗册子上关于凤姐的“拆字格”预言拆成“冷来休”，主休弃。此外太虚幻境关于妙玉的曲文分明预言堕落风尘。畸笏又一再提起“抄没、狱神庙诸事”、“狱神庙回有茜雪红玉一大回文字，惜迷失无稿”、“红玉后有宝玉大得力处”似都符合此本情节。

贾芸红玉的恋爱是一七六〇本新添的，伏下抄没时与抄没后他们俩是两员大将，一个“仗义探庵”，一个在狱神庙援助宝玉。三六桥本兼有一七六〇以来与第一个早本的情节，当是根据早本续书，兼采脂批内的线索。续书人看过庚本，从第二十一回回前总批上知道有“后卅回”，因此在八十回后凑足三十回。他看到庚本畸笏关于“抄没、狱神庙诸事”的批语，径将狱神庙当作监狱。此人应是曹雪芹亲友圈的外围人物，但是显然与畸笏没有接触。

儿玉达童教授述及此本时，因为言语不通，用笔谈，讲到探春，写了“远嫁，杏元和番”六字。末四字似是回目的一部份。“杏元”该是封号。番王例必要求尚主，才有面子，因此探春出国前封了杏元公主或郡主。第六十三回占花名酒令，探春抽到杏花，主得贵婿。众人说：“我们家已有了个王妃，难道你也是不成？”原来这句顽话也是预言，而且探春作王妃也应当是番王妃，才合远嫁的预言。

第六十三回来自极早的早本，当时元妃还是王妃，当然也就不会有元妃的封号。——元春封元妃非常特别，因为从前女子闺名不让外人知道，妃嫔封号用自己名字的史无前例。金废帝海陵王有个元妃，大概作者喜爱这名字。而且元春称元妃也更容易记忆，正如多浑虫之妻灯姑娘改称多姑娘。书中几百个人物，而人名使人过目不忘，不是没有原因的。但是元春改为贵妃后，起初只称贾妃，因此第十八回省亲一节清一色都是贾妃，只有宝玉觐见的一小段接连三个“元妃”，前几句刚提起宝玉的时候又有个“元妃”。

书中宝玉的年龄减低好几次，最初只比元春小一岁，所以第二回叙述元春诞生后，各脂本都是“次年又生一位公子”。全抄本第二十五回是一七五四本初稿，宝玉还是十五岁，甲戌本此回是一七五四本定稿，已改十三岁（见《二详红楼梦》）。第十八回也是写这一年的事。庚本第十七、十八合回回末有“正是”二字，下缺诗联，是准备用诗联作结——一七五五年左右改写的标志；回前附叶没有书名，与第七十五回一样，两回都是一七五六年定稿（见《三详》）。宝玉觐见一段，先是贾政报告园中匾对都是宝玉拟的。

元妃听了宝玉能题，便含笑说："进益了。"贾政退出。贾妃见宝林二人益发比别姊妹不同，真是姣花软玉一般；因问宝玉为何不进见，贾母乃启无职外男不敢擅入。元妃命快引进来。小太监出去引宝玉进来，先行国礼毕，元妃命他近前，携手拦于怀内，又抚其头颈笑道："比先竟长了好些。"一语未终，泪如雨下。尤氏凤姐等上来启道："筵宴齐备，请贵妃游幸。"元妃等起身，命宝玉导引。

此回只有这四次用"元妃"，都与宝玉有关。一提起钗黛，就又还原，仍用"贾妃"，而此处称宝钗黛玉为"宝林二人"，显然这一场没有宝玉，二宝不致混淆不清。看来早本此回宝玉已经十七八岁，与贾珍贾琏同等身分，男性外戚除了生父都不能觐见。"携手拦入怀内"等语，是对小孩的动作与口吻，当是一七五四本最后一次改小年龄后，一七五五年加的润色，感人至深。所有的"元妃"都是这次添写宝玉觐见时用的。因此迟至一七五五年才有"元妃"这名称，"杏元和番"则是第一个早本就有的，隔的年数太多，以至于"元"字封号犯重。

庚本第六十三回芳官改名一节末尾分段，看得出此节是后加的，原稿本中间插入两页，末了忘加指示，令抄手"续下页"。但是回内怡红夜宴并没改写过，因此还留着两个漏网之鱼的"王妃"。席上行占花名酒令，袭人拈到"桃红又是一年春"，麝月拈到"开到荼蘼花事了"，预言袭人别嫁，最后只剩下一个麝月。第一个早本内元春是王妃，看来当时已有第六十三回，结局已有麝月独留，袭人别嫁——湘云达到了与她同嫁一人的愿望，而仍旧不能相聚。

三六桥本的续书人如果仅只知道早本情节，遵循着补撰，就不会用杏元封号，犯了元妃的讳。换一个字还不容易？显然“杏元和番”这一回是直接从第一个早本上抄来的。续书人手中有这本子。

三六桥本虽然是续书，有部份早本保留在内，仍旧是极珍贵的。既然四〇初叶还在日本，只要在战火中无恙，日本也有研究《红楼梦》的，一经唤起广大的注意，也许不久就会有消息了。但是周汝昌提了一声“或云在上海”。倘在上海，那就不大有希望了，恐怕又像南京的靖本一样，昙花一现，又遗失了，似是隐匿起来，避免“收归国有”。

“旧本”之四——南京刻本——写宝玉作看街兵，住“堆子”中。看街兵制度始于乾隆元年，上谕废除京师的巡检官：“……外城街巷孔多，虑藏奸匪，各树栅栏，以司启闭，……其栅栏仍照旧交与都察院五城及步兵统领，酌派兵役看守。”（《东华录》）。我在报上看见台湾鹿港古迹的照片，也有拦街的木栅，设门，不过没附有小屋，大概因为气候暖，不像北方，看守人至少要个木棚遮蔽风雪。中土已经湮灭了的，有时候在边远地区还可以找到。

乾隆六十年杨米人《都门竹枝词》有：“赶车终日不知愁，堆子吆呵往下浏”；“堆子日斜争泼水，红尘也有暂停时。”看街兵夜间打更，白天洒水净尘，指挥交通。京中大街中高旁低，居中行走限官员轿马，所以吆喝着叫骡车靠边走，一靠边就直往下溜。

“旧本”之二写宝玉“沦为击柝之流”。之三写宝玉湘云暮年，“夫妇在都中拾煤球（‘渣’误？）为活”，“流落饥寒，至栖于街卒木棚中”。周汝昌按：“栖于街卒木棚中，为‘沦为击柝之流’一语之正解，可见非谓宝玉本人充当看街兵，实即穷得无住处耳。”这推测得十分合理。

嘉庆九年，御史书君兴奏：煤铺煤缺，和土作块。似是煤球之始，那么乾隆年间著书时还没有煤球。宝玉湘云只是在垃圾堆里捡出烧剩的煤核，有人收买，跟现在一样。但是“街卒木棚”是个时代的标志，使（三）成为可靠的原本。

关于此本内容的记载，只说“荣宁衰替”，没提抄家。老了才赤贫，显然不是为了抄家——八十回内看得出，绝对不会等宝玉老了才抄家。

一七五四本前，贾家本来没抄家。但是百回《红楼梦》中两府获罪，荣府在原址苦撑了一个时期之后，也还是“子孙流散”，宝玉不到三十岁已经出了家——一七五四本第二十五回初稿（全抄本），宝玉十五岁“尘缘已满大半了”，见《二详》——（三）写宝玉老了才一贫如洗，显然贾家并未获罪，所以落到这田地尚需时日。没抄家，也没获罪，宝玉湘云白头偕老——这分明就是第一个早本。

“荣宁衰替”——第一个早本其实还没有宁府。董康转述他亡母幼年看的书的内容，自然记不清楚了。不幸关于（三）的两条记载都非常模糊，王伯沆引濮文暹的话，所举的出处，也把书名记错了。

端方本——（十）——前八十回同程本，不过加了两段秽亵的文字。写宝玉湘云先奸后（续）娶，大概是被“醉眠芍药茵”引起了遐想。“八十回以后，黛玉逝世，宝钗完婚情节亦同，此后甚不相类矣。”想必娶宝钗也有掉包等情。此本改写程本，但是有一特色：

宝玉完婚后，家计日落，流荡益甚；逾年宝钗以娩难亡，宝玉更放纵，至贫不能自存。欲谋为拜堂阿，以年长格于例，至充拨什库以糊口。适湘云新寡，穷无所归，遂为宝玉胶续。

“家计日落”仍旧是第七十二回林之孝向贾琏说的“家道艰难”，需要紧缩，不过这是几年后，又更不如前了。照理续书没有不写抄没的，因为书中抄家的暗示太明显，而此本删去程本的抄家，代以什么事都没发生，又并不改成好下场，这样写是任何人都意想不到的，只能是这一部份来自第一个早本。宝玉穷到无法度日，已经“年长”，等到老了捡煤渣，“流落饥寒”，也正吻合。端方本采用这败落的方式，当是因为归罪于宝玉。这是个年代较晚的抄本，迟至一九一〇年左右还存在，作风接近晚清的夸张的讽刺性小说，把宝玉湘云写成最不堪的一种名士派。但是此处写败家子宝玉只用“放纵”二字，轻飘而含糊得奇怪，与第三十六回王夫人口中的“放纵”遥相呼应——王夫人解释袭人暂不收房的原因：“……三则那宝玉见袭人是个丫头，总（纵）有放纵的事，到（倒）能听他的劝。”——后回宝玉的罪名不过是“放纵”，看来也是第一个早本的原文。当然原本不会有“拜堂阿”、“拨什库”。端方本九十七八回后从程本过渡到第一个早本，但是受程本后四十回作者的影响，也处处点明书中人是满人，卖弄续书人自己也是满人，熟悉满洲语文风俗。

前面说过，关于第一个早本的记载模糊异常。“林薛夭亡，荣宁衰替，宝玉糟糠之配实维湘云”，没提宝钗嫁宝玉后才死。王伯沆引濮文暹的话，更是口口声声“宝玉系娶湘云”，“宝玉所娶系湘云”，仿佛双方都是第一次结婚。难道宝钗也是未婚而死？

端方本自娶宝钗后败落的经过用第一个早本，因此娶宝钗是原有的。董康等没提，大概因为是尽人皆知的情节。至于湘云是否再醮，宝玉搞到生活无着的时候已经年纪不轻了，然后续娶湘云；湘云早先定的亲如果变卦，也不会这些年来一直待字闺中，当然原著也是写她结过婚，而且也不是小寡妇。宝玉鳏居多年，显然本来无意续弦。他们的结合比较像中年孤苦的两兄妹。连端方本也都没插入色情场面写他们旧梦重温。

“旧本”之二，八十回后与程本不同，但是也有抄家，因此是家境骤衰。抄没后宝玉湘云流落重逢而结合，应当年纪还轻，与第一个早本的老夫妻俩流落正相反。此本也是根据这早本续书，不过将流落提前，结婚宕后，增加戏剧性。“后数十回文字，皆与今本绝异”，是没参用程本，似是较早的续书。大概不会有第一个早本的原文在内——用不上。

南京刻本——（四）——写宝玉作看街人，因而重逢北静王，不是重逢湘云。此点南京刻本与（二）是互相排除的，并不是记载不全，顾此失彼，因为不可能先遇见湘云，然后又遇见北静王——（二）写到宝玉湘云重逢后结合，全书已完；如果是先遇见北静王，那就已经转运，不做看街人了，也不会再在凄惨的情形下遇见湘云。这两个本子似是各自分别续书，而同是自然而然的将街卒木棚中过宿渲染成自任看街兵。

再来细看南京刻本的内容：

> 画家关松房先生云：“尝闻陈弢庵先生言其三十余岁时〔光绪初年〕曾观旧本红楼梦，与今本情节殊不同。薛宝钗嫁后，以产后病死。史湘云出嫁而寡，后与宝玉结缡。宝玉曾落魄

为看街人，住堆子中。一日，北靖王舆从自街头经过，看街人未出侍候，为仆役捉出，将加蓳楚，宝玉呼辩，为北靖王所闻，识其声为故人子，因延入府中。书中作者自称当时亦在府中，与宝玉同居宾馆，遂得相识，闻宝玉叙述平生，乃写成此书云云。

——启功著《记传闻之红楼梦异本事》

宝钗死于产难，湘云再醮宝玉，与端方本相同，遇北静王也大同小异，且都误作“北靖王”。启功文内转述关松房听到的陈弢庵的话，两次都是口述。“静”误作“靖”显然是启功的笔误。但是民初褚德彝记端方本事，也与近人启功同误“静”为“靖”，未免巧合得有点不可思议。难道是周汝昌引启、褚二文，两次都抄错了？

《红楼梦新证》书中错字相当多。如果不是误植，还有个可能的解释：听某某人说，也可能是书信上说的。如果启功所引的是关松房陈弢庵信上的话，那就是南京刻本与端方本间的一个连锁。

其实这两个本子的关系用不着“北靖王”作证。南京刻本把第一个早本的宿街卒木棚中渲染成自任看街兵，看街这样的贱役，清初应是只有汉人充当。端方本注重书中人是满人这一点，改为“充拨什库以糊口”，表示一个满人至不济也还可以当拨什库。

遇北静王一节，端方本作宝玉“市苦酒羊胛，与湘云纵饮赋诗”赏雪，大概宝玉醉了，“适九门提督经其地，以失仪为从者所执，视之盖北靖王也。”苦中作乐赏雪，与芦雪亭对照，借此刻划二人个性。但是不及南京刻本看街巧遇北静王，与职务有关，较浑成自然。

康熙三十年——一六九一年——京师城外巡捕三营、督捕、都察院、五城所管事宜交步军统领管理，换给“提督九门步军巡捕三营统领”印信（见《红楼梦新证》第三五〇页）。步军统领本来只管城内治安，自此兼管城外，“九门提督”是他的新衔。端方本内北静王现任九门提督，也是此本的润色，当代的本地风光。是端方本改南京刻本，应无疑义。

延入王府，端方本显然认为太优遇了，改为代找了个小差使：“越日送入銮仪卫充云麾使，迄潦倒以终云。”云麾使如果执云帚——也就是拂尘；省亲时仪仗中“又有值（执）事太监捧着香珠绣帕漱盂扫尘等类，一队队过完”——比扛旗伞轻便。后妃用太监，銮仪卫想必另在满人中挑选。

南京刻本末尾著书人根据宝玉口述，写成此书，这著书经过与楔子冲突，也与卷首作者自述冲突，显出另手。但是重逢北静王是否第一个早本原有的？

今本第十四、十五、十六回、第二十四、第七十一回都有北静王。秦可卿出殡途中，北静王初次出场。《风月宝鉴》收入此书后，书中才有秦氏。第一个早本还没有写秦氏丧事的第十四、十五回。

第二次提起北静王，是第十六回林如海死后黛玉从扬州回来，宝玉将北静王所赠鹡鸰香串转赠黛玉，被拒绝了。早本黛玉初来时已经父母双亡，后改丧母后寄居外家多年，方才丧父（见《二详》）。因此初名“石头记”时没有林如海病重，黛玉回扬州的事，当然也没有自扬州回京，与宝玉那一小场戏。

第二十四回主要是介绍贾芸，一七六〇本新添的人物。贾芸初见红玉一场，又介绍红玉，早本旧有的人物。通回都是新材料，只把早本宝玉初见红玉一场用了进去，加上两句提起贾芸的对白。

宝玉红玉一节这样开始：

> 这日晚上从北静王府里回来，见过贾母王夫人等，回至园内，换了衣服，正要洗澡。袭人因被薛宝钗烦了去打结子，秋纹碧痕两个去催（炊）水，檀云（全抄本作“晴雯”）又因他母的生日，接了回去，麝月又现在家中养病。虽还有几个作粗活听唤的丫头，估量着叫不着他们，都出去寻伙觅伴的顽去了。

写此节时，晴雯的故事还与金钏儿的故事相仿佛。书名“红楼梦”期之前有个时期，添写金钏儿这人物，晴雯改为孤儿，因将此处的晴雯改为檀云（见《三详》）。所以加金钏儿时改写过此节，一七六〇本将此节收入全新的第二十四回，又改写过一次。两次中有一次顺便一提北静王，免得冷落了这后添的人物。原先宝玉也许是从亲戚家回来。

前面说过，加了贾赦邢夫人迎春后，才写第七十一回。回内贾母做寿，贺客有北静王与北静王妃。

有北静王的五回都是后添的。第一个早本没有北静王，因此结尾也不会有宝玉重逢北静王。那是南京刻本代加的好下场。

南京刻本前文应有北静王，否则无法写重逢北静王。因此南京刻本前部是今本。它也是根据第一个早本续书，而不是通部补撰传闻中的早本。

关于此本的记录，叙事层次不清，说到续娶湘云，下接“宝玉曾落魄为看街人”。如果是看街巧遇北静王，因祸得福后才续弦，那在湘云这方面就毫无情义可言了。但是宝玉在王府认识了著书人，想必就是同住宾馆时自述身世——包括续娶湘云的事。所以是先续弦后落魄。这也就是第一个早本的结局：宝钗产后病故，续娶湘云，后贫苦。后人复述，偏重续书杜撰的遇贵人一节，因为故事性较强，便于记忆，而原本后部是毫无变故的下坡路，没有获罪，更没有抄家——并不是略去不提。

端方本这一部份用第一个早本，只到“年长”时穷得过活不了，续娶湘云为止，而南京刻本一直到末了晚年流落，不过把街卒木棚中过宿加油加酱说成看街。端方本续书人手中未见得有第一个早本，大概就是参用南京刻本改写程本。

端方本改看街兵为拨什库，而看街又来自宿街口木棚中，可见原本内并没做任何工作，也没找过事。但是原本宝玉搞到过不了日子的时候，已经年纪不轻了，所以端方本此处插入找事一节，就用超龄作为不合格的理由。

湘云不识当票（第五十七回），可见社会上的事一无所知。她与宝玉一样任性，而比宝玉天真，所以是跟她在一起才终于落到绝境中。湘云精于女红，但是即使领些针线来做，也需要世故些，上门走动，会趋奉逢迎。

第一回《好了歌》有：“金满箱，银满箱，展(转)眼乞丐人皆谤。”甲戌本夹批：“甄玉贾玉一干人。”并没有说湘云做乞丐。讲宝玉也着重在“谤”字上，可能仅只是说一成了穷光蛋，人人都骂不上进。当然，这一系列批语已经不是批第一个早本了。稍前有这两句歌词：“说什么粉正浓，脂正香，如何两鬓又成霜？”甲戌本夹批：“宝钗湘云一干人。”作批的时候宝钗早卒，已经改去。

但是第一个早本内宝玉湘云再婚这样迟，然后白头偕老，纵使流落，显然并未失散了再重逢。“旧本”之二写湘云为丐，无非是为了使她能在风雪之夜与敲更的宝玉重逢。

因此湘云为丐与宝玉打更一样，都不是原有的。他们俩生活在社会体系外，略似现代西方的嬉痞——近来大都译为“嬉皮”，不免使人联想到“嬉皮笑脸”，其实他们并不——但是嬉痞是寄生在富裕宽容的社会上——对年轻人尤其宽容，老了也还混不下去。宝玉湘云晚景之惨，可想而知。

庚、戚本第二十二回有两则极长的批注，批宝玉续《庄子》的事。第二段如下：

> 黛玉一生是聪明所误。……阿凤是机心所误。宝钗是博知所误。湘云是自爱所误。袭人是好胜所误。皆不能跳出庄叟言外，悲亦甚矣。

黛玉太聪明了，过于敏感，自己伤身体。宝钗无所不知，无所不晓。娶了个 Mrs. Know-All，不免影响夫妇感情。“湘云是自爱所误”，只能是指第一个早本内，再醮宝玉前，其实她并不是没有出路，可以不必去跟宝玉受苦，不过她是有所不为。

“阿凤是机心所误”，可见第一个早本已有凤姐，此回要角之一，更可以确定第二十二回来自最初的早本。

第三十一回袭人吐血，“不觉将素日想着后来争荣夸耀之心尽皆灰了，眼中不觉滴下泪来。”“袭人是好胜所误”，是说贾家败落后，她恨宝玉不争气，以至于琵琶别抱。这条批是批第一个早本，当时已有袭人别嫁的情节，这也是一个旁证。第三十二回隐约提起的湘云袭人十年前西边暖阁夜话，同嫁一个丈夫的愿望，预言不幸言中而又不中。袭人另外嫁人，总是年轻的时候，与湘云一去一来，相隔多年，根本没有共处过。

书中用古代地名，讳言京城是北京，早本尤其严格。北京分里城外城。端方本内蒋玉菡的当铺开在外城，又是端方本特有的笔触，与此书的态度相悖。

第一个早本内袭人并没有与蒋玉菡一同奉养宝玉夫妇，因为与宝玉湘云的下场不合。袭人嫁的是否蒋玉菡，嫁后是否故事还发展下去，不得而知。蒋玉菡嫌宝玉屡次来借钱，要叫铺兵驱逐，“为袭人所斥而罢”，大概是端方本编出来骂宝玉的。南京刻本就没有——复述者该不会遗漏这样触目的情节。

端方本续书人鄙视宝玉，想必是因为第一个早本对宝玉的强烈的自贬。

此本还没有卷首作者自述一节，但是那段自述也写得极早。在这阶段，此书自承是自传——当然是与脂砚揉合的自画像。第一个早本的“老来贫”结局却完全出于想像。作者这时候还年轻，但是也许感到来日茫茫的恐怖。有些自传性的资料此本毫不掩饰，用了进去，如曹寅之女平郡王福晋，在书中也是王妃。但是避讳的要点完全隐去，非但不写抄家，甚至避免写获罪。第一个早本离抄家最远，这一点非常值得注意。

第二十一回有：“谁知四儿是个聪敏乖巧不过的丫头。”庚、戚本句下批注：“又是一个有害无益者。作者一生为此所误，批者一生亦为此所误，于开卷凡见如此人，世人故为喜，余犯（反）抱恨。盖四字误人甚矣。被误者深感此批。”末句是作者批这条批。

这位批者的口气与作者十分亲密而地位较高，是否脂砚虽然无法断定，至少我们确实知道作者自承“聪明反被聪明误”。

前引第二十二回批宝玉续《庄子》，批第一个早本的一条批

注："黛玉一生是聪明所误。……阿凤是机心所误。宝钗是博知所误"等等。黛玉太聪明了，所以过分敏感，影响健康。宝玉对于他倾慕的这些人也非常敏感脆弱。第七十回"宝玉因冷遁了柳湘莲，剑刎了尤小妹，金逝了尤二姐，气病了柳五儿，连连接接，闲愁胡恨，一重不了又一重，弄的情色若痴，言语常乱，似染怔忡之症。"戚本作"冷淡了柳湘莲"。

第六十七回有甲乙丙丁四种，戚本此回是第六十七回乙（见"四详"），有许多异文，如薛蟠听说柳湘莲跟着跛足道士走了，向西北大哭了一场，可见上一回内柳湘莲是向西北方去的。那是第六十六回乙，与今本不同。还有第六十六回甲，因为甄士隐的《好了歌》"保不定日后作强梁"句旁，甲戌本批"柳湘莲一干人"，显然《风月宝鉴》初收入此书时，柳湘莲没削发出家，只悄然离京，后回再出现，已经落草为盗。

戚本第七十回"宝玉因冷淡了柳湘莲"这句是指第六十六回柳湘莲打听尤三姐品行如何，与宝玉谈话间有点轻微的不愉快，虽然柳湘莲立刻道歉，此后没见面。这该是第六十六回甲，回末尤三姐自刎后，柳湘莲离开小花枝巷，没往下写他去何处。直到第七十回，宝玉还不知道他已经出京，只知道尤三姐自杀了，而他自己与湘莲之间有那么点芥蒂，也是他耿耿于心的许多心事之一。此后改写第六十六、六十七回甲，落草改出家，就把"冷淡"改为"冷遁"。回目是"冷二郎一冷入空门"，"冷二郎遁入空门"浓缩为"冷遁"，这名词生硬异常，如果不是与"冷淡"谐音，不会想起"冷遁"二字。

宝玉思慕太多，而又富于同情心与想像力，以致人我不分，念念不忘，当然无法专心工作，穷了之后成为无业游民。在第一个早本内，此书是个性格的悲剧，主要人物都是自误。

此本没有贾雨村，凤姐也未代雨村好友冷子兴说情，带累贾琏。看来贾琏并未休妻。“阿凤是机心所误”，只是心力消耗过甚，旧病复发而死。

甄士隐的《好了歌》内有：“昨怜破袄寒，今嫌紫蟒长。”甲戌本批：“贾兰贾菌一干人。”但是批的已经不是第一个早本了，宝钗早死已经改去——“说什么脂正浓，粉正香，如何两鬓又成霜？”批“宝钗湘云一干人。”

最初的早本已有第二十二回，回内贾兰不是个闲角，显然是此回固有的，而不是家宴列席众人中后加的一个名字。贾菌只出现过一次，第十三回秦可卿丧事，族人大点名点到他（戚本作贾茵），排名在贾兰之下，倒数第二，想必比贾兰还小。该是《风月宝鉴》收入此书时新添的一个人物。第一个早本内，贾家如果中兴，也只是贾兰一人。似应有中兴，否则贾兰这人不起作用。此书确实做到希腊戏剧的没有一个闲人，一句废话。

但是贾兰发达也应在宝玉死后，因为宝玉显然并没得到他的好处。所以写宝玉湘云的苦况一直写到宝玉死去为止。这结局即使置之于近代小说之列，读者也不易接受。但是与百回《红楼梦》的“末回情榜”、“青埂峰下证了情缘”一比，这第一个早本结得多么写实、现代化！从现代化改为传统化，本来是此书改写的特点之一。艺术上成熟与否当然又是一回事。

根据第一个早本续书的共四种，内中大概是南京刻本流传最广，连端方本续书人这老北京也买到一部。但是予人印象最深的是“旧本”之二。我十四五岁的时候看《胡适文存》上的一篇《红楼梦》考证，大概也就是引《续阅微草堂笔记》——手边无书，可能记错了——传说有个“旧时真本”写湘云为丐，宝玉作更夫，雪夜重逢，结为夫妇，看了真是石破天惊，云垂海立，永远不能忘记。这位续书人改编得确是有一手，哀艳刺激传奇化，老年夫妇改为青年单身，也改得合理，因为是续八十回本，当然应有抄家，所以青年暴贫。而且二人结合已是末回卷终，并无其他的好下场，仿佛成为一对流浪的情侣，在此斩断，节拍扣得极准，于通俗中也现代化，甚至于使人有点疑惑——会不会是曹雪芹自一七五四本起改写抄没，一直难产，久久胶着之后，一度恢复续娶湘云的情节，不过移到抄家后？

第一个早本内鳏居多年后续娶孤苦无依的湘云，不能算是对不起黛玉。改为在这样悲惨的情形下意外的重逢而结合，也情有可原，似乎是不可抗拒的。但如果是曹雪芹自改，为什么要改宝玉为看街兵？在街卒木棚中过夜也尽有机会遇见乞丐。现代的嬉痞也常乞讨，而看街兵需要侍候过往官员。宝玉最憎恶官。

雪夜重逢的一幕还是别人代续的。

第一个早本源久流长，至今不绝如缕，至少有一部份保存到本世纪四〇年间，而接近今本的百回《红楼梦》倒早已影踪全无。除了因为读者大众偏爱湘云，也是因为此本结局虽惨——与无家可归捡煤渣一比，后期的“下部后数十回‘寒冬噎酸齑，雪夜围破毡’”不过是有些小户人家的常情——到底较有人间味，而百回《红楼梦》末了宝玉与贾雨村先后去青埂峰下，结在禅悟上，不免像楔子一样笔调枯淡。历来传抄中楔子被删数百字都没人理会，可见不为读者所喜。

周汝昌将第一个早本与有关无关的几种续书混为一谈，以为至少有一个异本，不过记载繁简不同，即使不是原本，也是知道原著情节，据以续补，除了做看街兵是附会，而宝玉湘云鳏寡匹配，可能是曹雪芹自己急改进呈御览，照例替内廷讨吉利。结合本来可有可无，不结合反而更主题严肃——抗议当时统治阶级的残暴，宝玉湘云抄家后都做了乞丐。

周汝昌从这大杂烩上推测八十回后的情节，又根据一道没看仔细的奏章，以为曹雪芹将发卖李煦的妇孺的事“结合了他本身的经历见闻”，写史家抄没时，“湘云等妇女被指派或‘变价’为奴为‘佣’”；宝玉那只麒麟曾经第二次失落，被卫若兰拾了去，湘云流落入卫若兰家，见麒麟泪下，若兰问知是宝玉的表妹，骇然，大概由于冯紫英的助力，代访到宝玉下落，“于是二人遂将湘云送到可以与宝玉相见之处”，〔按：指射圃，因为下文揣测脂砚等惧祸，抽去反抗当时统治阶级的狱神庙回与“卫若兰射圃文字”，所以独这两部份“迷失无稿”——显然认为射圃是秘密相会的地点。〕撮合宝玉湘云成为患难中的夫妻（《红楼梦新证》第九二一页）。用两个贵公子作救星，还是阶级意识欠正确。

前面列出的“旧本”之五，是个八十回本，未完，写到奉元妃命金玉联姻，黛玉抑郁而死。这当然是循着第二十八回的线索，回内元妃端午节赏赐的节礼独宝玉宝钗的相同，黛玉的与别的姊妹们一样。事实是这伏笔这样明显，甚至于使人疑心改去第五十八回元妃之死，是使她能够在八十回后主张这头亲事。

但是如果是这样，宝玉虽然不得不服从，心里势必怨恨，破坏了他们姊弟特别深厚的感情。如果是遗命，那就悱恻动人，更使宝玉无可如何了。

庚本第二十四回批红玉的名字：“红字切绛珠，玉字则直通矣。”

红玉郁郁不得志，影射黛玉。黛玉怀才不遇，只能是指她不得君心。元妃代表君上。

晴雯是“女儿痨死的”，就必须立刻火葬。起初患感冒的时候，病中与宝玉同睡在暖阁里，麝月也怕老嬷嬷们担忧“过了病气”，可见从前人不是不知道传染的危险。黛玉也是肺病。子嗣的健康问题还在其次，好在有妾侍。元妃一定关心她这爱弟的健康。黛玉是贾母从小带大的，所以贾母不忍心拆散她与宝玉。元妃只见过黛玉一面。

如果不是元妃插手，贾母死后宝黛的婚事也可能有变局，第五十七回紫鹃就虑到这一层。但是这样一来，又是王夫人做恶人。这究竟不比逐晴雯，会严重的影响母子感情。

早本宝钗是王夫人的表侄女——见戚本第六十七回，那已经不很早，《风月宝鉴》收入此书后，此回已经又改写过一次了。可见早本没有王薛是近亲的这一重关系，显然不预备写王夫人凤姐看中宝钗，想培植母家势力——这与王夫人的个性也不合。此后改为近亲，大概是因为不然长期寄居不合理。

金玉姻缘出于元妃的主张，照理是最合适的安排。而且绚烂的省亲给宝玉带来了大观园，同时也留下了这么个恶果，不到半年就在节礼上透了消息，极富于人生的讽刺。但是第一个早本内，元妃不过是王妃，地位不够崇高。王妃晋级，想必就是为了这原因。

怎见得不是别人根据第二十八回的线索，改写八十回本末尾？因为八十回本未完，别人尽可以续书，写八十回后奉元妃命金玉联姻，黛玉病逝，何必移到八十回前？

第二十八回写得极早。回前总批有“自闻曲回以后回回写药方”，但是除了此回这一次，第二十三回后这五回都没提黛玉的药方——已经都删了。此回描写宝钗“唇不点而红，眉不画而翠”等句，与诗联期（一七五五年左右）定稿的第八回重复，因为隔的年数太多。

回内宝玉说出一个奇异的药方，凤姐附和，证明他不是信口开河。

> 宝玉向林黛玉说道：“你听见了没有？难道二姐姐也跟着我撒谎不成？”
>
> ——各本同

称凤姐为“二姐姐”，与迎春混淆不清。

书中人当面称呼兄嫂不兴连名字，例如第十三回凤姐称贾珍“大哥哥”，贾瑞向她提起贾琏，也称“二哥哥”。宝玉平时只叫凤姐“姐姐”，对别人说起才称“凤姐姐”。此处称“二姐姐”是跟着贾琏行二，正如“二弟妹”往往称做“二妹妹”。但是叫凤姐“二姐姐”，叫迎春什么？

第一个早本已有第二十二回。当时还没有贾赦邢夫人，贾家只有贾政一房，贾琏可能是堂侄（见《四详》）。第二十八回也写得极早。是否起初也没有迎春，因此叫凤姐“二姐姐”？那这“二”字就是个漏网之鱼了。

《风月宝鉴》收入此书后，书中才有宁府。惜春原是贾政幼女，自有宁府后才改为贾珍的妹妹（见《四详》）。惜春原是贾政之女的又一迹象，是第六十二回林之孝家的报告探春：

> “四姑娘房里小丫头彩儿的娘，现是园内伺候的人，嘴很

不好，才是听见了问着他，他说的话也不敢回姑娘，竟要撵出去才好。”探春道：“怎么不回大奶奶？”林之孝家的道：“方才大奶奶都往厅上姨太太处去了，顶头看见，我已回明白了，叫回姑娘来。”探春道：“怎么不回二奶奶？”平儿道：“不回去也罢，我回去说一声就是了。”探春点点头道：“既这么着，就撵出他去，等太太回来了再定夺。”

惜春的丫头都是从东府带来的，丫头的母亲也是宁府奴仆，不会在大观园内当差。即使有例外，探春也应当问一声，是东府的人，就该像第七十四回的入画一样，要等尤氏来处理，李纨凤姐探春都不会擅自发放。显然第六十二回的惜春还是探春的异母妹，当时还没有宁府。此回与下一回都是写宝玉的生日。此回湘云醉眠芍药茵，下一回占花名就抽到海棠春睡。第六十三回也写得极早，回内元春还是个王妃；大概与此回本是一回，后来扩充成两回。

迎春是否早先也是贾政的女儿？

前面提起过，宝玉起初与元春只相差一岁。如果迎春也是贾政的女儿，只能是庶出。惜春本来是贾政幼女，不是孤儿，但是至少是早年丧母，才养成她孤僻的性格。《四详》推测她也许是周姨娘的女儿，是错误的。迎春也死了母亲，而与惜春不应同母。如果迎春惜春都是贾政亡妾所生，加上赵姨娘以及与赵姨娘作对照的周姨娘，贾政姬妾太多——今本将他与姬妾众多的贾赦对照，正如迎春反衬出探春的才干。——因此迎春不会是贾政的女儿。她是与贾赦邢夫人同时添写的人物。第二十二回赏灯家宴有迎春而没有贾赦夫妇，想必是因为回内迎春制的灯谜是后添的，所以没忘了在席上也连带添上迎春。

第一个早本就我们所知，已经有了第二十二回、第六十二回——缺下半回“呆香菱情解石榴裙”，因为这时候还没有甄士隐贾雨村与英莲——与第六十三回。写第二十八回时，仍旧只有贾政一房，没有贾赦夫妇与迎春，但是元春已经改为皇妃，赏赐的节礼暗示后文元妃主张金玉联姻。

一七五四本前，书名“红楼梦”时，黛玉死后宝玉才定亲。明义《题红楼梦》诗有：“安得返魂香一缕，起卿沉痼续红丝？”第一个早本内大概也是这样，此后改为奉妃命定亲后黛玉才死。至书名“红楼梦”时已经又改了回来。为什么要改回来？

一七五四本前，第五十八回元妃已死。这一点一直就是这样——第一个早本已有第二十二回，回内灯谜预言元春就快死了。奉妃命联姻的本子里，遗命没有宣布，因为贾家给贾妃戴孝是国孝兼家孝，不能婚娶，早说穿了需要回避，种种不便。近八十回方才行聘，大概不久黛玉就死了，否则婚后与黛玉相处，实在无法下笔。宝玉婚后不会像贾琏那样与别房妇女隔离——贾母离不了他，与黛玉不免天天在贾母处见面。他们俩的关系有一种出尘之感，相形之下，有一方面已婚，就有泥土气了。仅只定了亲，宝钗不过来了，宝黛仍旧在贾母处吃饭，直到黛玉病倒，已经十分难堪——为了宝玉定亲而病剧，照当时的人看来，就有不贞的嫌疑，害得程本的黛玉临终向紫鹃自剖，斯文扫地。

要替黛玉留身分，唯有让她先死，也免得妨碍钗黛的友谊，尽管宝钗对婚事也未见得愿意。她对宝玉虽然未免有情，太志趣不合。

这早本怎么也只有八十回？一七六〇中叶以后，八十回抄本

《石头记》是有市价的，所以这早本的前八十回也充今本销售。等到书主发现上了当，此本倒比今本有结尾，使读者比较满足，也许因此不忍抽换成为今本。

最后还有最怪的一个“旧本”之六：

> 相传旧本红楼末卷作袭人嫁琪官后，家道隆隆日起，袭人既享温饱，不复更忆故主。一日大雪，扶小婢出庭中赏雪，忽闻门外有诵经化斋之声，声音甚熟习，而一时不能记忆为谁。遂偕小婢自户审视，化斋者恰至门前——则门内为袭人，门外为宝玉。彼此相视，皆不能出一语，默对许时，二人因仆地而殁。
>
> ——境遍佛声著《读红楼梦劄记》
>
> （载一九一七年三月《说丛》第一期）

在这本子里，宝玉出家为僧，但是并没有到青埂峰下“证前缘”，回到神话的框子里，而是极平凡的乞讨斋饭。

程本写宝玉走失后，贾政看见他一次，已经做了和尚，与二仙偕行，神出鬼没。于是袭人别嫁。当时家境也还过得去，抄家荣府只抄了贾赦一房，一切照旧，因此袭人嫁人并不是为了生活。此本写袭人嫁后“温饱，不复更忆故主”，是说在贾家十分穷苦，与程本的情况不合。宝玉成了仙再来化斋，除非是试她的心——还有什么可试的？而且也不会死了。此本显然不是改写程本的结局，年代早于程本，因为程本一出，很少能不受影响的。

程本后四十回的作者写袭人嫁蒋玉菡，是看了第二十八回茜香罗的暗示与第六十三回袭人的签诗“桃红又是一年春”。看过删批前各本都有的第二十八回总批的人，知道袭人后来与蒋玉菡一同供养宝玉宝钗，也未必一定照这条线索续书，因为也许觉得这样宝玉太没志气了。但是此本宝玉与已作他人妇的袭人同死，岂不更没出息？程本的袭人在宝玉失踪，证实做了和尚之后嫁人，已经挨骂。原著内宝玉没出家她倒已经出嫁了，太与当时一般的观点不合，所以几乎可以断言没一个续书人会写宝玉与背弃他的失节妇同死——太不值得。而且为了黛玉出家，倒又与袭人作同命鸳鸯，岂不矛盾？

但是书中两次预言宝玉为僧（第三十、三十一回），有一次是为袭人而发。袭人死了他也要做和尚。袭人虽然没死，他也失去了她。

宝玉四周这许多女性内，只有黛玉与袭人是他视为己有的，预期“同死同归”（第七十八回）。四儿说同一日生日就是夫妻（第七十七回）。黛玉袭人同一日生日（第六十二回）。当然她们俩的关系是通过宝玉。

那样爱晴雯，宝玉有一次说她“明儿你自己当家立事，难道也是这么顾前不顾后的？”分明预备过两年就放她出去择配。一语刺心，难怪晴雯立刻还嘴，袭人口中的“我们”又更火上浇油。

提起晴雯来，附带讨论明义《题红楼梦》诗有一首：

> 锦衣公子茁兰芽，红粉佳人未破瓜。少小不妨同室榻，梦魂多个帐儿纱。

这是倒数第四首。上一首咏晴雯：

生小金闺性自娇，可堪磨折几多宵？芙蓉吹断秋风狠，新诔空成何处招？

下一首粗看是咏黛玉初来时睡碧纱橱。周汝昌举出下列疑点：“一、明义诗二十篇，固然不是按回目次序而题的，但大致还是有个首尾结构。前边写黛玉已有多处，若要写碧纱橱，最早该写，为什么已写完了晴雯屈死，忽又‘退回’到那么远去？

二、‘红粉佳人’一词，不是写幼女少女所用。

三、宝黛幼时同室而未同榻。‘梦魂多个帐儿纱’，这是说虽然同室，而梦魂未通的话。”

周汝昌因此认为这首诗是写八十回后的宝钗，指宝玉婚后没与她发生肉体关系（《红楼梦新证》第九一五至九一六页）。

第七十七回逐晴雯后，

一时铺床，袭人不得不问“今日怎么睡？”宝玉道：“不管怎么睡罢了。”原来这一二年间，袭人因王夫人看重了他，他越发自尊自重，凡背人之处，或夜晚之间，总不与宝玉狎昵，较先幼时反倒疏远了。……且有吐血旧症，虽愈，然每因劳碌风寒所感，即嗽中带血，故迩来夜间总不与宝玉同房。宝玉夜间常醒，又极胆小，每醒必唤人。因晴雯睡卧警醒，且举动轻便，故夜晚一应茶水起坐呼唤责任，皆悉委他一人。所以宝玉外床只是他睡。

第五十一回还是袭人睡在外床，袭人因母病回家，晴雯叫“‘麝月你往他那外边睡去。’……伏侍宝玉卧下，二人方睡，晴雯自在薰笼上，麝月便在暖阁外边。”

暖阁大概就是墙壁上凹进去一块，挖出一间缺一面墙的小室，而整个面积设炕，比普通的炕聚气，所以此节麝月说“那屋里炕冷”，指晴雯麝月平时的卧室。暖阁上也挂着“大红绣幔”（同回太医来时），夜间放下。第五十二回紫鹃“坐在暖阁里，临窗作针凿”。潇湘馆的暖阁有窗。

《芙蓉诔》中有“红绡帐里，公子多情”；又写晴雯去后，“蓉帐香残，娇喘共细言皆息”。“娇喘”是指病中呼吸困难。

“梦魂多个帐儿纱”，是睡梦中也都多嫌隔着层帐子。此句与上句“少小不妨同室榻”矛盾——同榻怎么又隔着帐子？只有晴雯有时候同榻，也有时候同室不同榻。百回《红楼梦》也许曾经实写隔帐看她的睡态，今本删了。

上一首诗写晴雯屈死，此诗接着代晴雯剖白，虽“同室榻”，并无沾染。称十六岁的少女为“红粉佳人”并无不合，尤其是个“妖妖趫趫”的婢女（王善保家的语）。如果是写宝钗婚后，夫妇当然“同室榻”，为什么“不妨同室榻”？

宝玉对宝钗丰艳的胴体一向憧憬着。甲戌本第二十八回回末总批有：“宝玉忘情露于宝钗，是后回累累忘情之引。”“忘情”不会是指婚后——婚后忘情“露于宝钗”有什么妨碍？——因此八十回内应当还有不止一次，但是并没有，想必像“回回写药方”一样，嫌重复删掉了。总之，婚后宝玉决不会用这方式替黛玉守节。

结在宝玉袭人之死上的异本，重逢的一幕似是套崔护人面桃花故事——因为怡红夜宴占花名，袭人是桃花？——虽然套得稚拙可笑，仍旧透露袭人的复杂性——以为忘了宝玉，一见面往事如潮，竟会心脏病发，或是脑溢血中风倒毙。宝玉也同样的矛盾，出了家还是不能解脱。第一个早本那两句批仍旧适用：“二次翻身不出”、“可知宝玉不能悟也。”结局改出家，是否有过这么个“半途屋”（half-way house）——美国新出狱犯人收容所——心理上的桥梁？宝玉至死只是个“贫僧”，“缁衣乞食”，也继承第一个早本的黯淡写实作风。关于此本的资料实在太少，但是各方面看来，还是可能是个早本，结局改出家后的第一个本子。

《风月宝鉴》收入此书后，书中才有太虚幻境，有宁府，有卫若兰。从太虚幻境的册子曲文上，我们知道卫若兰早死，湘云没有再嫁。既然没有再醮宝玉，显然宝玉与湘云偕老的结局已经改为出家。

太虚幻境的画册歌词预言宁府是贾家获罪的祸首。因此书中有了宁府，就有获罪的事。出了事就穷了下来，不必一直等到宝玉晚年。所以宝玉出家的时候年纪还轻。

最初书中只有贾政一房，加贾赦在加宁府之前。结局改出家后，已经有了宁府，奉元妃命金玉联姻的早本却还没有贾赦这一房。因此奉妃命联姻的本子结局还没改为出家。那是个八十回本，八十回后应当还是宝钗早卒，续娶湘云，与第一个早本相同。

第一个早本已有袭人另外嫁人。庚本第二十一回回前有书名“红楼梦”期总批，内引“后卅回”“薛宝钗借辞含讽谏，王熙凤知命强英雄”回目，并透露此回袭人已去。这是一七五四本前的末一个早本。第一个早本内宝钗嫁后一年就死了。如果一年内袭人已去，倒像是吃新奶奶的醋，又像是宝钗容不得人。但是袭人嫁人要趁年轻，不在宝钗生前，也在死后不久。宝钗死后多年，宝玉才穷得无法度日，所以袭人离开他的时候，生活还不成问题。

结局改出家后，已经改了贾家获罪骤衰，因此袭人嫁蒋玉菡时业已家境贫寒，嫁后“温饱，不复更忆故主。”似乎改出家后的第一个本子非常现实。

有个佚名氏《读红楼梦随笔》——旧抄本——一开头就说：“或曰：三十一回篇目曰：‘因麒麟伏白首双星’，是宝玉偕老者，史湘云也。殆宝钗不永年，湘云其再醮者乎？因前文写得宝玉钟情于黛，如许深厚，不可再有续娶之事，故删之以避笔墨矛盾；而真事究不可抹煞，故于篇目特点之。”

末两句是“自传说”，认为此书全部纪实。删去这两句，似乎就是结局改出家的主因。但如果为了忠于黛玉，出了家化斋遇袭人，意外的情死反而更削弱了宝黛的故事。

我想这是因为袭人之去是作者身历的事，给了他极大的打击，极深的印象。而宝黛是根据脂砚小时候的一段恋情拟想的，可用的资料太少，因此他们俩的场面是此书最晚熟的部份。第六十七回已是《风月宝鉴》收入此书后才有的，戚本此回已经又改写过，回内的宝黛也还不像作者的手笔。固然早本高低不匀，最初已有的怡红夜宴就精彩万分，第六十七回刚巧是波浪中的一个低槽。但也是宝黛的场面实在难写。结局初改出家的时候，宝黛之恋还不是现在这样，所以不专一，刚去掉了个湘云，又结束在宝玉袭人身上。等到宝黛的故事有了它自己的生命，爱情不论时代，都有一种排他性。就连西门庆，也越来越跟李瓶儿一夫一妻起来，使其他的五位怨“俺们都不是他的老婆”。

第二十九至三十五这七回，添写金钏儿这人物的时候改写过。除了少量的原文连批注一并保留了下来，此外全无回内批。加金钏儿在书名“红楼梦”期之前，至迟也是一七四〇末叶，此后二十年来不会一直没批过。唯一可能的解释是后来作者再次改写这七回，抽换的几页上的批语当然没去抄录；然后直接交抄手誊清，也没交代抄手将保留的诸页上哪条夹批眉批双行小字抄入正文。因此新改的这七回仍旧只有加金钏前的四条批注。固然作者一向不管这些细节，也可见他重视脂批的限度。

这七回誊清后也没经批者过目，就传抄了出去，因此迄未加批。想必作者已故，才有这情况，与一七五四年脂砚“抄阅再评”，一七五六年畸笏“对清”第七十五回，大不相同。迟至一七六一至六二上半年，狱神庙回等“五六稿”交人誊清时，畸笏也还看过。

宝黛最剧烈的一次争吵在第二十九回，此后好容易和解了又给黛玉吃闭门羹，一波未平，一波又起。第三十二回宝玉激动得神志不清起来，以至于“肺腑言”被袭人听了去，才能够义正辞严向王夫人进言，防范宝黛。第三十四回宝玉打伤了之后黛玉来探视，加金钏时这一场曾经添写梦中向金钏儿蒋玉菡说“为你们死也情愿”，最后这次改写又改为向黛玉说“为这些人死也情愿”（见《三详》），感情于分散中集中，显示他们俩之间的一种奇异的了解。第三十五回回末又预备添写一个宝黛场面——养伤时再度来探——所以回末“只听黛玉在院内说话，宝玉忙叫快请”是新改的，与下一回回首不衔接。下一回还没改写就逝世了。写宝黛的场面正得心应手时被斩断了，令人痛惜。

这七回是二人情感上的高潮，此后几乎只是原地踏步，等候悲剧发生——除了紫鹃试宝玉的一回（第五十七回），但是此回感情虽然强烈，也不是宝黛面对面，而是通过紫鹃。

仿佛记得石印《金玉缘》上的一个后世评家太平闲人代为解释，说这是因为二人年纪渐长，自己知道约束了。这当然是曲解，但是也可见此点确实有点费解——除非我们知道后部的宝黛场面写得较早，而第二十九至三十五回是生前最后改写的。

逐晴雯后王夫人说："暂且挨过今年一年，给我仍旧搬出去心净。"庚本批注："一段神奇鬼讶之文，不知从何想来。王夫人从来未理家务，岂不一木偶哉？且前文隐隐约约已有无限口舌，浸润之谮，原非一日矣。……""不知从何想来"?! 难道忘了第三十四回袭人说过"以后竟还叫二爷搬出园外来住就好了"？但是一旦知道第二十九至三十五回是作者逝世前不久才定稿，就恍然了。难怪批者没看见第三十四回那一段。批者倘是脂砚，根本没赶上看见。

宝玉养伤期间，支开袭人，派晴雯送两条旧手帕给黛玉。黛玉知道是表示他知道她的眼泪都是为他流的，在帕上题诗。她有许多感想，其一是："令人私相传递，于我可惧。"人是健忘的动物，今人已经不大能想像，以他们这样亲密的关系，派人送两条自己用的手帕，就是"私相传递"，严重得像坠儿把贾芸的手帕交给红玉——脂砚所谓"传奸"。

起先宝玉差晴雯送帕，"宝玉便命晴雯来，"句下各本批注："前文晴雯放肆，原有把柄所恃也。"这条批使人看不懂。第三十一回晴雯顶撞宝玉，语侵袭人，因为三回后她将要担任一项秘密使命，有把柄落在她手里，所以有恃无恐？

我一直印象模糊，以为批者还在补叙那次争吵的内幕，"把柄"指晴雯窥破了宝玉袭人的关系。"四详"后，才知道这就像贾蓉预知鸳鸯借当，与红玉的梦有前知，都是由于改写中次序颠倒。此处经改写后，批者只把"后文晴雯放肆"的"后"字改了个"前"字。

第三十四回题帕，原在第三十一回晴雯吵闹之前。但是第三十三至三十五回原在第三十六回之后；加金钏儿时，将挨打与挨打余波这三回移前(见《三详》)。当时保留下来的几节连着批注，因此那次改写的七回一清如水,没有回内批,除了旧有的寥寥四条。送帕题帕显然是加金钏前的原文，因为有一条批注。这条批提起晴雯吵闹，因此晴雯吵闹也是旧有的。所以这次大搬家还波及第三十一回，晴雯袭人口角原在第三十三至三十五回之后。

加金钏儿前的原文内容次序如下：(一) 袭人“步入金屋”，黛玉湘云往贺，撞见宝钗绣鸳鸯；湘云回家（第三十六回）。(二) 宝玉挨打，养伤，送帕；题帕。(第三十三至三十五回——大概只有一两回,加金钏后扩充,添写玉钏尝羹一回。) (三) 晴雯吵闹（第三十一回）——显然是因为妒忌袭人“步入金屋”。这不大合理，因为王夫人抬举袭人，晴雯再不服气也不敢发作。而且袭人“步入金屋”后，晴雯这两句精彩对白就不适用了：“明公正道连个姑娘还没挣上去呢,也不过和我似的,那里就称起‘我们’来了？”这是第三十一回移前之后添写的。

题帕一场感情强烈，但是送帕题帕也不是宝黛面对面。宝黛见面的场子，情感洋溢的都是去世前数月内改写的。

第三十四回王夫人派人去叫宝玉房里去一个人，袭人嘱咐晴雯麝月檀云秋纹守着打伤的宝玉，自己去见王夫人。此处“檀云”二字是加金钏儿那次改写的标志。添写金钏儿这人物，使晴雯的故事一分为二，晴雯改成孤儿，第二十四回“晴雯又因他母的生日接了出去”，“晴雯”改“檀云”，檀云这名字陌生，因此第三十四回的丫头名单上添上个檀云响应。可见挨打后王夫人传唤一节，这次也改写过。

第三十六回王夫人说：“你们那里知道袭人那孩子的好处。”

各本句下批注："'孩子'二字愈见亲热，故后文连呼二声'我的儿'。"这是大搬家前的旧批，彼时显然已有第三十四回袭人见王夫人一节。那次谈话，第一次叫"我的儿"是因为袭人识大体，说老爷管教得对；第二次如下：

> 王夫人听了这话有因，忙问道："我的儿，你有话只管说。近来我因听见众人背前背后都夸你，我只说你不过是在宝玉身上留心，或是诸人跟前和气，这些小意思好，所以将你合老姨娘一体行事，谁知你方才和我说的话全是大道理，正合我的心事。你有什么，只管说什么，只别叫别人知道就是了。"袭人道："我也没甚么别的说，我只想着讨太太一个示下，怎么变个法儿，以后竟还叫二爷搬出园外来住就好了。"王夫人听了，吃一大惊，忙拉了袭人的手问道："宝玉难道和谁作怪了不成？"袭人忙回道："太太别多心，并没有这话。……"

大搬家前，袭人本来已经"入金屋"，与赵周二姨娘同等待遇了，在这一段内又告密，王夫人只更夸奖了一番。加金钏时，挨打一场添出贾环报告井中淹死一个丫头的消息，所以此处也添写王夫人秘密问袭人，风闻是贾环进谗，她可曾听见。长谈后又加上王夫人的反应："正触了金钏儿之事，心内越发感爱袭人"，因应许"我自然不辜负你"，伏下两回后擢升为子妾。这样不但入情入理，也更紧凑有力。

这是这五六回颠倒搬位的主因。但是这次改写，前引的一段没动，所以忽略了"将你合老姨娘一体行事"这句应当删去，因为这件事还没发生。

多年后，一七六二冬，才又再在前引的这一段插入宝玉迁出园外的建议，先加王夫人这两句对白："你有什么，只管说什么，只别叫别人知道就是了。"引入袭人的建议，使王夫人大吃一惊，以为已经出了乱子，袭人又忙否认。大观园在书中这样重要，而有象征性，宝玉出园是袭人种的因，简直使袭人成为伊甸园的蛇。

俞平伯指出逐晴雯后宝玉袭人谈话，"袭人细揣此话，好似宝玉有疑他之意"，全抄本、戚本作"疑他们"，指袭人秋纹麝月结党排挤晴雯，罪嫌较轻，后来才删去"们"字。俞平伯认为作者与脂批不一定意见一致，这是一个例子。无疑的，早本袭人的画像光线较柔和，是脂批对她一味赞美的原因之一。

第二十回宝玉替麝月篦头，被晴雯撞见，各本都有这条长批：

> 闲上一段儿女口舌，却写麝月一人。有（按："在"误）袭人出嫁之后，宝玉宝钗身边还有一人，虽不及袭人周到，亦可免微嫌小敝（弊）等患，方不负宝钗之为人也。故袭人出嫁后云"好歹留着麝月"一语，宝玉便依从此话。可见袭人虽去实未去也。……

袭人去时显然宝玉已婚，但是袭人仍旧没过明路，否则不能称"出嫁"。

第六十五回兴儿告诉二尤母女："我们家的规矩，爷们大了，未娶亲之先，都先放两个人服侍。……"第七十二回赵姨娘要求贾政把彩霞给贾环作妾，贾政说："……等他们再念一二年书，再放人不迟。"怎么迟至宝玉婚后，袭人还没收房？倘是因贾赦贾政或王夫人去世而守孝，又怎么能娶亲?

第三十六回王夫人解释暂不收房的理由:“一则都年轻，二则老爷也不许，三则那宝玉见袭人是个丫头，总（‘纵’误）有放纵的事，倒能听他的劝。如今作了跟前人，那袭人该劝的也不敢十分劝了。”第七十八回王夫人报告贾母已代宝玉选定袭人，主要是因为袭人“这几年来从未逢迎着宝玉淘气，凡宝玉十分胡闹的事，他只有死劝的”;又重申暂不宣布的理由:“……二则宝玉再自（以）为已是跟前的人，不敢劝他说他，反倒纵性起来。”

满人未婚女子地位高于已婚的，因为还有入宫的可能性。因此书中女儿与长辈一桌吃饭，媳妇在旁伺候。婢女作妾，似乎在心理上也有明升暗降的意味。还有一层，王夫人不知道宝玉袭人早已发生关系。当时虽然还没有“结婚是恋爱的坟墓”这句名言，也懂得这道理，以为不圆房，袭人比较拿得住他。黛玉死后，宝玉想必更自暴自弃，娶宝钗后“流荡益甚”（端方本情节）。还是袭人最能控制他——也许有些妾妇之道宝钗不屑为——因此家中不敢放手，收房的事一直拖延下去。

“宝玉恶劝，此是（第）一大病也。”（庚、戚本第二十一回批注），与袭人之间的摩擦为时已久，成为一种意志的角力。袭人一定又像第十九回那样以“走”来要挟，最后终于实行了。这局面大概是纪实的。曹雪芹长成在抄家多年后，与书中家境不同，“时值非常，一切从简”，这样胶着迟迟不收房，也更近情理些。

袭人虽然实有其人，嫁蒋玉菡是美化了她的婚姻。小旦虽然被人轻视，名旦有钱有势，娶妻是要传宗接代的，决不肯马虎。花自芳早看出了宝玉袭人的关系，兄妹俩死了母亲，又照老姨娘的例规领丧葬费，不会再去拿她冒充闺女。袭人又并不怎么美，与贾芸红玉同是“容长脸”，戚本作“茏长脸”，近代通用“龙长脸”，专指男性，大概是高颧骨大圆眼睛、劲削的瘦长脸型。大人家出来的人身价虽高，只能作妾，要一夫一妻，除非是小生意人。即使兴旺起来，未见得能容她帮贴旧主。要避嫌疑，也不会来往。

书中袭人的故事的演变，不论有没有同死的一环，第一个早本内没有袭人迎养宝玉夫妇的事，那时候想必袭人之去也就是她的归结。后来添写她与蒋玉菡供养宝玉宝钗，是否为袭人赎罪？她是否谗害晴雯，不确定，中伤黛玉却是明写（第三十四回）。被她抓住了防微杜渐的大道理，虽然钗黛并提，王夫人当然知道宝钗与宝玉并不接近。但是以袭人的处境，却也不能怪她。试想在黛玉手下当姨太太，这日子不是好过的。纳妾制度是否合理，那又是一回事。太太换了宝钗，就行得通。

宝玉最后将宝钗“弃而为僧”，不能不顾到她的生活无着。如果袭人已经把他们夫妇俩接了去，一方面固然加强了袭人对宝玉的母性，而宝玉不但后顾无忧，也可见他不是穷途末路才去做和尚。这该是添写袭人迎养宝玉宝钗的主因。出家是经过考虑然后剃度的，不是突如其来被仙人度化了去，这也是一个旁证。

这样看来，“花袭人有始有终”毫无事实的根据，完全是创作。

第二十八回总批第一段如下：

> 茜香罗红麝串写于一回，盖琪官虽系优人，后回与袭人供奉玉兄宝卿得同终始者，非泛泛之文也。
>
> ——各本同

第二十八回来自次老的早本，结局已改为八十回前奉妃命金玉联姻，黛玉逝世，但是八十回后仍旧像第一个早本，宝钗死于难产，袭人别嫁，宝玉湘云偕老，贫极。所以写此回时还没有袭人迎养宝玉夫妇的事。

直到一七五四年前的百回《红楼梦》，此回蒋玉菡的汗巾还是绿色的，明义《题红楼梦》诗中称为“绿云绡”。一七五四本始有“茜香罗”这名色——茜草是大红的染料。此回回目“蒋玉菡情赠茜香罗，薛宝钗羞笼红麝串”，是一七五四本新改的，回内也修改了两次换系汗巾的颜色。一七五四前的回目想是“情赠绿云绡”，对“红麝串”更工整。

庚本典型格式的回前附叶都是从一七五四本保留下来的。此回回前总批第一段该是一七五四本新写的，下一段“自闻曲回以后回回写药方”则是保留的早本旧批。前五回内黛玉的药方已经都删了。

总批说汗巾事件与红麝串写在一回内，是因为后文有袭人蒋玉菡供养宝玉宝钗，这是附会曲解或缠夹。此回不过预言袭人嫁蒋玉菡，当时并不预备写他们夫妇俩供养宝玉宝钗。

被袭人接回去香花供养，宝玉于感激之余，想必比狱神庙茜雪红玉的美人恩更不是味，不过以他与袭人关系之深，也都谈不上这些了。但是宝玉出家也未必与这无关。出家是离开蒋家，这一点我觉得很重要。到底还是一半为了袭人做和尚。

最后把宝钗托了给她，也不枉宝钗一向是她的一个知己。

“花袭人有始有终”这一回改写过，在那“五六稿”内，被借阅者遗失。袭人之去没有改写，百回《红楼梦》中有，作者逝后五六年还在,但是终于没保存下来。在我总觉得这是最痛心的损失，因为自从第一个早本起就有袭人之去，是后部唯一没改动过的主要情节，屹然不移，可以称为此书的一个核心。袭人的故事也是作者最独往独来的一面。

总结上述，第三十一回回目有“因麒麟伏白首双星”，而太虚幻境的册子与曲文都预言湘云早寡，显然未与任何人同偕白首。《风月宝鉴》收入此书后，书中始有太虚幻境。那回目是从更早的早本里保留下来的，因此冲突。

八十回本内只有第十四回给秦氏送殡的名单上有卫若兰。秦可卿来自《风月宝鉴》。显然是收并《风月宝鉴》后才有卫若兰这人物。当时已有太虚幻境的册子与曲文预言湘云早寡，因此自有卫若兰以来，就是写他早卒。“白首双星”回目只能是指宝玉湘云。添写卫若兰后，第三十一回回目一度改为“撕扇子公子追欢笑，拾麒麟侍儿论阴阳”（全抄本），终于还是保存原来的回目，另加卫若兰射圃文字，里面若兰佩戴的金麒麟是宝玉原有的那只，使麒麟的预兆应在他身上，而忽略了他未与湘云同偕白首，仍旧与回目不合。

早本写宝玉与湘云偕老，显然并没出家。

庚、戚本批第二十二回宝玉二次悟禅机：“二次翻身不出，故一世坠落无成也”，又批黛玉说他作的偈“无甚关系”：“黛玉说无关系，将来必无关系。……可知宝玉不能悟也。”这口气是初看此书，还没看完。第一个早本结局没有出家。与湘云偕老的就是第一个早本。

“石头记”指石上刻的记录，因此初名“石头记”时已有楔子。但是空空道人一节是后添的。情僧原指茫茫大士，改空空道人抄录《石头记》后，为了保存“情僧录”书名，使空空道人改名情僧。

情僧如果双关兼指宝玉,也是书名已改"情僧录"后。初名"石头记"时宝玉没做和尚。

楔子里空空道人一节内提起"石头记",下注"本名",因为当时书名已改。但是卷首自述中,"将真事隐去,而借通灵之说,撰此《石头记》一书也,故曰甄士隐云云",句内"石头记"下并没有批注"本名",可见这位批者批书时还没有此句。甄士隐贾雨村的故事是不可分的,因此自述一节末句关于贾雨村即"假语村言"也是后加的——添写这两个人物后,需要解释二人命名由来。而且最初只有楔子,此后冠以自述;楔子内此书像天书一样的出现,没有作者,与作者自述合看,有混乱之感,所以在此处说明是"借通灵(玉)之说"来写自传——在这阶段,此书自视为自传性小说。畸笏把这段自述收入"凡例",删去"借通灵之说"句,因为与楔子隔开,二者之间的矛盾不需要解释了。

甄士隐梦游太虚,太虚幻境来自《风月宝鉴》,因此添写甄士隐贾雨村时,《风月宝鉴》已收入此书。

贾家出事是由于贾雨村丢官,被连累。此外还有贾赦侵占古扇案,宁府又是肇事的祸首,甄家抄没时又秘密寄存财物。

起初只有甄家抄家,贾家因代隐匿财产获罪,但是并没抄家。一七五四本起,才用甄家抄家作贾家抄家的预兆。因此提及甄家或甄宝玉的八回都是一七五四至一七五六年定稿。这八回的内容都是第一个早本还没有的,因此第一个早本没有甄家。

贾家最初只有贾政一房,所以第一个早本没有贾赦与宁府。又没有贾雨村,没有甄家——没有书中一切获罪的伏线,可见此本贾家并未获罪。

传说有"旧本",其实有十种之多。内有七部续书,两三个早本,其一写宝玉娶湘云,晚年贫极,显然就是与湘云偕老的第一个早本。

这第一个早本部份保存在三种续书里，内中南京刻本与端方本都写宝玉穷途末路重逢北静王。书中有北静王的五回，在第一个早本的时候都还不存在，因此原本不会有重逢北静王，是南京刻本代加的好下场。此本根据第一个早本续书，端方本又据以改写程本。

三六桥本也是根据第一个早本续书，但是参用脂批透露的八十回后情节。第六十三回内元妃还是个王妃。三六桥本写探春封杏元公主和番，可见第一个早本内元春是王妃，因此“杏元”封号不犯元妃的讳。

第十七、十八合回回末诗联作结,一七五五年左右改写的标志。回内省亲，早本宝玉已经十七八岁，不能觐见。一七五四本最后一次改小宝玉年龄——此本第二十五回初稿（全抄本）里面还比今本大两岁，定稿（甲戌本）已改小——次年添写省亲宝玉觐见一节，保留的原文一律称元春为贾妃，新句都用元妃。可见初改皇妃时只称贾妃，迟至一七五五年才有元妃封号，与第一个早本的“杏元”封号相距一二十年，因此“元”字重复。

有个八十回“旧本”写到奉元妃命金玉联姻，黛玉抑郁而死为止。如果是别人依照第二十八回元妃节礼的暗示代撰，这该是八十回后的事，不必去改写前八十回。看来也是个早本，冒充今本八十回抄本销售。

第二十八回写得极早，以至于宝钗容貌的描写与一七五五年左右定稿的第八回犯重。写第二十八回时书中还没有迎春，所以宝玉称凤姐“二姐姐”——跟着贾琏行二。

第一个早本已有第六十二（缺下半回）、六十三回，第五十四至五十六回也来自极早的早本。第五十五、第六十二回都有惜春原是贾政之女的迹象。但是迎春不会起先是贾政的女儿，因为宝玉最初只比元春小一岁，而迎春倘是庶出，与惜春同是丧母而不同母，贾政姬妾太多，与他的个性不合。所以迎春是与贾赦邢夫人同时添写的人物。

第二十二回灯谜预言元春不久于人世。第一个早本已有此回，因此直到一七五四本为止，元妃一直就是死在第五十八回。联姻是奉元妃遗命。王妃改皇妃，就是为了提高她的地位，等于奉钦命联姻。但是为了替黛玉留身分，奉妃命联姻，促使黛玉病剧的局面后来删了，仍旧改为黛玉死在宝玉定亲前，如明义《题红楼梦》诗中所说的。

各种续书中，只有端方本很明显的缺获罪抄没，只继续第七十二回“家道艰难”，再加上宝玉婚后更“放纵”“流荡”，“年长”时终于无法维持生活。这败落经过显然来自第一个早本。《风月宝鉴》收入此书后，有了太虚幻境与宁府，太虚幻境的画册曲文预言宁府肇祸，湘云早寡守节，可见此时已改渐衰之局为获罪骤衰，与湘云偕老也已改出家。

奉妃命联姻的早本已有第二十八回，写此回时还没有迎春，因此也没有贾赦。加贾赦在加宁府之前。有了宁府才有获罪，所以妃命联姻的八十回本还没有获罪的事，八十回后仍旧是宝钗早卒，续娶湘云，与第一个早本相同。

出家后重逢袭人的“旧本”写袭人嫁蒋玉菡时贾家十分穷苦，宝玉出家也不是成仙，否则不会当场倒毙。此本显然不是改写程本。袭人之去太与当时的道德观抵触，也绝对不会有续书人写宝玉袭人同死。而这倒正合书中黛玉袭人并重的暗示：袭人死了宝玉也要做和尚；“同死同归”；黛玉袭人同一日生日，四儿说同一日生日就是夫妻。这可能是结局改出家后的第一个早本。

添写金钏儿这人物时改写第二十九至三十六回，从脂批中的迹象看得出第三十三至三十五回移前，使袭人先告密然后“步入金屋”，告密成为王夫人赏识她的主因，加强了结构。第三十六回湘云之去因此宕后，本来在宝玉挨打前已经回家。第三十一回也移前，回内晴雯吵闹本是为了袭人“步入金屋”。第二十九至三十五回在逝世不久前再度改写，第三十四回袭人见王夫人一节插入宝玉迁出园外的建议；宝黛面对面的最激动的几场除葬花外全在这七回内，都是这次改写的，还预备在第三十六回添写一场。誊清时未嘱抄手将保留的原文上哪条批双行小字抄入正文，所以这七回还是只有加金钏儿那次保留下来的四条批注，可见定稿以来迄未经批者过目，已经传抄出去，是作者亡故后的景象。宝黛情感上的高潮是最后才写成的，还有袭人的画像画龙点睛的一笔。

最初十年内的五次增删，最重要的是双管齐下改结局为获罪与出家。添写一个宁府为罪魁祸首，《风月宝鉴》因而收入此书。同时加甄士隐贾雨村，大概稍后再加甄宝玉家，与雨村同是带累贾家。袭人在第一个早本内并未迎养宝玉夫妇，不然宝玉湘云的下场不会那么惨。改出家后终于添写袭人迎养宝玉宝钗，使宝玉削发为僧时不致置宝钗的生活于不顾。因此袭人虽然实有其人，“花袭人有始有终”完全是虚构的。

周汝昌将第一个早本与有关无关的几种续书视为八十回后情节，推测抄没后湘云宝玉沦为奴仆乞丐，经卫若兰撮合，在射圃团聚；“曹雪芹写是写了，脂砚等亲人批阅，再四踌躇，认为性命攸关，到底不敢公之于世，只好把这两部份成稿抽出去了（指‘抄没、狱神庙诸事’与‘卫若兰射圃文字’)。所以连当时像明义等人,看过全书结尾,却也未能知道还有这两大重要事故。”(按:明义所见《红楼梦》还没添写抄家);又猜度后来其余的也都散佚了,但是当初隐匿或毁弃的是这两部份,所以畸笏特别提出“卫若兰射圃文字”与狱神庙回“迷失无稿”。但是畸笏不说,也没人知道有抄没文字已经写了出来,岂不是“此地无银三百两”?

我们对早本知道得多了点,就发现作者规避文网不遗余力,起先不但不写抄没,甚至于避免写获罪。第一个早本是个性格的悲剧,将贾家的败落归咎于宝玉自身。但是这样不大使人同情,而且湘云的夫家母家怎么也一寒至此,一死了丈夫就“穷无所归”?有了护官符解释贾史王薛四家的关系,就不是“六亲同运”,巧合太多了。所以添写获罪是唯一合理的答案,但是在这之前先加了个大房贾赦,一方面用贾赦反衬出贾政为人,贾赦死后荣国公世职被贾环袭了去,强调兄弟阋墙,作为败家的主要因素。但是贾环是个“燎了毛的小冻猫子”(凤姐语),近代通称“偎灶猫”,靠赵姨娘幕后策动,也还是捣乱的本领有限。逼不得已还是不能不写获罪,不过贾环夺爵仍旧保留了下来。一写获罪立刻加了个宁府作为祸首与烟幕,免得太像曹家本身。曹雪芹是个正常的人,没有心理学上所谓“死亡的愿望”。天才在实生活中像白痴一样的也许有。这样的人却写不出《红楼梦》来。

* 一九七七年八月皇冠杂志社出版单行本。

著作权合同登记号　图字：01-2018-4233

本书由皇冠文化集团授权，仅限于中国大陆地区发行，不得销售至港、澳及任何海外地区。

图书在版编目（CIP）数据

红楼梦魇 / 张爱玲著 .—北京：北京十月文艺出版社，2019.9（2025.11 重印）
（张爱玲全集）
ISBN 978-7-5302-1871-6

Ⅰ.①红…　Ⅱ.①张…　Ⅲ.①《红楼梦》研究 Ⅳ.①I207.411

中国版本图书馆 CIP 数据核字（2018）第 196232 号

红楼梦魇
HONGLOU MENGYAN
张爱玲 著

出　版　北京出版集团公司
　　　　北京十月文艺出版社
地　址　北京北三环中路 6 号
邮　编　100120
网　址　www.bph.com.cn
发　行　新经典发行有限公司
　　　　电话 (010)68423599
经　销　新华书店
印　刷　河北鹏润印刷有限公司
版　次　2019 年 9 月第 1 版
印　次　2025 年 11 月第 14 次印刷
开　本　850 毫米 ×1168 毫米　1/32
印　张　10.25
字　数　205 千字
书　号　ISBN 978-7-5302-1871-6
定　价　58.00 元
质量监督电话　010-58572393
如有印装质量问题，由本社负责调换。